吃貨嬌娘

2

風文創 347

夕南 著

目錄

第二十一章

沈梓手腕上戴著紅玉鐲，捏著帕子笑道：「我家夫君今日有事不能來，讓我替他給大姊夫和三妹夫道了個歉。」

沈琦笑道：「不用了，三妹夫也沒來，夫君那裡我會讓丫鬟去說的。」

「哦？」沈梓眼神落在沈錦身上，想到昨日的事情，心中暗恨說道：「三妹怎麼沒帶著妹夫來？」

「夫君被皇上叫去了。」沈錦開口道。「對了，二姊夫傷得怎麼樣？夫君那兒有不少好的傷藥，臉上的傷留疤了可不好。」

趙嬤嬤眼中露出幾許笑意，她知道自家夫人是真心建議的，不過這話聽在別人耳中……

「是啊。」沈琦心情也極好，笑道：「二妹莫要客氣才是，聽說妳給二妹夫撓得滿臉是血，這樣吧，我拿了府中的牌子去宮中讓太醫給二妹夫瞧瞧，留疤了就太可惜了。」

沈梓哼笑一聲說道：「大姊不用擔心，夫君只是不小心從車上摔下來，都是以訛傳訛罷了，我婆婆請過大夫了。」

看著沈梓洋洋得意的樣子，沈琦眼神閃了閃說道：「莫不是二妹遇到什麼好事了？怎麼滿臉喜氣？」

沈梓只是一笑，並沒說什麼，沈琦也不再問。到了她住的院中後，就拉著沈錦說起話來，最後沈梓忍不住問道：「三妹，三妹夫平日在邊城最喜什麼？」

最喜什麼？是關於吃的還是穿的還是玩的還是平日所做，沈錦微微垂眸，她幾乎不在外人面前談論楚修明的事情。「不知道啊。」

「妳怎麼會不知道？」沈梓覺得沈錦是不想告訴她，道：「怕是不想說吧。」

「嗯，是不想說。」沈錦沒有否認。

沈梓冷笑道：「沒想到三妹去邊城一趟回來，膽子倒是變大了。」

「因為我是伯夫人了啊。」沈錦提醒道。

沈梓看著理所當然的沈錦，竟然不知道怎麼反駁好，沈琦也是一笑，不過心中倒是也有些嫉妒，沈錦能理直氣壯地說出這般話，自然是因為丈夫有擔當，對她也是極好的，反觀自己呢？

「妳不知羞恥。」沈梓咬牙罵道。「永甯伯鎮守邊疆已經夠累的，妳卻不能做他的賢內助，還要事事依賴，不覺得丟人嗎？」

「喔。」沈錦看著沈梓。

「妳就喔一聲？」沈梓差點一口氣沒上來，她怎麼也料不到沈錦竟然這樣平靜，她那樣的指責若是換成別人，怕是早就覺得委屈或者憤怒了。

「二姊，妳真奇怪。」沈錦皺了皺眉頭。「妳還想我說什麼？」

沈梓一時被問住了，她還想沈錦說什麼？她自己也不知道，若不是當初她被人蒙蔽，現在這般幸福的人應該是她。「三妹莫不是攀了高枝，就瞧不上我們這些姊妹了？」

「二妹，」沈琦沈聲說道。「妳知道自己在說什麼嗎？三妹以郡主之身下嫁，真要論起來，攀高枝的也不是三妹。」

沈梓冷笑一聲。「三妹知道我說什麼，本以為陳側妃和三妹是老實的，卻不想原來是個藏奸的。」

沈琦直接站起來，一巴掌搧在沈梓的臉上。「再讓我聽見妳胡言亂語，小心我告訴母妃。」

沈梓整個人都跳了起來，一手捂著臉一手指著沈琦說道：「大姊，妳竟然打我，若不是三妹搶了我的親事……」

「閉嘴！」當年在瑞王府中，沈梓雖然喜歡爭強好勝事事壓人一頭，可也不像現在這般，沈琦面色一沈，說道：「二妹，有些玩笑是不能開的。」

沈錦臉上雖沒了笑容，可是神色卻很平靜，有時候無視比敵對還讓一個人憋屈。「二姊若是有什麼問題，不如回府去問父王。」沈錦看著氣急敗壞的沈梓，說道：「父母之命媒妁之言，嫁給誰並不是我能決定的，我連自己的親事都作不了主，更不可能替二姊作主，二姊若覺得嫁到鄭家委屈了，就回去與父王說。」

沈梓面色一白。

沈錦接著說道：「而且二姊關心我府上的事情，不如多關心關心二姊夫的傷勢。」

沈梓的指甲狠狠按進了手心，修得漂亮的指甲生生被折斷，疼痛讓她保持了冷靜，想到昨日瑞王府上四妹的下場，勉強一笑說道：「三妹莫要生氣，姊姊只是一時擔心妳才會如此的。」

「哦？」沈琦冷笑道：「莫非二妹是找了父王撐腰，今日才出了門？」

「瞧大姊說的。」沈梓想到昨日回府後婆婆的話，又覺得嫁到鄭家沒什麼不好，起碼整個鄭家都要捧著她，就算她打了鄭嘉瞿，也沒人責怪她，甚至婆婆還把鄭嘉瞿趕到了佛堂，三天只能吃一些粗茶淡飯當作賠罪。「我婆婆心善。」說著眼神掃了掃沈琦的肚子，帶著幾許炫耀說道：「她把管家的事情交給我了，我都說不想管家了，可婆婆說鄭家畢竟是我們夫妻兩個的，交到我手上只是早晚的事情。」

沈琦眼神閃了閃，沈錦也滿是詫異，她雖不知道鄭老夫人為何如此，可是哪有母親不疼自家兒子，而偏心兒媳的？怎麼看都不合理，莫非問題出在管家這件事上？鄭老夫人只是找個藉口，讓沈梓心甘情願管家不說，還不會起疑？

可是鄭家也算是世家，能有什麼事情呢？

沈琦也滿心的奇怪，問道：「聽說鄭府的三姑娘已經訂親了？」

鄭家三姑娘正是鄭嘉瞿同胞的妹妹，定下的是個讀書人，同樣是書香門第出身，不過並不是京城人士，只等殿試過後，鄭家三姑娘就要嫁過去。

沈梓聞言說道：「是啊，那人過段時間就要上京，暫住鄭家，好準備殿試。」

「那嫁妝準備得如何？」沈琦問道。

沈梓開口道：「婆婆準備的，我不好過問。」

沈琦點了下頭沒再說什麼，沈錦覺得事有蹊蹺，可是她性子雖然好，也做不到剛被欺負就去提醒沈梓這種事情，想了一下什麼也沒說。

沈蓉被府中的丫鬟領過來，她的臉色有些憔悴，看見沈錦時神色有些怯怯的，給沈琦她們行禮後，才坐在沈梓的下方位置，低著頭不說話。

沈梓皺了下眉頭問道：「四妹呢？」

沈蓉看了沈錦一眼，並沒有說話，昨日沈錦他們離開後，沈軒就臉色難看地讓婆子直接把她們送到正院。瑞王和瑞王妃正在說話，原本滿臉笑意在說什麼，見到他們過來，瑞王還笑著招呼一聲，瑞王妃眼神閃了閃，直接問了怎麼回事。等沈軒和沈熙把事情說了一遍以後，就見瑞王臉脹紅了，然後瑞王妃臉色也沈了下來，直接叫人把沈靜單獨關到一個院子裡面，誰都不能探望，只說沈靜什麼時候想明白了、什麼時候學懂事才能放出來。

沈蓉當時差點嚇破了膽，平日對她們多有偏愛的瑞王一句話也沒說，甚至在後來瑞王妃直接讓人把她和弟弟挪出海棠院，叫嬤嬤用戒尺打了許側妃二十下手心閉門思過的時候，也沒攔上一攔。那時候沈蓉就發現，其實以往只是瑞王妃不願意搭理他們，若是真的計較起來，就算是瑞王，都是攔不住的。

沈梓也看到了沈蓉的眼神，心中暗恨，然後看向沈錦說道：「三妹，都是自家……」

「叫我永甯伯夫人。」沈錦面無表情地說道。

沈梓眼角抽了抽，強忍著抓花沈錦的衝動，接著說道：「都是自家姊妹，昨日四妹也沒別的意思，怕是三妹……」

「叫我永甯伯夫人。」沈錦再一次打斷了沈梓的話說道。

沈梓咬牙，手中的帕子都快扯爛了，沈琦看了一眼只覺得好笑，更是直接讓丫鬟拿了新帕子給沈梓說道：「二妹，還是換條帕子吧。」說著就用手帕捂著嘴笑了起來。

「不用。」沈梓生硬地拒絕道，然後直接把手帕扔到身後的丫鬟臉上罵道：「是不是沒長眼，不想伺候給我滾！」

這丫鬟是沈梓陪嫁的丫鬟，當初在許側妃院中伺候，不算機靈長相也是一般，被沈梓看中後就一直在沈梓身邊伺候，此時也不敢多說什麼。「我這就去把帕子取來。」

沈梓有些嫌棄地看了看，只是應了一聲，並沒有再說什麼。

那丫鬟趕緊行禮後退了出去。

沈梓把心中的憋屈發洩了出來，此時接著說道：「怕是三妹……」

「永甯伯夫人。」沈錦再一次說道。

沈梓咬牙，只覺得心中燒著一團火，當初若嫁給永甯伯的人是她……不對，當初本就該她嫁給永甯伯。「永甯伯夫人……」這五個字帶著濃濃的恨意和屈辱。

「嗯，以後記住了。」沈錦也不想這麼不顧姊妹情面的，不過別人沒有把她當姊妹，更何況就像她說的，現在的沈錦是有任性的權利的。

沈梓微微垂眸說道：「怕是妳誤會了，四妹只不過是一時好奇又關心妳罷了。」

趙嬤嬤眼中露出幾分冷意，看了眼安平，安平忽然說道：「夫人，老爺吩咐了，不讓您多用點心。」

趙嬤嬤開口道：「若用得多了，您中午又會沒胃口，老爺會擔心的。」

「喔。」沈錦雖然喜歡吃，可也是最懂事不過，知道是為自己好就不再動了。

沈琦在一旁笑道：「妹夫真是關心妹妹。」

沈錦對著沈琦一笑，她的眉眼彎彎的，帶著幾許幸福的感覺，並沒有否認。

沈蓉見沈梓臉色難看，眼中滿是怒火和恨意，神色都要扭曲了，小心翼翼碰了碰沈梓的胳膊，道：「姊姊，喝點茶吧。」

「喝喝喝，喝什麼喝，難不成家裡沒有茶給妳喝嗎？」沈梓怒斥道。

「不喝就不喝，妳罵我做什麼，幹什麼拿我出氣？」

沈梓臉色更加難看，惱羞成怒，直接一巴掌搧在沈蓉臉上，沈琦當初搧沈梓是有分寸的，並沒有留下任何痕跡，而沈梓這一下，因為她剛剛指甲折斷，又沒有個輕重，指甲狠狠劃在沈蓉臉上，沈蓉痛呼一聲。

沈琦和沈錦看過去，就見一道紅痕出現在沈蓉細嫩的臉頰上，滲出血來，別說沈蓉就連沈琦臉色都變了。「快去拿牌子請太醫來，再來個人去請錢大夫。」

女子的臉和手格外的重要，特別是沒出嫁的女子，若是留了疤，怕是在說親上都有問題。

沈錦也說道：「安寧，快去府中拿那盒御賜的雪蓮膏。」

沈梓已經嚇壞了，她的指甲上還沾著血，掛著一些皮肉，後退了幾步尖叫道：「我不是故意的……」

沈蓉眼睛紅了，看著沈梓滿眼的不敢相信，那是她的親姊姊啊。沈錦已經過來了，趕緊說道：「不許哭，眼淚落上了，說不定就要留疤了。」

「三姊……」沈蓉的聲音裡夾帶著哭腔。

沈琦一把拽開沈梓，然後仔細打量著沈蓉臉上不斷流血的傷口，現在看著格外的嚇人，又見沈蓉慘白的唇，安慰道：「不怕，只是淺淺一道，我已經讓人去請太醫了。」

趙嬤嬤看了一眼，又掃了一下沈梓的手，她的指甲上是用鳳仙花染的色，而且沈梓那一下一點力氣都沒留，想不留疤，怕是難了，只希望不要太深才好。

其實趙嬤嬤知道這時候該怎麼處理，可是在明知會留疤的時候，就沒有上前說什麼，還給安平使了個眼色，安平不著痕跡地擋了沈錦一下，沒讓沈錦靠得太近。沈琦也有同樣的顧慮，碰也沒有碰沈蓉一下，在永甯侯府受傷這點，沈琦都怕到時候許側妃咬著她不放，眼神一閃，直接看向沈梓厲聲說道：「五妹可是妳嫡親的妹妹，妳竟然能下得了狠手。」

沈琦說著就一把抓著沈梓的手，誰知道這一看就瞧見了沈梓的指甲，這次可真是驚住了，任誰看了那樣的指甲都會覺得沈梓是故意的。「妳……」

沈蓉也看見了，腿一軟尖叫道：「姊姊，妳竟然……我什麼時候得罪了妳？」

「不是，不是……」沈梓使勁搖頭，想要把手給抽出來，人也快哭了。「我不是故意的。」

「妳指甲特地弄成這般，還說不是故意的？」沈琦也覺得沈梓怕不是真的想要去抓花沈蓉的臉，可是此時只能一口咬定。「五妹年紀小，就算平日說話不注意惹了妳生氣，妳也不能如此狠心，五妹可還沒訂親啊。」

府中請了大夫叫了太醫這樣的事情是瞞不住的，永樂侯世子得到消息也是嚇了一跳，趕緊帶著兩個妻弟過來，因為他們離得比大夫還近一些，倒是先過來了。誰知道還沒進門，就聽見一個尖銳的女聲大喊道：「我就算要抓也是抓花沈錦那賤人的臉，我怎麼會去抓我親妹妹！」

剛喊出來沈梓就知道壞了，她滿臉驚恐，直接軟倒在椅子上，滿臉蒼白和冷汗地搖頭說道：「我胡說的，不是真的……」

沈錦也小小驚呼一聲，往後退了幾步，安平直接擋在沈錦和沈梓中間，趙嬤嬤更是直接把沈錦按在懷裡，厲聲說道：「鄭家少夫人！您這話我一定會如實告訴永甯伯的。」

永樂侯世子嚥了下口水，眼神看向沈軒，這算是瑞王府的私事吧，和他們永樂侯府可沒有關係。

「沈梓妳好大的膽子。」沈琦聽沈梓這麼一喊，也覺得理所當然了，怕是沈梓對沈錦懷恨在心，本想乘機抓花沈錦的臉，誰知道沈蓉的話惹怒了她，忘記了指甲的事情一巴掌就揮上去。沈琦都不知道該說沈蓉倒楣、還是沈梓心狠手辣了。

「不是的……」沈梓伸手捂著耳朵尖叫道：「不是啊！我沒有……」

沈蓉目光呆滯，她緊緊抓著丫鬟的手，一直問道：「我不會留疤對嗎？太醫怎麼還不來……我的臉……」

丫鬟不斷安慰，可是根本不敢碰沈蓉的臉，還抓著她的手。

沈軒大步走進來，伸手抓住沈梓的手，然後一耳光搧了過去，男人的力量比女人大多了，這一搧不僅讓沈梓噤了聲，嘴角都流了血。沈梓看見沈軒像是看見了救星，抓著沈軒的手，甚至感覺不到臉上的疼痛。「大哥，我沒有，真的不是我，都是沈錦……對，都是她的陰謀……」

又一巴掌搧了過去，沈軒冷聲說道：「妳最好閉嘴。」

「大哥……大哥，我的臉……」沈蓉聽見了沈軒的聲音，抬頭看了過去叫道。

沈熙也進來了，他雖然和沈蓉關係不好，可是此時也是心疼的，到底是自家的親人，說道：「五妹沒事的。」

永樂侯世子猶豫了一下，才走進來說道：「讓人把門窗關好，五妹先進內室，別見了風。」

「對。」沈琦也反應過來，說道：「趕緊扶著五妹進去。」然後看向沈梓。

沈軒面色黑沈地說道：「我會看著她，派人請母妃過府。」

沈琦點點頭，沒再說什麼。

丫鬟扶著沈蓉往內室走去，沈熙和沈琦都跟了過去，沈錦靠在趙嬤嬤的懷裡低聲說道：「嬤嬤，我沒事的，有大哥在。」

沈軒也說道：「放心，我會給三妹一個交代的。」

錢大夫此時也過來了，他雖然是永樂侯府的大夫，畢竟是個外男，住的地方稍微遠一些，世子見了趕緊說道：「你快進去給人瞧瞧，算了，我帶你進去。」

說著世子就拽著他的胳膊往裡面走去，背著沈軒低聲說道：「若是會留疤，你就不要沾手知道嗎？」

錢大夫也不是傻子，聞言說道：「是。」

沈錦猶豫了一下，從趙嬤嬤懷裡出來說道：「我們也去看看？」

趙嬤嬤說道：「也好。」

沈梓雙頰紅腫，嘴角還有血，格外的狼狽，她滿目仇恨地看著沈錦，含糊不清地說道：「都是妳，妳個害人精……」

沈軒眉頭一皺，說道：「別逼我把妳的嘴堵上。」畢竟沈梓已經嫁出去了，若還是瑞王府的姑娘，沈軒早就讓人把她給押下去。

沈錦進去的時候，正巧聽見錢大夫說道：「在下醫術淺薄，還是等太醫來再說吧。」

沈蓉身子晃了晃，問道：「我的臉是不是會留疤？」

「在下實在是看不出來。」錢大夫說完就低頭退到一邊。

沈琦擋住了沈蓉的視線說道：「還是等太醫來吧。」

沈蓉有氣無力地靠在丫鬟身上，竟然有些絕望的意思。

沈錦並沒有湊過去，而是站在角落這邊，安平沒有跟進來，不過趙嬤嬤還是陪在沈錦的身邊。

瑞王妃比太醫先到，是永樂侯夫人親自去迎的，見到行色匆匆的瑞王妃，她也不知說什麼好。「我剛剛去瞧過，怕是要留疤了。」

「給府上添麻煩了。」瑞王妃溫言道。

永樂侯夫人嘆了口氣。「哪裡的話，只要妳不怪罪我沒照看好幾個小的就是了，都是親姊妹，何至於此。」

瑞王妃沒有回答，永樂侯夫人也意識到自己說得太過，閉嘴不再說話了，沈梓還坐在廳中被沈軒派了兩個婆子看著，見到瑞王妃時，沈梓整個人都顫抖起來。「母妃……母妃救救我……我不是故意的。」

「軒兒。」瑞王妃看都沒看沈梓一眼，只說道：「讓婆子把人給送回鄭家。」

「不！」沈梓忽然臉色一白，捂著肚子。「好疼……」婆子一個沒看好，她竟然摔在地上，蜷縮著慘叫。「我肚子好疼……」

瑞王妃看見沈梓的裙子下面竟然滲出血來，面色一變，沈聲說道：「有大夫嗎？」

「有。」永樂侯夫人也發現了，心中只覺不好，趕緊說道：「快去把大夫叫來。」

錢大夫就在這院中，他本身也不敢去看瑞王府五姑娘的傷，聽到丫鬟叫他，就跑了過來，說道：「快把她抬到屋中。」

瑞王妃看向永樂侯夫人，侯夫人說道：「這邊來。」

幾個壯實的婆子抬著沈梓，趕緊跟著永樂侯夫人走了，瑞王妃看見沈梓臉上的手印，眼神閃了閃，看向沈軒。沈軒也是一臉懊悔，他並不知道沈梓有孕的事情，萬一沈梓咬定是沈軒把她打流產就完了。

瑞王妃低聲問道：「當時都有誰？」

沈軒把看見他動手的人說了一遍，瑞王妃點了點頭，想著怎麼善後，此時安寧已經拿了藥膏趕回來，見到瑞王妃和沈軒就行禮。

瑞王妃溫言道：「這是幹什麼，急急忙忙的？」

「府中有一盒御賜的雪蓮膏，夫人剛剛見到五姑娘受傷，就讓奴婢趕緊拿了來。」安寧恭聲說道。

瑞王妃眼神一閃，說道：「這還真是……我瞧瞧。」

安寧雙手奉上，瑞王妃打開蓋子，輕輕摳了一塊聞了聞，然後把盒子蓋上，交給安寧說道：「快快送去，和妳家夫人說，一切等太醫來了再說。」

「是。」安寧聽了瑞王妃的話，心中已經明白，這番話確確實實對沈錦好，藥是好藥，可是架不住別人潑髒水。

等安寧離開了，翠喜就說：「王妃去瞧瞧五姑娘，奴婢去探望一下二姑娘。」

瑞王妃拍了拍翠喜的手說道：「去吧。」

翠喜不著痕跡微微握著手，然後朝沈梓那邊走去，因為是在別人府上，瑞王妃也不好多說什麼，不過看著兒子的神色開口道：「無礙的，你帶人去接鄭家老夫人他們過來，把事情大致說一遍。」

沈軒聽見母親這般說，也放下心來，說道：「是。」

瑞王妃沈聲說道：「在瑞王府中沈梓恭順良德，怎麼才嫁到他們鄭家這麼短時間，就變成這般滿心嫉妒的狠辣心腸，不過到底已經嫁到鄭家，瑞王府就不會再插手了。」

「知道了。」沈軒開口道。

瑞王妃揮了揮手，這才進去裡面探望沈蓉，沈蓉見到瑞王妃就喊道：「母妃。」

「可憐的。」瑞王妃快步走過去，仔細看了看沈蓉的臉，臉上的血已經乾了一些，傷口還微微往外滲著血，倒是不多了，離傷口遠些的則已經擦乾淨。

安寧把藥膏給了趙嬤嬤，該什麼時候拿回來自然由趙嬤嬤決定。

很快沈梓那邊就傳了消息來，丫鬟也是急匆匆地過來稟報，沈梓肚中的孩子怕是保不住了，若是能作決定，錢大夫就要去開藥，好讓那些東西流乾淨。

眾人看向瑞王妃，瑞王妃只是說道：「二丫頭雖是我瑞王府的郡主，可到底已經嫁到鄭家，讓錢大夫儘量保胎，剩下的等鄭家的人來了再決定。」

趙嬤嬤聞言看向瑞王妃，瑞王妃是真的厭惡了沈梓，若是此時真為沈梓考慮，就該讓大夫早早將沈梓肚中的污血一類排出來，小產雖然會傷身，可養上一段時間就沒什麼大礙了，可如今瑞王妃偏偏讓大夫想辦法保住等鄭家的人來，這一耽誤……對沈梓身子的傷害可就大了。

不過瑞王妃這樣的做法有錯嗎?也沒有，畢竟沈梓已經嫁到鄭家，肚中是鄭家的子嗣，她不插手任何人都說不出一個錯字，若是真插手了，最後說不得還要落了埋怨呢。

沈錦雖然嫁人了，可是這樣的事情並不清楚，只是抿了抿唇低聲說道：「二姊怎麼都不知道自己有孕?」

趙嬤嬤同樣小聲說道：「她的心思都放在別的事情上了。」

沈錦喔了一聲。「可惜了。」雖然她不喜歡沈梓，可是那個孩子卻沒有任何過錯，伸手摸了摸自己的小腹，她什麼時候才能有夫君的孩子呢？

瑞王妃嘆了口氣說道：「我去二丫頭那邊看看。」

沈琦開口道：「母親，我陪您去？」

「不用了。」瑞王妃開口道：「妳們在這裡陪著五丫頭。」說完就帶著丫鬟去了沈梓那邊。

第二十二章

沈梓躺在床上，錢大夫正在給她施針，臉色格外的嚴肅，額間還有汗水，她臉上的巴掌印已經消失了。

太醫是被永樂侯和永甯伯一起帶回來的，就連瑞王都跟了來，他們三個本在宮中御書房，因為永樂侯府拿了牌子找太醫，所以直接稟報到皇后那裡。皇后派了太醫後，就讓小太監給誠帝傳話，誠帝這次倒是沒有隱瞞，只是說道：「有人拿了永樂侯府的牌子來叫太醫，說是有女眷受了傷，皇后知道後，就特派了太醫去。」

永樂侯滿臉詫異地看向誠帝，誠帝說道：「我記得皇弟的大女兒嫁給永樂侯世子，二女兒嫁到鄭家，三女兒嫁給了永甯伯。」

此時正在御書房，除了他們幾個外，還有不少朝中大臣，眾人正在商議沿海那邊海寇的事情，此時見誠帝忽然說起了家常，心中都有些猜測。

瑞王站了出來恭聲說道：「是。」

「哦？」誠帝雖然及時掩住，但眼中還是露出幾分情緒，他說道：「既然如此，你們就與太醫一併回去吧，說是有女眷受了傷。」

瑞王和永樂侯臉色俱是一變，楚修明也站起來直接謝了恩，然後轉身先出去了，瑞王和永樂侯也趕緊謝恩跟著他一併離開。

誠帝嘆了口氣說道：「修身、齊家、治國、平天下。」又搖了搖頭像是惋惜一般。

眾人都不再說話，雖然誠帝沒有直接點名，可是意思很明白了，在場的大多都是老臣子，心中都覺得誠帝這樣有些下作，倒是有些誠帝新提拔上來的聞其聲知其義，明白了誠帝對永甯伯的態度。

就算楚修明沒有聽見誠帝後來說的話，在誠帝當著眾人面提起這些事情的時候，他就已經猜到誠帝的意思，只是並不在意就是了。雖然知道有趙嬤嬤、安平和安寧在，自家娘子受傷的可能性很低，可到底沒有親眼看見也放不下心來。

在宮門口就遇到瑞王府和永樂侯府派來的人，把事情大致說了一下，三人心中都有數，帶著太醫一起往永樂侯府趕去。

瑞王簡直要氣炸了，沈梓竟然抓傷了沈蓉的臉，那可是她的親妹妹，這時候的瑞王還不知道沈梓小產的事情。

永樂侯世子親自出來接，見了兩個太醫，鬆了口氣說道：「來了兩個就好，你們誰擅長婦科誰擅長外傷？」後一句是問兩位太醫的。

「這是怎麼了？」永樂侯問道：「莫非還有人受傷？」

世子有些尷尬地點點頭說道：「二妹……」

「那個孽障怎麼了？」瑞王沈聲問道。

倒是永樂侯夫人趕了過來說道：「邊走邊說，鄭少夫人實在糊塗，月分尚淺竟然……此時怕是保不住了。」

瑞王咬牙，表情格外猙獰。「讓她去死。」

「王爺。」瑞王妃也出來了，正巧聽見這一句，沈聲說道：「二丫頭雖是你的女兒，可如今已經嫁進鄭家，是鄭家的人。」這是要撇清關係。

楚修明腳步都沒停，問道：「我夫人可有受傷？」

「錦丫頭倒是無礙的。」瑞王妃說了一句後，又看向太醫。「還要麻煩兩位太醫。」

兩名太醫點點頭，分別跟著丫鬟走了，瑞王妃說道：「王爺，你們先在外面等。」

「好。」瑞王和永樂侯也知道他們現在過去不方便，並沒再說什麼。

楚修明看向瑞王妃，瑞王妃說道：「修明你也在外面等著，我進去叫錦丫頭出來。」

「謝謝岳母。」楚修明這才說道。

瑞王妃點了點頭，轉身往裡面走去，永樂侯夫人吩咐兒子陪著瑞王他們後，也進去了。

沒多久沈熙就出來，先請了安才說道：「三姊夫，三姊說她等下就出來。」

楚修明點點頭，瑞王倒是問道：「到底是怎麼回事？好好的來作客怎麼就傷了？」

沈熙有些尷尬不知道怎麼說好，瑞王沈聲說道：「照實說。」

「其實兒子也不知道。」沈熙開口道。「兄長、我和五妹到了以後就分開了，五妹去找大姊她們說話，我與兄長和大姊夫在書房。」

世子說道：「是的，小婿前幾日得了一幅真跡，就請了兩位妻弟到書房鑑賞。」

永樂侯聞言說道：「我也知這件事，馬上就到王爺的生辰，玉鴻這段時間一直在給王爺準備賀禮，那幅真跡就是。」

「我們三人正在說笑，忽然就聽下人來稟，說是夫人叫了府中的大夫，還讓人去喚了太醫，所以我們三人就急匆匆地過來，誰知道還沒進門，就聽見……」這話世子此時不好再說。

沈熙卻沒有那麼多顧忌，再說沈梓喊的時候很多人都聽見是瞞不住的。「二姊正在喊，說若是真的要抓花，也是要抓花三姊的臉，怎麼會去抓自己親妹妹的。」

瑞王臉色格外難看，還有些尷尬地看了永甯伯一眼，楚修明面色卻絲毫沒變，只是眼睛瞇了一下說道：「是嗎？」

「是這個意思。」世子咳嗽了一聲說道。

沈熙臉色也不好看。「我們這才知道，二姊竟然故意把指甲弄得尖銳，不知為何搧了五妹，還撓破了她的臉。」

永甯伯微微垂眸，慶幸沈梓傷的人不是沈錦，否則……

瑞王氣得已經說不出話來，鄭家的人來的時候，他都沒有給一個好臉色，見到鄭夫人直接質問道：「鄭嘉瞿呢？他妻子出事，他都不露面嗎？」

鄭夫人也是急急忙忙趕來，聞言倒是沒有惱怒，反而給眾人問安，然後說道：「嘉瞿身子不適，出不得門，改日好了定讓他與王爺賠罪。」

房中太醫仔細檢查了沈蓉的傷口，皺了皺眉頭說道：「怕是……不大好。」

沈琦追問道：「太醫，可會留疤？」

太醫不再說話，態度已經表明一切。

趙嬤嬤把藥膏塞到沈錦手裡，輕輕推了推她，沈錦這才從角落走出來。「太醫，若是用了雪蓮膏會不會好些？」

「若是有雪蓮膏的話，倒是會清淺一些。」太醫恭聲說道，言下之意還是會留疤。

「我不活了……」沈蓉再也忍不住哭了起來。

沈琦說道：「太醫您盡力而為吧。」

太醫點了點頭，沈錦把雪蓮膏也給了太醫，沈琦吩咐丫鬟仔細照看，然後拉著沈錦出了屋子，就見瑞王幾個人正坐在廳中，氣氛格外尷尬。沈錦見到楚修明，眼睛亮了亮，楚修明親眼見到沈錦沒有任何不當，才微微點頭，心中怒氣卻絲毫不減。

瑞王問道：「妳妹妹臉上的傷口怎麼樣了？」

「太醫說怕是不好。」沈琦把太醫的話說了一遍。「多虧了三妹讓人特意趕回府中拿了御賜的雪蓮膏，否則……不過就算如此，也只是稍微淺一些，到底會落了疤。」

瑞王又氣又恨，更多的是覺得丟人。

沈琦給丈夫使了個眼色，世子說道：「岳父，小婿想到還有些事情請教父親。」

瑞王現在也不想看見永樂侯，聞言說道：「趕緊去吧。」

永樂侯父子就離開了大廳，沈琦直接把屋中伺候的都打發出去，一時間就剩下了瑞王、沈軒、沈熙和永甯伯夫妻，沈琦這次說話可不再客氣，直接說道：「父王，今日這事，絕不能善了。」

瑞王看向女兒，他雖更看重兒子，可是沈琦是他第一個孩子，在他心中地位自然不一樣，說道：「琦兒，怎麼了？」

沈琦眼睛一紅，強忍著淚水說道：「父王，我這次請幾個妹妹、妹夫來作客，本是想讓大家多聚聚，感情更好一些，可是現在這樣的情況……我簡直沒臉見人了。」

瑞王趕緊說道：「這和妳又有什麼關係，明明是她們不好。」

沈琦看著瑞王，哭訴道：「可是這是我婆家啊。」

瑞王妃一臉憂愁地過來，雖然沈琦吩咐不讓人靠近，可瑞王妃並不是別人，瑞王妃進來看了沈琦一眼，直接說道：「琦兒放心，一會兒就讓妳父王與永樂侯和侯夫人賠禮，等我回去就讓人備了禮送來。」

瑞王等妻子坐下才低聲問道：「需要嗎？」

瑞王妃看了瑞王一眼，瑞王只得說道：「琦兒別怕，一會兒父王就去給永樂侯賠禮，定不會讓妳難做。」

沈琦一臉感動地看著瑞王說道：「父王。」

瑞王將一腔怒火都放在了沈梓身上，厲聲問道：「到底是怎麼回事？丫鬟說得不明不白的。」

一直沒有開口的楚修明這才說道：「其實我也想知道，明明是我家夫人的姊姊，卻想抓花我家夫人的臉，到底是怎麼回事？」

瑞王此時更加尷尬了，沈琦覺得太難以啟齒，瑞王妃倒是說道：「事情已經如此了，再丟人也就這般了。」然後看向沈錦。「錦丫頭今日受了委屈，我與妳父王都記下了，一定會給妳個交代的。」
沈錦看了看瑞王，又看了看瑞王妃，說道：「其實我沒傷到。」
瑞王妃感嘆道：「真是個實誠的丫頭，都是我的女兒，我總不能讓妳吃虧。王爺，一會兒讓太醫親自與你回稟，五丫頭的臉若是沒有錦丫頭拿的雪蓮膏，怕是毀得更厲害，到時候莫讓人冤枉了錦丫頭才好。」
「怎麼會。」瑞王開口道。「錦丫頭，父王知道妳今日的委屈和所作所為，放心吧。」
「沒事的。」沈錦乖巧地說道：「父王、母妃和大姊都對我極好的。」
楚修明嘆了口氣，說道：「在邊城的時候夫人也一直說。」
廳中的氣氛終是緩和了一些，幾個人都坐下來，沈錦開口道：「夫君，你去與大姊夫說話吧。」言下之意就是讓楚修明也離開。
楚修明看了沈錦一眼，說道：「好。」這才出去了，他倒是沒有去與永樂侯世子說話，而是去尋了守在外面的趙嬤嬤她們。
沈軒開口道：「我與弟弟……」
「留下。」瑞王妃說道。「那些都是你的姊妹，有些事情你心裡有數的好。」
等廳中再無外人了，沈琦就把事情原原本本地說了一遍，瑞王越聽越氣，當初是許側妃和沈梓哭著鬧著不願意嫁給永甯伯的，此時卻又來怨恨。
瑞王妃也氣得臉色變了，扶著頭說道：「二丫頭竟然抱著這樣的心思，若是讓人知道了，府上的臉面還要不要了。」

沈錦說道：「母妃別哭，怕是二姊誤會了。」

「什麼誤會。」沈琦冷聲說道：「不過是看三妹妳心善好欺罷了，想想昨日她竟然與二妹夫在路上撕打，本身就丟盡了臉面，今日若不是有別的心思，怎麼會出門？若是永甯伯知道了二妹這樣的言論，會怎麼想我們瑞王府、想三妹？」

瑞王妃已經擦了淚說道：「這簡直是結仇，邊城那般的情況，錦丫頭好不容易挺了過來，如今才過幾天好日子，錦丫頭的親事，到底是如何，王爺也是心知肚明的，鄭家更是許側妃和二丫頭自己選的，怎麼到了如今竟然是我們要害她們？」

「父王，姊妹們的事情我是不願意插嘴的，畢竟她們遲早要出嫁，在家中過得自在些也是應該的。」沈軒此時才開口道。「不過……就是我也撞見過幾次，母妃送與三妹的東西最終出現在二妹和四妹她們那兒。」

沈熙也說道：「我見過一次，四妹想要三姊的點翠簪子，那可是陳側妃嫁妝裡面的，三姊不給，四妹就冷言冷語的。」

瑞王皺眉說道：「你們怎麼不與我說？」

「是我不讓說的。」瑞王妃開口道。「她們姊妹的事情，你參與了能怎麼樣？還不是讓錦丫頭把東西讓給四丫頭？」

瑞王被說得一愣，竟然不知怎麼反駁。

沈錦開口道：「父王，那支點翠簪子因為是母親最喜歡的，所以我才不好給四妹，剩下的都無所謂，再說母妃和大姊會偷偷給我呢，就連哥哥和弟弟也有給我帶東西。」

沈軒沒有否認，只是說道：「平日收了三妹不少香囊扇袋。」
沈熙也笑道：「不過每次帶出去都要被同窗笑話，上面繡的東西都太圓了。」
瑞王看向瑞王妃說道：「當初是我的錯。」
瑞王妃只是嘆氣道：「現在說這些幹什麼，等回府了再說吧。」然後看向沈琦。「妳去給五丫頭收拾一下，王爺去給永樂侯和永樂侯夫人賠禮，我們回府吧。」
瑞王妃看向沈錦說道：「錦丫頭，妳也帶著女婿先回去吧。」
沈錦應了下來說道：「好的。」
瑞王妃說道：「放心，定不會讓污水潑到妳身上。」
沈錦一臉迷茫地看著瑞王妃，就差沒直接問「和我有什麼關係」了，不過她習慣聽瑞王妃的話，點點頭說道：「好的。」
沈琦也說道：「過幾日我去妹妹府上作客。」
「好。」沈錦一口應下來，見瑞王妃沒有別的事情就先告辭了。
出了門就見到一身伯爵服的楚修明站在院中，趙嬤嬤她們都在楚修明的身邊。楚修明看見沈錦，就伸出右手，手心朝上，沈錦露出一個笑容走過去，把手放在楚修明的手裡說道：「我們回去吧。」
「嗯。」楚修明幫沈錦整理了一下頭髮。
雖然楚修明面色平靜，可是沈錦感覺到楚修明的心情很不好，楚修明微微垂眸看著自家小娘子，說道：「萬一受傷的是妳呢？」

沈錦只覺得心裡甜甜的，踮著腳尖附在他耳朵上小聲說道：「其實我覺得，二姊可能真的不是故意的。」

「嗯？」兩個人離得很近，楚修明甚至能聞到沈錦身上的香味，伸手摟著沈錦的腰，讓沈錦不用那麼辛苦。

沈錦開口道：「真的，我覺得二姊沒有那麼大的膽子，她可能有傷我的心思，卻絕對不敢動手的，五妹這次……怕真是誤傷了。」

楚修明應了一聲，等沈錦說完離開了也沒有鬆開手，把她軟乎乎的身子摟在懷裡，然後慢慢往外走去，並沒有說話。

沈錦撒嬌道：「不要氣了。」

楚修明停下腳步，一把將沈錦給舉了起來，讓她坐在自己胳膊上，永樂侯府的下人簡直都被嚇得愣住了，甚至有個端著盆的丫鬟，直接把盆摔在地上。

沈錦覺得自己臉皮變厚了不少，此時不僅沒覺得不好意思，還覺得格外的安全和歡喜。

楚修明見沈錦喜歡，還故意上下拋動，讓沈錦更加開心一些。

沈錦絲毫不覺得害怕，笑了起來，腕上的玉鐲相互碰撞，發出清脆的聲音。

「不知羞恥。」

沈錦身後站了一個面色嚴肅的中年女人，說話的正是她。

身後忽然傳來的女聲打斷了幾個人之間的氣氛，楚修明停下來轉過身看去，沈錦就看見沈梓面色慘白地被裹在披風中，被兩個粗使婆子架著。

沈錦微微打量了她一下問道：「我們認識妳嗎？」

中年女人並不覺得自己有錯。「大庭廣眾之下，你們可知廉恥兩個字怎麼寫的？」

「妳準備教教我們？」楚修明終是開口說道，他的眼神很冷，帶著幾許嘲諷，從沈梓身上一掃而過，就見沈梓身子晃了晃。

又一個中年美婦走了出來，見眾人擋在門口就問道：「這是怎麼了？」說話的正是鄭嘉瞿的母親，沈梓的婆婆，和那個神色嚴肅的中年女人比，看起來倒是溫和了不少。

沈錦見沈梓的樣子，說道：「妳們還是快快送二姊回去吧。」

鄭夫人已經從丫鬟的口中知道了事情的經過，吸了一口冷氣，看了一眼那個中年女人，若她不是自家的小姑子，她恨不得直接裝作不認識，此時只覺得頭疼得很，趕緊解釋道：「剛剛是誤會。」

「鄭夫人嗎？」楚修明眼神落在後出來的婦人身上，開口道：「我今日的話妳最好記在心裡，若是以後你們鄭家任何人傷了我妻分毫，我就斷妳兒子一肢，妳可以回去數數妳共有幾個兒子，有幾次機會。」

鄭家小姑已經知道眼前的人是誰，聽見楚修明這般張狂的話面上一怒。「這是天子腳下，不是你能放肆的地方。」

「呵。」楚修明的眼神在鄭家人身上掃了一圈，沒再說什麼。

鄭夫人趕緊說道：「永甯伯，大家都是姻親……伯夫人，我知今日的事情讓您……」

「鄭夫人妳別著急。」沈錦的聲音輕輕柔柔的。「夫君有分寸的。」

有分寸就是斷她兒子的手腳，那沒分寸呢？鄭夫人簡直要暈過去了。

「沈錦妳別得意……」沈梓滿眼仇恨地看著沈錦，面孔都要扭曲了。

「如果我聽見你們鄭家人說我夫人一句不好聽的，或者惹了我夫人生氣……」楚修明再一次地開口，他的面色很平靜，但是聲音帶著一種寒意，甚至讓人感覺到了一股殺意。「照樣如此。」

還沒等沈梓再開口，鄭夫人再也保持不住形象，厲聲叫道：「給我捂住她的嘴。」

沈錦還坐在楚修明的懷裡，說道：「夫君我餓了，想回去了。」

「嗯。」楚修明應了一聲，剛剛那身的寒意和殺意一下子就全部消失。

沈錦扭頭看了沈梓一眼。「夫君，我想吃你弄的烤肉。」

「好。」楚修明一口應了下來。

趙嬤嬤看著鄭家的人冷笑了一下，說道：「你們最好記著我家爺的話，除了對夫人外，他都是說一不二的。」

瑞王妃也出來了，她身後丫鬟婆子圍著一個戴著帷帽的女子，她們剛剛也聽見了楚修明的話，沈琦更是毫不留情面地說道：「有些人也太自以為是了，別人家的事情總想要插手管上一管，如今爪子伸得太長被人剁了吧。」

這話把鄭家小姑氣得面色變了又變，還是鄭夫人有經驗，直接讓身邊得力的婆子去拉著她不許她開口。

此時鄭家夫人根本顧不上沈梓的身子，只是說道：「親家，怕是永甯伯對我們多有誤會，還請……」

「鄭家的事情以後與瑞王府沒有任何關係。」瑞王妃平靜地說道。「沈梓的事情我也不會再管，若是你們真有所求，就去求沈梓的生母。」

從永樂侯府回來後，沈錦整個人精神都不大好，就連楚修明親手給她做的烤肉也沒吃進去多少，開始的時候不管是楚修明還是趙嬤嬤都以為沈錦是因為心裡不舒服的緣故，可是過了兩天沈錦還是懨懨的時候，趙嬤嬤心中隱隱有了猜測，也偷偷與楚修明說了，楚修明當即就讓人請大夫過府。

沈錦知道楚修明是擔心自己的身體，而且她想了一下也覺得這幾日不太對，也覺得自己莫名其妙，難不成她真的那麼在乎沈梓和沈蓉？

可是不應該啊，她覺得自己不該這麼……多愁善感啊，否則在瑞王府的時候還不得每天流淚哭個不停？

「其實，我只是水土不服吧。」沈錦看著楚修明，小聲說道：「我覺得京城的羊肉都不如邊城那邊的好吃。」

楚修明伸手握著沈錦的手。「叫大夫看看，我也安心。」

沈錦還是有些不情願，她怕死喝那些藥了，趙嬤嬤端了一碗紅棗酪給沈錦，說道：「夫人，若是老奴沒記錯，您可是在京城生活了十幾年，邊城才生活了幾個月。」

「可是我有一年沒回來了，所以水土不服了。」沈錦很理直氣壯地說道。

楚修明靜靜地看著沈錦，沈錦的唇動了動，終於沮喪地說道：「我知道了，等大夫來了，我就讓大夫看。」

趙嬤嬤柔聲說道：「夫人還想用些什麼，和老奴說，老奴這就去做來。」

沈錦眼睛一亮，含著勺子看向了趙嬤嬤，趕緊把嘴裡的吃下去說道：「不如做個酒糟肉丸？」見趙嬤嬤臉上的不贊同，有些氣弱地辯解。「是大姊喜歡吃的，她一會兒就要來了呢。」

趙嬤嬤嘆了口氣說道：「等問過大夫，若是夫人身體無礙了，老奴就給夫人做個蝦丸雞皮湯好不好？」

「好。」沈錦一口應了下來，對著趙嬤嬤露出笑容，然後繼續滿足地吃起了紅棗酪。

大夫和沈琦是前後腳來的，安寧和安平去迎的沈琦夫婦，安平恭聲解釋道：「我家夫人自前幾日起身子就有些不適，今日早飯都沒用進去多少，少爺命人去請了大夫，此時正在裡面給夫人把脈，所以夫人才沒能親身來迎世子夫人。」

沈琦根本不會在意這些，此時聽了解釋更是說道：「妳家夫人怎麼回事？莫不是前幾日被驚了神？」

「奴婢不知。」安平面上露出幾許擔憂說道。

沈琦點點頭說道：「我知道了，快帶我去瞧瞧。」

永樂侯世子也說道：「都是自家人，哪裡需要那麼客套。」

等沈琦夫婦過去的時候，那老大夫已經把完了脈，正在問道：「夫人這幾日可用了什麼東西？」

趙嬤嬤把這幾日沈錦吃的都說了一遍，然後說道：「這幾日夫人的胃口一直不好，今日早上才進了一碗米粥和兩個素餡包子。」

一碗米粥和兩個包子還不多嗎？沈琦的腳步都頓了一下，若不是滿屋子伺候的人都是一臉認真，永甯伯眼中也有些擔憂，沈琦差點以為沈錦在開玩笑，就連世子臉上都露出了詫異，下意識地看了沈琦一眼。沈琦和沈錦可是姊妹，關係瞧著還不錯，可是沈琦每日早上最多用大半碗粥和幾塊點心，而沈錦胃口不好還吃了一碗粥和兩個包子，那胃口好的時候要吃多少？

楚修明站起來，點了下頭算是打過招呼，然後看向大夫，等著大夫說話。

老大夫倒是沒有沈琦他們那般驚奇，畢竟胃口大的婦人也不是沒見過。「那以往每日早上用多少？」

趙嬤嬤開口道：「平日裡夫人都要用一碗粥，三、四個包子，幾塊點心……」

沈錦瞧見了沈琦的表情，難得有些羞澀地紅了臉，趕緊說道：「那些包子、花卷、牛奶饅頭都是很小的。」

趙嬤嬤點頭說道：「是的，老奴會看著不讓夫人用太多，免得積了食，用完早飯過一、兩個時辰，夫人還會再用一盤點心和幾塊蜜餞乾果一類的，可是現在……」

沈琦已經恢復了平靜，走過來坐在沈錦的身邊，沈錦弱弱地解釋道：「我平日動得多了，才會吃得多了一些。」

楚修明伸手摸了摸小娘子的後頸說道：「不多。」

沈錦聞言臉上就露出笑容，也說道：「嗯！」反正吃得再多，夫君也養得起！

趙嬤嬤已經和老大夫交代完了，老大夫沈思了一下說道：「沒什麼大礙，倒是不須用藥，而且夫人身子骨很康健，既然夫人想休息，就讓她休息，想吃什麼就讓她吃什麼，吃多少都讓她自己決定，倒是無須勸著她，可以多用一些水果，過段時間就好了。」

「好的，謝謝大夫。」趙嬤嬤心中有些失望，說道：「我送大夫。」

老大夫點點頭就告辭了，趙嬤嬤不僅備了診金，還送了紅封。「以後府上若有事，到時候還要麻煩大夫。」

「應該的。」老大夫讓藥童把東西收下說道：「有些事情急不得，貴府夫人底子好，這是遲早的事情。」

「大夫說得是。」趙嬤嬤笑著說道。「不過是夫人這幾日容易疲倦，我們這些人心中擔憂。」

「其實……」老大夫見永甯伯府的人態度極好，猶豫了一下說道：「也可能是如今時日尚淺，所以脈上沒有徵兆。」

趙嬤嬤也想到了這點，問道：「那大夫覺得什麼時候合適再來把脈？」

大夫思索了一下說道：「十五日後。」

趙嬤嬤笑著應了下來，親自把人送到門口。

第二十三章

和趙嬤嬤的失望相比，楚修明倒是鬆了一口氣，沈錦年紀尚小，孩子的事情他是不急，更何況現在的情況也不適合要孩子，不過若真是有了，他自然是高興欣喜的，還會全力護著沈錦母子安全。

沈錦聽了大夫的話，就有些得意了，等趙嬤嬤送了人回來，就笑看著趙嬤嬤。「嬤嬤，那中午還吃酒糟肉丸，還要蝦丸雞皮湯。」沒等趙嬤嬤說話，就接著說：「大夫說了，讓我想吃什麼就吃什麼的。」

雖然是這麼說，可是這樣當成理由真的好嗎？趙嬤嬤看向楚修明，楚修明卻點了下一頭，自己娘子開心就好。

「是。」趙嬤嬤應了下來，就下去準備了。

沈琦見此，就笑道：「嫁人以後怎麼越發地淘氣了？」

沈錦心情很好，她決定以後身體不適就找這個老大夫，不會像別的大夫那樣老讓她喝藥，說道：「嬤嬤的手藝極好，可是不輕易下廚的，今日因為姊姊來，嬤嬤才答應親自動手的。」

沈琦聞言只覺得心中暖暖的，笑道：「妳不是說養了一隻狗嗎？我們一起去瞧瞧？」

世子也喜歡狗，還特地在院子裡養獵犬，聞言說道：「前幾日夫人與我說了，我心中也好奇得很，三妹夫帶我一併去看看吧。」

楚修明點頭說道：「我讓人把狗放出來，我們到外面的院子裡等著就好。」

沈錦已經和沈琦挽著手往外走去。「小不點可乖了，跑起來的時候就像是個毛團。」

沈琦問道：「是什麼顏色的？」

「白色的，毛又多又軟。」沈錦帶著幾分炫耀地說道。

沈琦點了下頭，心中倒是有些期待了，小不點……那一定是小小的一團，渾身毛茸茸的，想到抱在懷裡的感覺，也笑了起來。「那一會兒讓我抱抱。」

「好啊。」沈錦一口答應下來。「抱著特別舒服。」

世子心中倒是有些失望，他是喜歡大狗的，而不是那種小狗，不過剛剛話已經說了，不好現在就叫楚修明帶他回去。

世子笑道：「三妹喜歡狗的話，我那兒有人剛送了一窩小獅子犬，本想著馴養好給夫人玩的，到時候也送來幾隻給三妹。」

楚修明聞言並沒有回答，只是說道：「來了。」

「什麼來了？」世子愣了一下，明顯沒有反應過來，他的話剛落，就看見一頭白色的毛茸茸雪狼朝著這邊奔跑。

沈琦也看見了，臉色一變，差點驚呼出聲，卻聽見沈錦歡快的聲音——

「小不點！」

小不點?!

沈錦已經跑出幾步，蹲下來伸開雙臂，小不點一下撲了上來，兩隻大爪子搭在沈錦的肩膀上，大腦袋在沈錦臉上蹭了蹭，因為被楚修明教訓過，這次倒是沒敢舔沈錦一臉口水。

小不點還沒長大，牠現在的耳朵一隻耷拉著一隻豎起來。「嗷嗚～～」

沈錦放開小不點，然後站起來拍了拍大狗頭說道：「這是我姊姊和姊夫。」

小不點蹲坐在地上，黑溜溜的眼睛看了看兩個陌生人，又看向了楚修明。「嗷嗚——」

沈錦看向沈琦，滿臉喜悅地說道：「大姊，妳看小不點。」

「小不點……」沈琦對這個名字不知道說什麼好了，說好的能抱在懷裡像是小毛團一樣的可愛小狗呢？

沈錦笑道：「大姊，妳不是要抱牠嗎？牠可乖了，不會咬人的。」

小不點張著嘴，吐著舌頭呼哧呼哧的。

沈琦也不是個膽子小的，再說有沈錦在旁邊，也不用怕狗會傷人，就走過來說道：「我能摸摸嗎？」

「可以。」沈錦去拉著沈琦的手，然後放在大狗頭上，小不點還在沈琦的手上蹭了蹭。

沈琦眼中露出驚喜，剛剛還有些擔心，如今全然消失了。「真乖啊。」

「嗯。」沈錦小聲說道：「小不點可老實了，一會兒我把牠帶回房間，我們兩個光腳踩在牠身上，特別特別的舒服。」

「可以嗎？」沈琦看向沈錦。

沈錦使勁點頭，有些得意地說道：「我就知道大姊會喜歡，小不點還會給爪子。」說著就對著小不點伸手。「握爪。」

小不點很乾脆地抬起了大狗爪，按在沈錦的手上，沈錦握著上下搖動一下才鬆開。

「我也來！」沈琦也伸出手說道：「握爪。」

小不點歪著大腦袋，看了看她卻沒有動，沈錦拍了拍大狗頭。「和姊姊握爪。」

「嗷嗚——」小不點叫了一聲，才伸出爪子拍在沈琦的手上，沈琦也握著搖了一下。

沈琦也是喜歡動物的，不過當初在瑞王府，瑞王妃根本不讓她們養，怕這些動物不知道分寸抓傷了她們，而世子養的都是獵犬，一隻隻凶悍得很，他還格外寶貝，沈琦也不願意去碰，今日好不容易遇到了。

和沈琦不一樣，世子可看出了這隻小不點訓練得極好，就像剛剛如果不是沈錦的命令，牠根本不會聽沈琦的話，此時說道：「三妹夫，這隻狗真是俊！」

楚修明開口道：「這狗有狼的血統，是在互市上買的。」

「我聽說那邊的狗和狼都很凶悍。」世子盯著小不點，恨不得上去直接把狗給抱走。

楚修明應了一聲。「大姊夫若是喜歡，等互市再開了，我讓人去找找，遇到好的話就買條送……」

「太好了！」楚修明話還沒說完，世子就激動地說道：「你家小不點要是生崽的話，送我一隻更好！」

「小不點還小。」楚修明被打斷話也沒生氣，只是說道：「不過不一定能找到，我在邊城這麼久，也就小不點適合家養一些，那邊的犬都凶狠愛鬥，而且……小不點這個樣子的，也不一定能找到。」

「我明白！」世子是真的喜歡狗，特別是這種大狗。「妹夫幫忙找就好，這也是要靠點緣分的。」

世子覺得楚修明簡直是他的知音，看著被沈琦和沈錦使勁蹂躪的小不點，世子也想上去好好摸一摸。「妹夫，這隻狗是誰馴的？而且還沒長成吧？」

「嗯。」楚修明並不準備告訴世子，小不點是他親手馴出來給自家娘子的，給自家娘子馴狗是享受，他可不想幫著世子馴狗。

世子說道：「妹夫，讓我好好看看小不點吧。」

楚修明知道世子說的好好看看是什麼意思，說道：「好。」

小不點已經躺在地上肚皮朝上，讓沈錦和沈琦摸著牠熱呼呼的肚子，見到楚修明和世子過來，牠動都沒動，世子說道：「好夫人、妹妹，讓我也看看小不點吧。」

沈琦知道世子的喜好，聞言挑眉看了過去，世子說道：「就當為夫求求夫人了。」

「哈哈哈，姊夫你……」沈錦笑了起來。

沈琦也被逗笑了，說道：「德行。」雖這麼說，還是和沈錦一併站起來讓開了。

在她們離開後，小不點就翻身站了起來，搖了搖身子，黑漆漆的眼睛盯著世子。

「好狗。」世子忍不住讚嘆道。

楚修明說道：「坐下。」

小不點就重新蹲坐在地上，世子並沒有直接上去摸狗，楚修明先走過去摸了摸小不點的頭，世子這才蹲在小不點身邊，根本不顧自己一身錦袍。「可以了嗎？」

「嗯。」楚修明的手沒有離開小不點的頭。

世子這才伸手看向小不點，楚修明輕輕拍了下小不點，小不點伸出爪子放在世子的手上，和沈琦不同，世子並不是和小不點握爪，而是仔細摸了一下小不點爪子和腿的粗度，驚嘆道：「這狗長成了，站起來能頂人高！」

「嗯。」楚修明發現世子是真的挺懂狗的，在小不點鬱悶的眼神中，世子把小不點全身摸了一遍，甚至連尾巴都沒放過，如果不是有楚修明看著，小不點早就要咬人了。

「真好啊……」世子依依不捨地鬆開小不點，說道：「妹夫，這麼好的狗怎麼就叫了那樣的名字。」

「姊夫，我取的。」沈錦開始和沈琦在一起說話，沈琦問她小不點的來歷，然後就說起了互市的情況，正巧聽見世子的話，就說道。

「怎麼取了這樣的名字啊？」世子惋惜地說道：「應該取個威武的名字。」

沈錦笑道：「夫君也覺得名字很好呢。」

世子看向楚修明，楚修明很淡然地點頭，在世子快要崩潰的神色中，說道：「夫人取的名字很好。」

沈琦一下子就笑了起來。「妹妹養的，妹妹覺得好就是了，又不是夫君你養的狗，再說了，你養的那幾隻獵犬名字也好不到哪裡啊。」

「叫什麼？」沈錦好奇地問道。

沈琦笑道：「一隻叫威猛大將軍，一隻叫神勇大將軍，一隻叫狂傲大將軍……」

「哈哈哈，好俗啊！」沈錦毫不客氣地笑道。

世子一臉鬱悶說道：「哪裡好笑了，一聽就是威風凜凜的。」本想找小不點說說，誰知道就看見楚修明的手一離開，小不點就跑回了沈錦的腳邊繼續蹲坐著，伸著舌頭呼哧呼哧的，尾巴還左右搖擺，和剛剛在他這邊截然不同的樣子，這下子世子更加惆悵了。

「妹妹，讓他們兩個男人去說話，我們也去說悄悄話吧，我還想試試讓小不點暖腳的感覺呢。」

世子說道：「其實我覺得，我們可以多留一會兒，和小不點相處相處。」

小不點就聽楚修明和沈錦的話，沈錦肯定是向著姊姊，而楚修明是個寵妻子的，所以雖然世子極力挽留，還是只能眼睜睜看著沈琦和沈錦帶著小不點離開，然後他也被請到客房換衣服了。

房中沈琦和沈錦已經重新梳洗換了一身衣服，兩個人坐在軟椅上脫了襪子輕輕踩在小不點的身上，小不點正抱著一根骨頭啃得高興，尾巴搖擺個不停。

沈琦感嘆道：「沒想到夫君還有這樣的一面。」

「姊夫很喜歡狗啊。」沈錦也感嘆道。

沈琦微微垂眸看著小不點，只覺得心中有些諷刺，還真是人不如狗，真不知道該說世子薄情好還是重情好。「他每隔段時間就要去莊子上住幾日，那莊子平日也不許別人去，都是他心腹在打理，倒是帶我去過一趟，我本以為那裡養著……誰知道只是養了一些狗。」

「小不點很可愛。」沈錦看了沈琦一眼說道。

小不點聽見自己的名字，就叼著骨頭扭頭看向沈錦。「嗷嗚？」誰知道一叫，骨頭就掉了下來，牠趕緊低頭去叼起來，這才又看向沈錦。

沈錦說道：「吃吧。」

小不點又趴了回去，兩隻爪子按著骨頭繼續啃了起來。

沈琦點點頭，說道：「是啊，喜歡狗總比喜歡別的好。」

沈錦一臉迷茫地看著沈琦，沈琦笑了，說道：「果然是傻人有傻福。」

「我可聽明了！」這句話沈錦聽懂了，反駁道：「真的。」

沈琦都不知道該怎麼說沈錦好了，也就不再討論這件事。「五妹的臉怕是真的不好了，回府以後就把自己關在屋中。沈靜不知從哪裡知道了一些似是而非的消息，告訴了許側妃，她哭鬧著要出來，最終還是母妃心善放她出來，讓她去見了沈蓉，看見沈蓉的臉，許側妃哭了起來，口口聲聲要王爺給女兒作主，又得知了沈梓小產的消息，整個人都崩潰了，搶了剪刀對著脖子，要死要活的。」

「可是五妹不是二姊弄傷的嗎？」沈錦皺了皺鼻子，白嫩的腳丫子在小不點身上蹭了蹭說道：「這要父王怎麼作主？」

沈琦冷笑了一下說道：「讓霜巧說給妳聽。」

霜巧是沈琦的貼身丫鬟，從小跟在沈琦的身邊，此時聽了沈琦的話，才福了福身說道：「那日正巧夫人讓奴婢給王妃送些東西，所以才得知了這些事情。」

霜巧的記性很好，許側妃的話竟然背得一字不差，不過語氣很平靜，顯得有些怪異——

「王爺，大郡主是您的女兒，難道我的梓兒和蓉兒不是嗎？

「世子爺好大的威風，如今王爺還在，世子爺就幾巴掌生生把梓兒肚中的孩子打落，莫不是因為大郡主生不出，就不允許別人生了？

「蓉兒只是說了幾句，就被大郡主派人打花了臉，若是王爺真的厭倦了我們母子幾人，說了就是，我帶著幾個孩子直接吊死在屋中，也不會礙了人眼。

「永甯伯權勢蓋天，三郡主如今當了永甯伯夫人，可不是不把我們放在眼裡，就連世子和大郡主都要巴結著，不就是說了幾句嗎？難不成姊妹之間還不能生個口角？好狠毒的心，我知三郡主一向恨我，我是個卑賤之人，可我的孩子不是，他們也是王爺的子嗣，是三郡主的親人啊……陳側妃，就當我求妳了，是我以往得罪了妳，讓妳女兒有什麼怨有什麼仇都對著我來！」

陳側妃面色大變，直接怒道：「許姊姊，妳莫不是得了失心瘋，胡言亂語起來！」

為母則強，平日一向沈默寡言，就算是被欺負了、剋扣了也從不說什麼，在眾人眼中軟弱可欺的女人第一次立了起來。「錦兒若不是王爺的女兒，怎麼可能嫁給永甯伯，當初這門親事是怎麼落在錦兒身上的，大家都心知肚明，只不過現在錦兒過上了好日子，所以妳們眼紅，處處想給錦兒難堪，這些好日子是我女兒用命換來的！

「在王府中，錦兒處處讓著二丫頭這個姊姊，又要讓著四丫頭、五丫頭這兩個妹妹，就算如今嫁人成了永甯伯夫人，可有對府中的人絲毫不敬？」陳側妃強忍著淚水怒斥道。

然後看向一臉震驚的瑞王，直接跪在地上，伸出右手兩指對著天說道：「王爺，我敢在此發誓，錦丫頭心中若是對王爺絲毫不敬，就讓我天打雷劈不得好死。」

「妹妹，妳這是說的什麼話。」瑞王妃厲聲說道，趕緊過去去拽陳側妃。

陳側妃直接哭倒在瑞王妃身上。「王妃，您一向對我們母女兩個多有照顧，若是沒有王妃，怕是我與錦兒母女兩人早被人蹂躪死了。錦兒就算嫁到邊城，心心念念的都是瑞王府，都是她的父王和母妃，若是沒有王府，沒有王爺這個父親支持和王妃的照顧，錦兒可如何在邊城立足，如何在永甯伯府立足？如今許側妃這般說錦兒，這是想在王爺心中下根刺啊，若是錦兒真與她父王起了嫌隙，那她要怎麼辦啊……世子是錦兒的哥哥，大郡主是錦兒的姊姊，錦兒只有敬著愛著親著，如何會……」

瑞王妃也紅著眼睛，索性坐在地上抱著渾身發抖的陳側妃，扭頭看向瑞王。「王爺，我嫁與王爺二十多年，自問沒有虧待過府中任何一人，因為許側妃給王爺生了三女一子，更是寬待，幾個子女我雖不能說是一視同仁，可是只要琦兒、軒兒有的，別的孩子一樣都有，教規矩的嬤嬤也同樣是從宮中請出，可是如今……沈梓抓花了沈蓉的臉，又把自己弄得小產，怎麼到了許側妃口中，就是因為惹了錦丫頭，然後被琦兒派人打花了臉，被軒兒打了流產！」

「王爺，若是許側妃的話傳了出去，讓琦兒、軒兒、熙兒和錦丫頭還如何做人！」瑞王妃厲聲質問道。

沈錦眼睛發紅，想到母親的樣子，她就格外心疼。

瑞王也意識到這件事的嚴重，臉色一變，直接指著許側妃罵道：「妳個賤婦，來人，把她給我拖出去打死！」

「王爺……」許側妃不敢相信地看著瑞王。

此時許側妃所出的兒子沈皓不知怎的從外面哭著跑了進來。「父王，母親……」

許側妃一把扔掉了剪刀，抱著沈皓大哭。「皓兒，王府沒了我們娘兒倆的活路，這是要逼死我們啊……」

沈皓正是天真可愛的年齡，平日瑞王也很喜歡，見到沈皓面色雖然還很難看，但是也沒再說什麼打死許側妃之類的話，只是質問道：「誰把三少爺放出來！」

陳側妃咬了下牙，知道這次已經和許側妃撕破臉皮，輕輕按了一下瑞王妃的手，就從瑞王妃懷裡出來。「許側妃，妳好狠的算計，王爺，若是大少爺和二少爺被流言毀了，那王爺可不就剩下三少爺了！」

瑞王聽了心中一震，看向和許側妃母子情深的沈皓，腳步微微後退，怒吼道：「把皓兒給我帶回去！再讓他跑出來，我就打斷你們的腿！」

沈皓身邊伺候的人臉色慘白趕緊上前，根本顧不得許側妃，硬生生把沈皓從許側妃懷裡奪了出來，甚至忘記給瑞王行禮，抱著沈皓就往外跑去。許側妃慘叫著要撲過去，誰知道被瑞王一腳踹在心口。「毒婦，原來妳竟然抱著這般心思。」

瑞王妃也是滿臉震驚，整個人卻冷靜下來，拉著陳側妃站了起來。「許氏，我以往對妳多有容忍，就算妳不敬我這個王妃，看在妳伺候王爺能讓王爺開心的分上，我也沒為難過妳，可是妳……王爺，我就軒兒和熙兒兩個兒子，我絕不能讓人害了他們！」

「王妃，軒兒他們也是我的兒子。」瑞王更加愧疚，道：「這次絕不能再留著這個毒婦。」

躲在一旁的沈靜幾乎嚇破了膽，她沒想到會鬧成現在這樣，她只是恨透了沈錦，正巧聽見了沈蓉的丫鬟和另外一個婆子說話，這才買通了看守許側妃的婆子，把偷聽的事情告訴她，明明是沈錦害得二姊小產，害得五妹毀容，可是現在怎麼變成這樣？

剛剛也是沈靜讓丫鬟去帶弟弟來，此時咬了咬牙，直接轉身朝著內室跑去，沈蓉就在裡面，竟然到現在還不出面，父王一定是被蒙蔽了，只要沈蓉說出真相，那麼母親就不會有事了，有事的該是沈錦那個賤人。

沈蓉見到闖進來的沈靜，她下意識地捂著臉上的傷，她至今不出面固然有丫鬟攔著的原因，更因為她的臉，她絲毫不願意見人。「出去，出去！」沈蓉抓著東西就朝沈靜砸去。

沈靜尖叫著躲開，心虛害怕還有恐懼和許許多多的情緒忽然爆發出來，怒道：「沈蓉妳個白眼狼，母親都是為了妳，妳是要害死我們嗎……」

「我不出去。」沈蓉躲在丫鬟的身後，叫道：「我不出去！」

沈靜指著沈蓉說道：「那是我們的母親，若是母親沒了，我們能落得什麼好？」

沈蓉唇緊抿著沒有說話，心中有些無措，忍不住看向身邊的丫鬟，那丫鬟溫言道：「姑娘，四姑娘說得沒錯，不管如何許側妃都是您的母親，再說現在府中並沒有外人。」

沈靜也知道此時不好把沈蓉逼急了，就說道：「妹妹，母親一向疼妳。」

沈蓉點了點頭，起身說道：「好。」卻還是拿帕子捂著臉。「我跟妳去一趟。」

沈靜鬆了一口氣，帶著沈蓉往外走去說道：「妳臉上的傷是……」

「是二姊。」沈蓉低著頭說道，剛剛母親來這邊探望她，她心中還是有些喜悅的，誰知道說沒兩句母親就知道了二姊小產的消息，直接衝出去鬧了起來，她躲在屋中不敢出去也不願出去。

沈靜滿臉震驚，只覺得心中一慌，滿心的茫然。「不、不是大姊讓人打的嗎？」

「不是。」沈蓉斷斷續續聽見了一些外面的吵鬧，卻聽不大清楚，可是她心中明白，母親會如此更多的是因為大姊。

「不，是大姊。」沈靜停下來盯著沈蓉，眼神竟有些瘋魔的感覺。「記得一會兒要告訴父王，是妳與母親說，是大姊讓人打花了妳的臉。」

沈蓉被沈靜的神色嚇住了，聽見她的話，更是不敢相信地看著她。「是二姊。」

「妳若不這樣，母親就完了。」沈靜緊緊抓著沈蓉的手，那力道把沈蓉都給弄疼了。「知道嗎？妳若不這樣說，就是妳害死了母親。」

「四姑娘。」沈蓉的丫鬟趕緊上前分開沈靜的手，說道：「妳怎麼可以教姑娘說謊，那麼多人看見的事情，妳……妳這樣是要把責任都推到我們姑娘身上。」

「母親生了妳，妳難道不該報恩嗎？」沈靜心中又急又慌，厲聲問道。

丫鬟咬了下牙，狠狠掐了一下沈靜，沈靜疼得一鬆手，丫鬟就趕緊把沈蓉擋在身後，然後反駁道：「四姑娘，那是誰告訴許側妃這些的，可不是我們姑娘說的，您把所有責任都推到我們姑娘身上是什麼意思，明明是您……」

「不是我。」沈靜臉色一白，情不自禁後退了幾步。「不是我，明明是妳的丫鬟說的，妳丫鬟和一個婆子說，是因為妳說話得罪了沈錦，然後被沈琦甩了耳光，打花了臉，沈軒又把……」

「所以四姊妳犯了錯，要害死母親，現在讓我去頂罪？」沈蓉也不是傻子，已經明白了，說道：「不可能。」

「妳是父王的女兒，父王不會重罰妳的。」沈靜只想把責任推出去，努力說服沈蓉說道。

沈蓉怒道：「妳也是父王的女兒。」

「可是我比妳大啊，我要說親了。」沈靜終於忍不住哭了起來。「反正妳臉毀了，嫁不出去了。」

沈蓉臉色慘白，不敢相信地看著沈靜，那是她姊姊，一母同胞的親姊姊。

沈靜滿眼乞求地看著沈蓉說道：「就當姊姊求妳好不好？姊姊以後一定會補償妳的。」

「可是我要怎麼辦？」沈蓉呆滯地看著沈靜，這個一向清高的姊姊這般低聲下氣求著她，為的又是她們的母親。

丫鬟見沈蓉的語氣已經有些軟了，開口道：「就算姑娘不出嫁也要一輩子在王府生活，得罪了王爺、王妃和陳側妃，又能有什麼好日子過，四姑娘您太過自私，您嫁出去了自然會沒事，可是我們姑娘呢？」

沈靜開口道：「我發誓，只要我嫁出去，我一定想辦法把妹妹接出去好不好？」

沈蓉沒有回答，只是說道：「我們先去看一下母親……」

「好妹妹，我就知道妳這般仗義。」沈靜以為沈蓉已經答應，不禁鬆了口氣，若是母親被處置了，怕是她以後的親事也要生出波瀾，只是妹妹……大不了以後自己多補償一些就是了，再說留在府中，誰又能欺辱了她不成。

沈蓉低著頭，根本沒有說話，甚至連用帕子遮蓋傷口都忘記了，好像只是一夜，所有人都變了，就連親人都變得讓她陌生起來。

丫鬟心急，低聲說道：「姑娘，您可不要糊塗啊。」

「閉嘴，我們姊妹說話，哪有妳插嘴的地方！」沈靜厲聲斥責道。「妹妹放心吧，還有三弟呢，父王就三個兒子，我與母親一定與三弟說明真相，到時候三弟也會對妹妹多加照顧的。」

沈蓉忽然問道：「四姊，那樣的話妳為何會相信，又為何會急匆匆甚至不與我說一下就去告訴母親，讓事情鬧成現在這樣？」

沈靜心中一慌，強自鎮定說道：「因為我憤怒二姊與妳受傷。」

沈蓉抬眸看了沈靜一眼，這話沈靜自己都沒有底氣，可是沈蓉沒有說什麼，只是在到了大廳的時候忽然說道：「因為妳嫉妒，妳本以為三姊嫁給永甯伯是受苦受罪，卻不想三姊如今過得幸福。」

大廳內，許側妃被兩個粗使婆子押著，瑞王、瑞王妃和陳側妃坐在椅子上，見到沈靜和沈蓉，瑞王妃眉頭皺了皺，帶著幾分擔憂說道：「五丫頭，太醫說過不讓妳的臉招風，怎麼出來了？」

沈靜已經快步跑過去，推打著那兩個粗使婆子。「放開我母親！」

瑞王沈聲說道：「沈靜，妳的教養呢？」

「父王。」沈靜有些懼怕地看著瑞王。

瑞王妃倒是說道：「王爺，別嚇到孩子，先把許側妃放開。」

兩個粗使婆子這才鬆了手，站在一旁不動了，沈靜抱著許側妃說道：「父王，母親只是一時誤會了才會如此，是五妹說錯了。」

瑞王妃眼神一閃，看向了站著沒有動且面無表情的沈蓉，微微垂眸問道：「什麼說錯了？」

沈靜偷偷掐了一下也愣住的許側妃說道：「是五妹一時想不開，告訴了母親那些事情，母親才這般激動的。」

從開始的心虛到現在，沈靜越說竟然越有底氣。「是五妹讓丫鬟買通了看守母親的人，估計讓丫鬟婆子說了是因為她說話得罪了三姊，所以大姊讓人打花了她的臉，二姊阻止又被大哥打得小產了。」

「四丫頭，許側妃也是五丫頭的生母，她這樣做圖的又是什麼？」瑞王妃看著沈靜的眼神格外的冷。

沈靜覺得現在自己格外的冷靜，她開口道：「因為五妹想藉機嫁給永甯伯，只要眾人都相信是三姊害她毀容嫁不出去，她就可以乘機嫁進永甯伯府，畢竟她毀容後，也不會有好人家願意娶她。」

沈蓉本以為自己有了準備，能承受得住，可是聽到沈靜的話，身子不由自主晃了晃，被身後的丫鬟扶住。

「是嗎？」瑞王臉上神色平靜，一時竟然看不出什麼情緒來。

「就是這樣。」沈靜狠狠抓著許側妃的手。「母親，是不是？」

許側妃此時也明白過來，看了看沈靜，又看了看站在一旁不說話的沈蓉，心頭閃過許多念頭，有沈蓉臉上的傷口，又有沈靜……還有剛剛那種絕望和惶恐，她不能被關到莊子裡，她還有皓兒，她的兒子還沒有長大。「是，是蓉兒告訴我的，我這才鬧著出來見蓉兒，又親口問了她，她才說了梓兒被世子打得小產的事情。」

「側妃娘娘，姑娘也是您的女兒啊。」丫鬟忍不住哭道：「求王妃作主，根本不是這個樣子的……」

沈靜聲音尖銳，怒罵道：「賤婢，這裡沒有妳說話的地方。」說著還擼起袖子。「父王，就是這個賤婢剛剛弄傷了我，把她打死。」

沈蓉緊緊抓著丫鬟的手，那丫鬟抽回了手跪下來，使勁磕頭說道：「王爺，真的不是這樣的，是四姑娘剛剛去找我們姑娘……」

話還沒說完，沈靜就瘋了一樣撲過去，抓著那丫鬟的頭髮就狠狠搧打著她的臉。「閉嘴！」

瑞王妃也覺得頭脹得疼，說道：「快快阻止，別傷了姑娘們。」

其他的丫鬟趕緊過去把人分開，就見沈蓉的那個丫鬟已經滿臉是傷，還流了血，沈靜打她，她根本不敢阻擋，後來還要護著沈蓉，所以傷得格外嚴重。

「這……快去叫大夫。」瑞王妃揉了揉額頭說道。

沈靜盯著沈蓉說道：「妹妹，妳去與父王說，我剛剛說的都是真的，快去與父王說。」

許側妃整個人都愣住了，她看著二女兒，又看向三女兒，不管如何必須要保住自己，蓉丫頭是王爺的親生女兒，不會出事的，更何況蓉丫頭的臉也說不到好人家，沒辦法幫襯皓哥兒。「蓉兒，就當母親求妳，妳就說實話吧，妳是王爺的女兒，王爺不會怪罪妳的。」

沈蓉想到以往母親對自己的好，雖然和兩個姊姊與弟弟相比，她是經常被忽視的那個，可到底沒有被虧待過，緩緩跪在地上磕頭說道：「都是女兒的錯。」再多的話卻也說不出來了。

一切都像是一場夢，沈蓉甚至有些恍惚，明明她只是去了大姊家作客，怎麼就變成現在這個樣子？就連她也變得……

沈靜聽見沈蓉說的話，只覺得渾身力氣都消失了，說道：「父王，五妹只是年幼無知……」

「閉嘴。」瑞王的神色更加難看。「妳們把本王當成傻子嗎？」

瑞王站了起來，走到許側妃的面前，一腳把她踹倒，然後看向沈靜和沈蓉。「真是本王的好女兒，本王第一次知道妳們竟然有如此心機，竟然利用本王的愛女之心算計，真是……好，好得很。來人，把她們都給我……」

「王爺。」瑞王妃打斷了瑞王的話。「要我說，五丫頭並沒有錯。」

瑞王妃緩緩走過來，彎腰把滿臉是淚，神色茫然而絕望的沈蓉扶了起來，抱在懷裡輕輕拍著她的後背。「一個是她母親，一個是她姊姊，你要她如何？」

瑞王最恨被人愚弄，此時看著沈蓉並沒有說話，卻也沒有反駁瑞王妃，瑞王妃緩緩嘆了口氣說道：「陳妹妹，妳先帶著五丫頭下去。」

陳側妃聞言起身，福了福說道：「是。」她相信瑞王妃不會再讓許側妃有翻身的可能，上前把沈蓉摟著，用帕子擦了擦她臉上的傷。「與我下去，我重新給妳上藥。」然後看向依舊跪在地上的那個丫鬟。

瑞王妃也注意到了，於是點點頭，陳側妃才說道：「妳一心為妳家姑娘著想，跟著我去內室，好好的臉……」

許側妃看著瑞王的神色，知道一切再無轉圜的餘地，滿臉的絕望和不甘。「為什麼……不該這樣……」

瑞王妃看著許側妃的眼神很冷，只是說道：「翠喜，把所有事情與許側妃說一遍，再讓李婆子來說說，四丫頭都做了一些什麼。」

剛剛沈靜進去找沈蓉的時候，瑞王妃已經吩咐人把所有事情調查清楚了，就連沈靜和沈蓉說的那些話都被瑞王妃派去找沈靜的人聽得一清二楚，沈靜心情慌亂根本沒有注意到有旁人存在。

瑞王府中本就有大夫，已經讓人去傳了，丫鬟端了水重新給沈蓉淨臉，沈蓉呆呆地坐在椅子上，雙眼無神，陳側妃看了一眼倒是沒勸什麼，而是看向那個滿臉是傷的丫鬟，柔聲說道：「妳叫秀珠對嗎？」

秀珠臉上很多處都腫了起來，聞言福身說道：「是。」

「坐下吧。」陳側妃讓秀珠坐下，小心翼翼端著她的臉看了看說道：「別怕，一會讓大夫給妳看看。」

「是。」秀珠恭聲說道。

陳側妃也不再說話，就坐在一旁，等大夫來了，讓大夫重新給沈蓉看了看，丫鬟找出雪蓮膏給她塗上，陳側妃問道：「可有事？」

大夫搖搖頭說道：「可不要再沾水一類的了。」

「好。」陳側妃應了下來，說道：「麻煩大夫給這個丫頭也看看吧。」

大夫點了下頭，府中其實有特地給下人看病的，醫術卻沒有這個大夫好，不過既然已經來了，也就順便了。大夫給秀珠看了看，說道：「我一會兒讓人送點藥膏來，近日不要吃口味重的東西。」再多的卻不說了，畢竟只是個丫鬟，而且看這樣子，怕是有什麼陰私。

陳側妃問道：「謝謝大夫了。」

大夫告辭後，陳側妃就說道：「秀珠妳先下去歇歇吧，這段時間好好養傷，不用幹活了，我會讓人和廚房說一聲，妳的飯菜單獨做。」

「奴婢謝陳側妃。」秀珠恭聲說道。

沈蓉忽然說道：「我要秀珠，不要讓她走。」

陳側妃微微垂眸說道：「五姑娘，秀珠受傷了，暫時不能伺候妳了。」

「不行。」沈蓉推開正在給她上藥的丫鬟，就去抓著秀珠說道：「我要秀珠。」

陳側妃有些為難地說道：「那讓秀珠上了藥再回來可好？」

「不。」沈蓉拒絕道。

秀珠恭聲說道：「那奴婢伺候姑娘。」

陳側妃也不再說話，只是微微嘆了口氣，沈蓉又恢復了死氣沈沈的樣子，手緊緊拽著秀珠的手，坐回椅子上，秀珠只得彎著腰站在一旁。陳側妃讓人給秀珠搬了個圓墩，秀珠道了謝後才半坐下。

「陳側妃，我母親會怎麼樣？」沈蓉忽然問道。

「我不知道。」陳側妃微微垂眸。

恐怕許氏根本沒想過會有這麼一天，想到當初許氏對錦丫頭做的事情，陳側妃緩緩吐出一口氣，怕是許氏早就忘記她當初為什麼會投到瑞王妃那邊，她忍了這麼多年，終於報了這個仇，那時候錦丫頭還不記事，她也不願意把這種骯髒的事情告訴女兒，只想女兒一輩子開開心心就好。

「那我四姊呢？」沈蓉猶豫了許久問道。

陳側妃不會把大人的事情牽扯到孩子身上，卻也沒有心善到把仇人的女兒當成自己的女兒一般疼愛安慰，只說道：「不知道。」

沈蓉咬了下唇說道：「陳側妃，您去求求三姊好不好？讓她幫我母親……」秀珠趕緊拉了拉沈蓉的手。

陳側妃終是抬頭看向沈蓉，問道：「憑什麼？」

見沈蓉說不出話來，陳側妃說道：「五姑娘好好休息吧。」說著就起身出去了。

第二十四章

「那最後呢？」沈錦覺得霜巧怕是和很多人打聽過了，要不怎麼知道得如此清楚。

沈琦開口道：「許側妃被送到莊子上養病，四妹憂心許側妃的病情，決定去廟中給生母祈福。」

「多虧大姊和大哥沒事。」沈錦開口道。「二姊在鄭家怕是不好過了。」

沈琦冷笑道：「我特地讓人去打聽了鄭家的事情，怪不得那日二妹抓花了鄭家大公子的臉，那鄭夫人也沒有處罰她。」

「嗯？」沈錦看向沈琦。

沈琦說道：「鄭家是書香門第，清貴世家，不過也太過清貴了一些，古董字畫好的筆墨紙硯，哪個不要錢？早就入不敷出了，讓沈梓管家還不是打著她嫁妝的主意，過段時間她小姑即將出嫁，那嫁妝至今都沒置辦起來呢。」

沈錦點點頭，倒是沒有太過驚訝的表情，沈琦問道：「妳早知道了？」

「不是。」沈錦說道。「那日二姊說我就覺得奇怪了，如今聽了大姊的話，也就明白了。」

「奇怪？」沈琦問道。

沈錦點頭。「哪個母親不疼自己的孩子？」

這個道理簡單明白，沈琦看著沈錦，心中不禁嘆息，是啊，哪個母親不疼孩子，沈梓看著精明卻偏偏是個糊塗人，如今許側妃沒能倚靠，她又被父王厭棄，能依靠的不過是郡主的身分了，怕是在鄭家以後的日子……

沈琦夫婦在這邊用了午飯，下午就離開了。

楚修明看著有些昏昏欲睡的沈錦，直接把她抱起來送回屋中，說道：「睏了就多睡一會兒。」

「我還想與你說話呢。」沈錦眼神有些迷茫，小小地打了個哈欠，在楚修明的懷裡蹭了一下。

「我陪妳睡。」楚修明開口說道。

沈錦這才點頭，等楚修明把她放下，換了一身睡袍，又打了個哈欠爬到床上，眼巴巴看著楚修明。楚修明也換了睡袍，這才上了床，沈錦熟練地滾進他的懷裡，趙嬤嬤把床幔拉好，就離開了。

楚修明輕輕撫著沈錦的後背，沈錦舒服地趴在楚修明的身上，小聲把府中的事情說了一遍。

「呵。」楚修明伸手捏了一下她柔軟的小脖子說道：「妳五妹是個聰明人。」

沈錦應了一聲，肉乎乎的腳在他腿上蹬了蹬，其實她也想到了，許側妃是沈蓉的母親，沈梓和沈靜是她的姊姊，若是想要把自己從中摘出來，必須用一些手段。

沈蓉難道一點都不知道外面的事情？不可能的，畢竟是在她的院中，她不過是不好出面也不能出面罷了，直到沈靜來找她……那時候認下對沈蓉來說是有利的，不僅保住了自己，怕是還得了瑞王的憐惜，覺得她是個純孝之人，就算臉上留了疤又如何？只要她是瑞王的女兒，就不愁嫁不出去。

沈錦又蹭了楚修明幾下，閉著眼睛說道：「再過幾日就到父王生辰了，我們什麼時候去南邊？」

楚修明心中算了一下，並沒有開口回答，只是說道：「不喜歡京城？」

「嗯。你說南邊是什麼樣子？」

沒等楚修明回答，她就笑了起來。「不管了，總覺得會比京城舒心就是了。」

「妳會喜歡的。」楚修明開口道，他的聲音有些低沈。「那邊有很多河鮮，到時候我帶妳去福州，有海鮮……還有妳喜歡吃的各種水果。」

沈錦閉著眼睛聽著楚修明的聲音，覺得又安心又舒服，喃喃道：「就算沒有這些，我也願意跟你去的，大家都在一起就好了。」

她的聲音格外的軟糯，楚修明聽得心中一暖，他家的小娘子，有時候很通透有時候卻又笨得可愛，可是偏偏說的話戳著他的心窩子，讓他又憐又愛。

「反正有趙嬤嬤在呢。」沈錦眼睛都沒睜開，迷迷糊糊地滾進他懷裡，尋了一個舒服的位置。「趙嬤嬤什麼都會做。」

楚修明忽然覺得去南方的路途遙遠，趙嬤嬤年紀也不小了，不好來回奔波，要不要派人把她送回邊城去？

低頭一看那個沒良心的已經睡得香甜了，伸手捏了一下沈錦的小鼻子，就見她動都不動，只是微微張開了嘴方便呼吸，眼睛卻還是緊閉著。

楚修明緩緩嘆了一口氣，把自己娘子整個人圈在懷裡，閉目養神了。

他並沒有睡，不過在思索著京城的情況，還有上次沒有談完的正事。海寇是絕不能姑息的，否則受苦的都是沿岸的百姓。誠帝的意思是不想讓他去，怕是不想讓他再增加威望和兵權，可是誠帝重文輕武，對武將多有防備和打壓。不過也怪不得誠帝，這個皇位坐得名不正言不順，整日擔驚受怕的，也不知道有什麼意思。

而且有一樣最重要的東西，誠帝至今都沒有找到。

當前這些並非最重要的，他已經許久未來京城，當初安插在京城的探子，還不知剩下多少可用的，懷疑叛變的名單楚修明已經記在心裡，今晚最後試探一番，若是真的……那就直接處理掉，只是這些事情過於血腥和危險，楚修明不願意讓沈錦知道。

等沈錦醒來時，床上就剩下她一個人了，聽見動靜，趙嬤嬤就掀開了床幔，笑道：「夫人醒了，可是餓了？」

「嗯。」沈錦坐在床上，還有些迷糊，揉了揉眼睛才說道：「夫君呢？」

「將軍出去辦事了。」趙嬤嬤拿了衣服給沈錦披在身上，說道：「夫人要起來嗎？」

「要。」沈錦看見蠟燭已經點上，就下床自己穿上鞋子走到窗戶邊，推開一看，見外面天色已經暗了，問道：「嬤嬤怎麼沒叫醒我？」

「將軍特意吩咐不要打擾夫人。」安平和安寧端了水進來伺候沈錦梳洗，趙嬤嬤笑道：

「夫人可有什麼想用的？」

「還有什麼？」

趙嬤嬤開口道：「東西都備著呢，夫人想要什麼，老奴就去做。」

沈錦想了想，說道：「不用麻煩了，下碗麵就好，要放一些辣椒。」

「好。」趙嬤嬤應下來，就去廚房準備了。

因為是晚上，沈錦只換了常服，頭髮鬆鬆綰著，雖然剛睡醒還是覺得身上懶洋洋的不想動彈。趙嬤嬤很快就端了麵條過來，還有醃好的鹹鴨蛋和一碟酸辣蘿蔔條。

「餛飩麵。」沈錦看見了心中一喜，說道：「嬤嬤妳什麼時候做的？」在邊城那時她倒是時常吃，等離開了邊城，一路上京都沒再吃過了。

趙嬤嬤把東西給端上來，等安平和安寧擺上桌，這才笑著說道：「下午沒事的時候，正巧見到廚房擀了麵條。」

趙嬤嬤把鹹鴨蛋剝開放到沈錦的碗中，沈錦低頭吃了起來，就著酸辣的蘿蔔條竟用了兩碗，最後還是趙嬤嬤怕沒辦法消化，這才勸了沈錦不再用。「安寧陪著夫人到院子裡走走。」

「是。」安寧去拿了燈籠，趙嬤嬤又給沈錦加了一件衣服，兩人剛準備出去，就見房門從外面推開了，楚修明穿著一身褐色的短打走了進來。

楚修明看了一眼，說道：「我換了衣服陪妳。」

「好。」沈錦笑著說道：「夫君快點。」

楚修明沒再說什麼，直接進入內室換了一身衣服就出來了。沈錦站在門口，提著燈籠笑道：「夫君。」

沈錦穿著淺色八成新的衣裙，身上甚至沒有一件首飾，就這般拿著燈籠俏生生地站在門口，竟使得楚修明滿身戾氣消失得無影無蹤。他緩步走過去，伸手接過那盞燈籠，另一手牽著沈錦的手，往外走去。

「夫君，嬤嬤今日做了……」沈錦雙手抱著他的胳膊，被楚修明半拖著走。

趙嬤嬤鬆了一口氣，親手撿了被楚修明扔在地上的衣服，衣服上帶著一股掩不住的血腥味，趙嬤嬤覺得夫人怕是也聞到了，卻不說而已。

緩緩嘆了一口氣，趙嬤嬤知道今晚楚修明出去是做什麼的，那些血跡有多少是當初共事過的人，想到這裡趙嬤嬤有些心寒又有些說不出的悲傷，嘆了一口氣，她才把衣服都給收拾起來，又拿了剪子進去廚房。

到了廚房，趙嬤嬤把衣服剪碎，扔進還沒熄火的灶臺裡面，盯著燒成了灰，這才去淨了手。遠遠看著那一盞燈籠隨著兩個人的走動而搖晃，就見將軍不知道低頭和夫人說了什麼，隱隱約約傳來夫人的笑聲，然後夫人就鬆開將軍的胳膊，將軍背對著夫人蹲下，夫人趴在將軍背上，將軍把手中的燈籠遞給夫人，這才站起來揹著……等等，揹著！

趙嬤嬤再顧不得別的，甚至顧不上主僕有別，喊道：「不許揹著走。」一邊喊邊往沈錦他們那邊跑去，雖然大夫說現在把不出脈來，萬一是時日尚淺怎麼辦？

楚修明明顯是聽見趙嬤嬤的聲音了，卻在沈錦的驚呼中快步朝著遠處跑去。

「哈哈哈。」沈錦雙手抱著楚修明的脖子，趴在楚修明的背上。「夫君，再快點！」
楚修明眼中也帶著笑意，說道：「不怕趙嬤嬤了？」
「是夫君揹著我的。」沈錦明顯耍賴道：「嬤嬤要說也是說夫君。」
楚修明輕笑出聲，停下腳步說道：「那算了。」
「不要。」沈錦撒嬌道：「還要玩。」扭頭看了看趙嬤嬤。「和嬤嬤打個招呼，我們再玩吧。」到底有些不忍心了。
楚修明應了一聲，揹著沈錦，轉身朝著趙嬤嬤那邊走去，趙嬤嬤瞪著他們兩個人。
「嬤嬤。」沈錦從楚修明的背上下來了。
趙嬤嬤看著楚修明那種純然快樂的神色，又看了看沈錦一臉期盼，終是心軟說道：「不要跑那麼快，讓將軍慢慢揹著夫人走。」
「好。」沈錦笑了出來，在趙嬤嬤驚慌的眼神中，一下子跳上楚修明的後背。
楚修明單手扶著，然後把燈籠讓沈錦拿著，這才雙手托著沈錦，忽然開口道：「趙嬤嬤心軟了許多。」
「將軍也胡鬧了許多。」趙嬤嬤毫不客氣地說道。
楚修明沒有否認，沈錦揮了揮手，說道：「嬤嬤，晚一點我和夫君就回去了。」
「要小心身體。」趙嬤嬤忍不住叮囑道。
「好的，有夫君呢。」沈錦並沒放在心上，笑呵呵地說道：「走啦。」
楚修明揹著沈錦圍著院子裡轉，沈錦附在楚修明的耳朵嘰嘰咕咕說個不停，楚修明只是笑笑，偶爾接上一、兩句，沈錦說得就更歡樂了。

永甯伯府中守夜的侍衛只覺得自己眼角抽搐個不停，雖然都知道將軍寵夫人，可是……

「將軍還有這麼活潑的一面。」

「怎麼說話的，將軍這是哄著夫人玩。」

「你們沒注意到將軍剛回來那會兒，像是馬上要出去大開殺戒一樣嗎？現在……」

侍衛們對視了一眼，他們不會發現了什麼不得了的事情吧，將軍不會把他們滅口了吧。

「今晚月色不錯。」

「是啊。」

第二十五章

因為誠帝利用瑞王生辰之事叫了楚修明回來，所以在瑞王生辰前一日賜了不少東西到瑞王府。

就連沈琦也回來幫忙，帖子都已經送去，還特地請了戲班來。沈皓一直鬧著要母親，所以就被瑞王妃交給沈蓉，不知道沈蓉怎麼和沈皓說的，倒是把他給哄好了。

接了賞賜後，瑞王妃安排人把東西登記，等都忙完了，就帶著陳側妃做最後的檢查，瑞王坐在一旁忽然說道：「我記得錦丫頭喜歡吃糖蒸酥酪。」

「若不是王爺提醒，我差點忙忘了。」瑞王妃聞言笑道。「陳妹妹也不提醒一句。」

瑞王有些得意地笑道：「我還記得琦兒喜歡荷葉蓮子雞。」

其實這些瑞王妃早就讓人備著，不過是哄著瑞王罷了，瑞王妃說道：「還是王爺心疼孩子。」

瑞王妃笑著拿了一張紙把瑞王寫的都給記下來，等瑞王說到冰糖肘子的時候，瑞王妃嗔了他一眼說道：「這不是王爺喜歡的嗎？怎麼成了熙兒喜歡的，太醫說了不讓王爺多用。」

「偶爾用一次也無礙的。」瑞王笑著說道。

瑞王妃這才寫下來，說道：「這些等晚上自家人在一起再用，要是孩子們知道是王爺親自擬的菜色，定會大吃一驚的。」

「對了，本王生辰，王妃和側妃可有準備禮物？」瑞王笑著問道。
瑞王妃說道：「哪有王爺這般的？明日才給，還有驚喜呢。」
瑞王說道：「那好吧。」
三個人正在商量著湯品，就見翠喜進來，沈蓉帶著沈皓來給瑞王他們問安了。
瑞王妃聞言笑道：「快帶他們姊弟兩個進來，翠喜到廚房瞧瞧有沒有新做的糕點，端來一些，還有皇上剛剛賞的果子也拿來。」
「是。」翠喜恭聲應下後，就下去準備了。
沈蓉臉上的傷還沒好，此時倒是沒再遮蓋著，瞧著有些憔悴人也瘦了不少，進來就帶著沈皓行禮，沈皓乖乖跟在沈蓉的身邊，低著頭並沒有說話。
瑞王妃讓沈蓉他們坐下後才說道：「你們父王正與我商量明日的菜色呢，你們有什麼想吃的嗎？」
「都喜歡的。」沈蓉格外懂事地說道。
瑞王看著他們，眼神軟和了許多，道：「雪蓮膏可還有？」
「還有呢。」沈蓉看著瑞王，滿是依賴。
因為有孩子在，瑞王倒是沒有像剛剛那樣玩笑，很快就把菜色給定下來，瑞王說道：「五丫頭，過段時間我就請求皇上先把妳郡主的封號定下來。」這是瑞王妃提醒他的，本來王府中的姑娘一般都是在出嫁前才定下來，不過沈蓉的情況有些特別，所以想著先定下來。
「謝謝父王。」沈蓉滿眼驚喜。

「是妳母妃提醒我的。」

「謝謝母妃。」沈蓉感動地看著瑞王妃說道。

瑞王妃笑著說道：「都是我的孩子，哪裡用得了一個謝字。」

沈蓉忽然拉著沈皓跪在瑞王和瑞王妃面前，瑞王妃眼神一閃，陳側妃默默地站到了一旁，低頭不語，瑞王皺眉說道：「這是幹什麼？」

「父王、母妃，」沈蓉磕頭說道。「女兒知道母親做了錯事，也與弟弟說明白了，只是弟弟年紀還小，身邊沒個人照顧也不好，女兒想請陳側妃代為照顧弟弟。」

陳側妃面色變都沒變，瑞王妃讓丫鬟去扶沈蓉和沈皓，可是他們就是不起來，丫鬟也不敢用力。沈蓉見瑞王沒有說話，拉著沈皓給陳側妃磕頭說道：「陳側妃，弟弟也是父王的兒子，等弟弟大了……」

「使不得。」陳側妃避開了兩人。

沈蓉咬了咬牙抬頭，滿眼是淚地看著瑞王說道：「父王，弟弟年幼，身邊不能沒有母親的照顧，母妃平日要操勞王府的事情，還要照顧二哥，女兒這才想著讓陳側妃照顧弟弟。三姊出嫁後，陳側妃身邊也沒了孩子，怕也會覺得寂寞。」

沈皓開口道：「陳側妃，我一定不給您添亂。」

瑞王聽了心中微動，倒不是為了別的，想著陳側妃把三女兒教養得極好，又懂事又孝順，若是把蓉丫頭和皓兒也交給陳側妃也不是不可，有個男孩養在名下，府中的人也不敢再怠慢了。

陳側妃滿心的不願，沈皓都已經八歲，早已記事，這樣的孩子根本養不熟，更何況若是她沒有一個永甯伯夫人的女兒，沈蓉怎麼可能如此提議。而且一口一個弟弟，更多的卻是為自己打算，若是真被她說動了，怕是王爺直接讓這兩個孩子都記在她名下，小小年紀已經算計至此，以後怕是給錦丫頭添更多麻煩。陳側妃雖然知道，沈蓉如此也是不得已，可人都是有私心的，難道要為了別人的孩子給自己的孩子惹麻煩？陳側妃做不出這樣的事情。

沈錦能有現在多不容易，想到邊城的那些消息，陳側妃就心如刀割，便更是打定主意，就算是得罪頂撞了瑞王，也絕對不養這兩個孩子，所以此時只是低著頭不說話。

瑞王妃眼神閃了閃，心中另有打算，說道：「快快起來，你們如此讓陳側妃怎麼辦？就算她同意了，這事情也不是她能決定的。」

瑞王本因為陳側妃不開口，心中微微不滿，聽了瑞王妃的話也明白了，府中作主的根本不是陳側妃，他和王妃還在，一個側妃怎麼敢討論子嗣歸屬的事情，說道：「起來。」

沈蓉咬了咬牙，拉著沈皓站起來，帶著顫音解釋道：「父王，都是我……昨日我去探望弟弟，就見弟弟桌上的茶水都已經涼了……」

瑞王妃面色一沈，說道：「把伺候三少爺的人都給我關起來，明日是王爺生辰，倒是不好見血，等王爺生辰過了，每個人打二十大板。」

瑞王點頭道：「王妃處置得妥當。」不過還是看向了陳側妃。「沒個人照顧著實不行……」

「也是我沒和王爺說。」瑞王妃說道。「本想著明日再告訴王爺，好讓王爺高興高興呢，不過如今倒也顧不得了，前幾日李氏發現有孕了，我也讓大夫瞧了，差不多三個月了呢，大夫說看著像是個男胎。」

「真的？」瑞王驚喜道，也不是他多喜歡李氏，而是到他這個年紀，還能讓妾室懷孕，有一種異樣的滿足和喜悅。

瑞王妃嗔了瑞王一眼。「我哪會拿這樣的事情說笑，那日我就是和陳妹妹去探望李氏的，我想著到時候不管最後是男孩還是女孩，都是大喜事。不過李氏的出身太低，就想著記在陳側妃的名下，讓陳側妃撫養呢。」說著附在瑞王的耳邊悄聲說道：「到時候永甯伯不得格外照顧？」

瑞王心中一動，也明白了，這是王妃在為自己的孩子謀前程呢，只覺得滿心的感嘆，果然只有王妃全心全意為自己考慮。

見瑞王明白，瑞王妃才坐直身子說道：「陳妹妹也很高興，還特地送了許多錦丫頭帶回來的藥材補品給李氏呢。」

「太好了。」瑞王笑道。

瑞王妃眼神掃了沈蓉一眼，接著說道：「是我與陳妹妹商量著，都先不告訴王爺，明日再說也讓王爺驚喜一下，誰承想陳妹妹真是個實誠的，到剛剛也沒說出這件事。小孩子剛出生最是柔弱，怕是陳妹妹也沒精力去做別的事情了呢。」

瑞王說道：「應當的。」

說話間就見丫鬟來稟，說是永甯伯和永甯伯夫人也來了，陳側妃眼中露出喜悅，而沈蓉握緊了拳頭。
瑞王笑道：「他們今日怎麼過來了？」
「孩子過來你還嫌。」瑞王妃笑看著瑞王說道：「再說，孩子說不得是來看我與陳妹妹的。」
瑞王說道：「是本王說錯話了。」
瑞王妃不搭理瑞王，看向了陳側妃說道：「陳妹妹還沒見過永甯伯這個女婿吧，今日就好好見見也好放心，從別人那兒聽來的總歸不如自己見的。」
陳側妃抿唇一笑，說道：「王爺和王妃都說好，我哪裡有不放心。」
楚修明和沈錦進來的時候正巧聽見這一句，兩個人給瑞王和瑞王妃見了禮，沈蓉又帶著沈皓給楚修明夫婦見禮，沈錦一臉疑惑地問道：「什麼放心不放心呢？」
陳側妃剛剛也瞧了楚修明和沈錦，見女兒臉色紅潤，進門的時候楚修明還扶著女兒，心中大安，覺得女兒女婿站在一起真是一對璧人。
瑞王妃笑道：「正說妳母親呢。」
「喔。」沈錦看了看瑞王妃，又看了看陳側妃。
瑞王妃沒忍住，笑著說道：「妳明白了？」
「不大明白啊。」沈錦很誠實地說道。
就連瑞王都被逗笑了，沈錦微微皺著眉頭看向楚修明，楚修明伸手拍了下她的手，等眾人笑夠了，才說道：「明日是岳父的生辰，我與夫人備了一些禮。」

「哦？」瑞王看向楚修明。

卻見安平把手中捧著的盒子交給沈錦，沈錦雙手接過，起身走到瑞王身邊，雙手捧著說道：「父王，我給您做了一件外衣。」

瑞王滿臉喜悅，接過來打開，說道：「沒想到錦丫頭嫁人後連衣服都會做了。」

瑞王妃說道：「快拿出來瞧瞧，不如明天王爺就穿這件好了。」

瑞王哈哈一笑，把盒子放在一旁，親手把衣服給拿出來，竟是用月華錦做的，卻是玄青色，繡著祥雲的圖案。陳側妃一眼就看出，怕是這件還真不是自己女兒做的，雖然為了仿造沈錦的手藝，那些祥雲故意繡得圓潤了一些。

瑞王妃想是也看出來了，卻只是讚嘆道：「錦丫頭，妳太過偏心了，我與妳母親可還沒有呢。」

沈錦臉上一紅，這是趙嬤嬤讓人趕製的，根本不是她做的，答應給夫君做的香囊扇套，她至今都沒做好呢。

「可不許說我的乖女兒。」瑞王格外滿意。

楚修明這才拿過安寧手裡捧著的錦盒，雙手給了瑞王說道：「這是小婿送與岳父的，謝謝岳父養了夫人這般的好女兒。」

瑞王聞言心中感嘆，接過來當即打開，就見裡面竟然裝著一對杯子，那杯子看著極其普通，可是見楚修明這樣鄭重，瑞王瞇了下眼睛。

楚修明也沒過多解釋，只是笑道：「岳父倒點茶水試試。」

瑞王眼中一喜，猛然有一個猜測，說道：「這可是……快去拿了清酒、烈酒、清水、茶水來。」

瑞王妃也是見過世面的，看見這對朝霞迎蝶白玉盞，只感嘆道：「你們有心了。」

沈錦笑嘻嘻地說道：「是夫君搶來的，我見了就特意留下來了。」

丫鬟很快把東西齊備過來，瑞王就把人都給打發出去，然後關上門窗，也不用別人動手，自己小心翼翼拿了杯子出來，先倒些烈酒進去，就見剛剛還顯得普通的杯子緩緩變紅，而酒面上竟然漸漸出現了朝霞。

「好。」瑞王沒忍住說道。

沈蓉和沈皓也看見了，沈皓說道：「父王，我也要看。」

「過來。」瑞王招手讓沈皓過來。「小心點。」

「知道了。」沈皓一臉驚奇地看著杯子。

瑞王欣賞了一會兒，就把酒給倒掉，用清水涮了涮，杯子上的色彩都消失，又恢復了普通的樣子。瑞王倒了清酒進去，就見酒面上竟出現了彩蝶翩舞的樣子，隨著酒晃動，那蝴蝶搧動著翅膀，就像是要飛出去一般。

「好漂亮。」沈皓滿臉喜歡。「父王送給我吧。」

「不行。」瑞王毫不猶豫地拒絕道，又用茶水、清水和溫水都試過了，才小心翼翼用帕子擦了擦，放回盒子裡。沈皓伸手就要去拿，瑞王趕緊把錦盒蓋上說道：「告訴你了，不許動。」

「王爺。」瑞王妃有些不贊同地喊了一下，瑞王這才不再說話，而是把盒子收了看向楚修明說道：「女婿，這禮送得好。」

楚修明並不注重身外物，聞言只笑道：「岳父喜歡就好。」

瑞王點頭。「可比皇兄珍藏的那個還好。」

瑞王妃說道：「王爺自己在家中欣賞就好，可不許拿出去，免得給女婿添麻煩。」

「放心，我知道的。」瑞王保證道。「你們也不許說出去。」萬一被誠帝知道，這可是要獻上去的。

楚修明和沈錦重新坐了回去，瑞王看向沈蓉說道：「妳帶著皓兒回去吧。」

沈蓉低頭道：「是。」

沈皓雖然還想看那杯子，可到底聽沈蓉的話，也可能是他知道沈蓉是他僅剩的親人，行禮後就告辭了。

瑞王妃這才把孩子的事情說了一遍，只見沈錦滿臉欣喜說道：「恭喜父王了。」

瑞王哈哈一笑，格外得意地點點頭說道：「到時候養在妳母親身邊，也和妳母親作個伴。」

沈錦笑得眼睛彎彎的，讓人看了都不禁被她的快樂感染，瑞王說道：「晚上修明陪我喝兩杯，好好慶祝一下。」

「改日吧。」楚修明笑道。「今日岳父還是早早休息的好，明日岳父就是不想喝，也是不行的。」

瑞王這才反應過來，也知道楚修明是擔心他身體，笑著點點頭說道：「還是你考慮得周到。」

「王爺，你前幾日不是剛得了一套前朝的玩意兒，不如帶女婿去瞧瞧？」瑞王妃柔聲說道。

瑞王點頭說道：「對，修明與我去書房瞧瞧。」

楚修明笑著應下來，跟著瑞王離開了，瑞王妃這才看向陳側妃和沈錦說道：「我還要去看一下明日的器皿，妳們母女兩個隨意吧。」

陳側妃這才開口道：「謝王妃。」

沈錦笑道：「母妃，那我回去瞧瞧我的房間，還不知道母親有沒有作了別用呢。」

瑞王妃笑道：「就會貧嘴。」陳側妃和沈錦一併送了瑞王妃出去，沈錦這才挽著陳側妃的手往墨韻院走去。

陳側妃摸了下女兒的手，忽然說道：「妳的手怎麼了？」

沈錦伸出手，看起來還是白嫩漂亮，可是陳側妃細細摸了一遍，就發現不如以前細膩了。「可是……」

「當初蠻族圍城，我既是永甯伯夫人，總不好什麼都不做吧。」沈錦根本沒當一回事，挽著陳側妃的手。「我就在後方幫著洗了洗東西。」

陳側妃聽著就覺得心疼，那可是冬日，邊城更是寒冷，雖這麼想，嘴上卻說道：「妳做得對。」

「我也覺得呢。」沈錦笑著說道。「母親放心吧。」

陳側妃開口道：「我也不知那邊城是個什麼情況，只是……人啊都是以心換心的，妳若是對他人不真心，他人又怎麼能對妳真心呢？」

「我知道的。」沈錦撒嬌道。

陳側妃點點頭。「妳自己在外面，無須顧忌這麼多，更無須顧忌我。」

「母親。」沈錦停下腳步，看向陳側妃。

陳側妃一笑，像小時候一樣摸了摸沈錦的臉，發現沈錦的臉更加軟綿細膩，這才放心了，道：「這次，妳不該和女婿回來的。」

「是夫君要回來的。」沈錦小聲說道：「不是我說的。」

陳側妃點點頭，帶著沈錦繼續往院子走，道：「遇事不要毛躁，多聽聽身邊人的話，也要多聽妳夫君的話，知道嗎？」

「知道了。」沈錦心中酸澀，眼睛一紅，陳側妃這些話每一句都是為她考慮。

陳側妃見女兒過得好，心中就滿足了。「妳今日來得突然，等明日我做些妳愛吃的點心。」

「好。」沈錦笑著應下來，眼淚卻落下來，她不是不愛哭，只是一直不哭而已，如今回到母親身邊，再也忍不住了。剛去邊城的惶恐不安，蠻族圍城時的絕望痛苦，她知道不管是楚修明還是趙嬤嬤這些人，都覺得開始時虧待了她，現在才更加疼寵她，所以她從來不與人說自己的委屈。可是在母親身邊，她再也不用隱藏這些。

陳側妃領著沈錦進了屋，關上門，拿了帕子細細給女兒擦臉說道：「多大的人了，還掉金豆豆。」

「母親。」沈錦撲進陳側妃的懷裡。「夫君對我很好，真的。」

沈錦不知道該說什麼讓陳側妃放心，卻知道母親的心願不過是她幸福。「再等等，我接您走，我們去邊城一起生活。」

「傻孩子啊。」陳側妃臉上帶著笑，可是卻落了淚。「我既然來了王府，就沒打算再出去。」

她雖被封為側妃，可是說到底就是一個妾，一輩子都低人一等，幹什麼還要去給女兒添亂，時時提醒著別人，永甯伯夫人是個庶女？

「我現在過得極好。」陳側妃不會把這些心思告訴沈錦，只是笑道：「王妃對我照顧有加，府中下人因為女婿身分，也殷勤得很。李氏有孕了，等孩子生下來就抱到我身邊，所以不用擔心我的。」

沈錦咬了咬唇沒再說什麼，卻已經打定主意，有機會定要接母親走的。王府的日子哪有母親說的這般自在，王妃還能出門應酬一下，可是陳側妃根本出不了院子的門，後院的風景再好，看了十幾年也已經膩了。

陳側妃不再說自己的事情，摟著沈錦坐在軟榻上，問起了邊城的事情，沈錦一一回答了，與敷衍沈梓那些人的不同，她說了邊城的風景，說了互市的熱鬧，還有許許多多。「我還養了一隻狗，叫小不點，夫君說等長大了，站起來都比我高呢。」

「就會淘氣。」陳側妃笑著說道，她知道沈錦自小喜歡這些毛茸茸的東西，不過府中那麼多孩子，陳側妃怎麼也不敢讓沈錦養了貓啊狗啊這一類的。「妳以後不用給我送那麼多皮毛，我的分例夠用的。」

「邊城可多了。」沈錦有些得意地說道：「夫君說等天氣冷了，給我屋中都鋪上皮子，又舒服又暖和。」

「怪不得我覺得，妳嫁人以後越發的傻氣了。」沒有任何事情比女婿肯寵著疼著女兒更讓陳側妃開心的了。

「我可聰明了！」就算是母親也不能這麼說，沈錦下意識地反駁道。「真的。」

陳側妃沒有說話，只覺得這樣就好，有人寵著疼著，才會被養得傻氣，女兒過去十幾年在王府過得太苦了，如今才是好的。

沈錦看了陳側妃一眼，說道：「真的啊。」

「嗯，真的。」陳側妃摸了摸女兒的臉，仔細看了一下女兒的裝扮，並不是當初瑞王府陪嫁過去的那些，瞧著不顯眼卻樣樣精細。

沈錦笑著說道：「夫君給母親備了兩疋月華錦，一疋雅白的，一疋絳紫色的。」

「我哪裡用得上？給王妃一疋，剩下妳的留著就好。」陳側妃說道。

沈錦附在陳側妃的耳邊小聲說道：「月華錦做了小衣，可舒服了，母親穿在裡面就好，我給母妃也備了呢。」

「絳紫色的那疋給我就夠了。」陳側妃聞言只是說道。「用不到這麼多的。」

沈錦抿了抿唇，這才應下來。「那好吧。」

陳側妃牽著沈錦的手進了內室，打開首飾盒，從最下面拿出一塊玉珮，她伸手仔細摸了摸，這才親手掛在沈錦的脖頸上，說道：「這是當初妳外祖父病逝前偷偷給我的，說我出嫁了可以當我的嫁妝，讓我送給以後的孩子也好，送給夫君也好。今日就交給妳了，妳的嫁妝都是王府準備的，就算是我給妳的，也都是府中的東西，只有這枚玉珮是自己的。」

沈錦低頭看著那塊玉珮，只是簡單的平安扣，因為經常被人把玩，油潤漂亮，說道：「我會戴著的。」說著就塞進衣服裡面，卻發現絲毫不涼，反而帶著絲絲暖意。「這……」

「嗯，是暖玉。」陳側妃沒有說，就是為了等著沈錦發現。「妳外祖父知道若是雕得太過精細，容易被人發現，這才弄成這般簡單粗糙的樣子，就算被人看見，不仔細把玩也是認不出來的。」

沈錦開口道：「外祖父還真是老謀深算啊。」

陳側妃嘆道：「嗯，要不怎麼攢下那些家業，算了，不說這些事情了，這玉珮妳想留著或者送給女婿都是可以的。」

母女兩個笑著說了一會兒，就聽見門口有敲門聲，陳側妃說道：「怕是女婿來接妳了。」

沈錦滿心的不捨，陳側妃笑著牽著女兒的手往外走去，走到院中就看見楚修明正站在那裡，陳側妃心中不捨，卻知道女兒在楚修明身邊才更加快活。

兩人走到楚修明的身邊，楚修明開口道：「岳母。」

聽見這兩個字，陳側妃眼睛一紅，應了一聲。「以後可莫要如此叫了。」

楚修明的岳母是瑞王妃，也只能是瑞王妃，一句話楚修明就能感覺到陳側妃對沈錦的滿滿情感，恭恭敬敬給陳側妃行了一個晚輩禮，雖沒有說話，可是意思很明白，沈錦眼睛又紅了。

陳側妃徹底放下心，看向楚修明說道：「你們兩個以後好好過日子。」說著把沈錦的手放到了楚修明的手裡。

楚修明面色沈穩地說道：「我會對她好的，一輩子。」

陳側妃笑著應下來，親自送兩個人出了院門，沈錦時不時扭頭看著陳側妃，直到上了馬車直接坐在楚修明的懷裡，帶著哭腔小聲說道：「我還沒給父王母妃請辭呢。」

「王妃說我們直接走就好。」楚修明輕輕按著自家小娘子的頭。「明日早點來就是了。」

「嗯。」沈錦開口道。

楚修明溫言道：「到時候陪妳在王府中住上幾日，想來王爺和王妃不會介意的。」

「你剛剛還一口一個岳父呢。」沈錦笑逐顏開，有這麼一個願意哄她的夫君，她怎麼能愁眉苦臉給他看。

楚修明看見沈錦的笑臉，果然自家娘子還是笑盈盈的好。「到了王府再叫。」

沈錦笑著抓住楚修明的手指輕咬了一口，撒嬌道：「母親今日竟然說我笨，還說要我聽你的……」

楚修明聽著沈錦說話，都是一些無關緊要的，有時候說著說著還跳到了另一件事情上，不僅如此還對陳側妃做的點心評價了一番，家長裡短的事情，楚修明竟然也不覺得厭煩，反而覺得溫馨。

只不過世事難料，就算是楚修明也不可能算無遺漏。晚上沈錦正睡得香，忽然被一陣狗叫給吵醒，楚修明已經坐起身。「我去看看。」

沈錦臉睡得紅撲撲的，點點頭說道：「小不點是不是餓了？」

楚修明搖了搖頭，沒說什麼，只是披上外衣就出去了。趙嬤嬤她們也被驚醒了，趕緊過來伺候沈錦穿衣服，沈錦也擔心小不點，說道：「這是怎麼回事？」

一向懂事的小不點不知何時已經跑到他們的屋門口，大聲叫著，而且身子弓著，身上的毛都要豎起來了，看起來格外緊張和凶狠，看見楚修明後，卻叫得更凶了。

楚修明皺眉思索了一下，猛地臉色一變，然後快步朝著屋內走去，對著守衛大聲說道：「把所有人都給叫出來。」

第二十六章

沈錦已經穿好衣服，楚修明進來抓過披風，就拉著沈錦出去。「都出來。」

趙嬤嬤見到楚修明的樣子，心中一驚，趕緊跟了出去。永甯伯府本就沒多少人，很快就都出來了，站在正院的園子裡。小不點見到沈錦就圍著她團團轉，感覺很不安似的。

「這是怎麼了？」沈錦一臉迷茫地看著楚修明。

楚修明把披風給沈錦繫上，然後將人摟在懷裡說道：「我不知道。」雖然這麼說卻是滿身戒備著，就連侍衛也是如此，手按在腰間的刀上，把楚修明和沈錦圍在中間。

時間一點點地過去，天色矇矇亮了，可是絲毫動靜都沒有，就算如此也沒有人放鬆戒備，反而越發地警備。

沈錦站在楚修明的身邊，腿腳都有些痠了，小幅度地活動了一下，安寧護在沈錦的另一側，趙嬤嬤臉上也露出幾許疲憊，楚修明安慰地握了一下沈錦的手。

小不點也安靜下來，蹲坐在沈錦的身邊，猛地站起來毛豎直起來，卻沒有再叫。眾人忽然感覺到一陣搖晃，楚修明一把將沈錦抱住，護在懷中。

沈錦臉都白了，咬著唇一聲不吭，只覺得站都站不穩，雙手緊緊抱著楚修明的腰，多虧他們本就在園子裡面，地動很快就停下來，沈錦卻覺得腳下發虛，心口像是被什麼壓著一樣，格外的難受。

震動只不過是一瞬間的事情，給眾人的感覺卻像是過了許久，等地動停止，趙嬤嬤和安平就坐在了地上，說道：「地動……」

楚修明眼神暗了暗，地動並不是在京城，卻也有如此強烈的感覺，是西邊。「先別回屋，就地休息。」

「是。」

沈錦把自己的手放進楚修明的手心裡，讓楚修明握上才說道：「是哪裡？」

「不清楚。」楚修明低聲說道：「別擔心。」

「嗯。」沈錦抿了抿唇，雖然這麼說，可是心裡還是覺得沈甸甸的。「邊城會有事嗎？」

楚修明很肯定地說道：「不會牽扯到那邊。」

沈錦很擔心陳側妃，可是不知道還會不會再地動，實在說不出讓楚修明派人去瑞王府看看的話來，倒是楚修明忽然說道：「安寧，妳和岳文去一趟瑞王府。」

「夫君……」沈錦抬頭看向楚修明。

岳文正是他們帶來的侍衛中的一個，最是靈活，而安寧會功夫又是丫鬟，可以進後院親眼看一下陳側妃，楚修明的考慮不可謂不周全。

沈錦咬唇說道：「不用了，現在正亂著，等晚點……」

話還沒說完，就被楚修明阻止了，楚修明看向岳文和安寧說道：「往路中間走，回來把沿路的情況與我說一下，不要走屋簷下面。」

「夫君！」沈錦看向楚修明說道。

楚修明開口道：「京城只是被波及，就算還有餘動，也不礙事的，放心吧。」

岳文也說道：「夫人放心，我們去去就回。」

沈錦聽了楚修明的解釋，這才點頭說道：「一切安全為上。」

楚修明開口道：「怕是一會兒皇上就要派人召我進宮。」

沈錦看著楚修明。「你要小心。」

果然如楚修明所言，接下來又感覺到幾次地動，不過卻沒有第一次那般明顯了。宮中派人來宣楚修明進宮，楚修明接旨後就要進去換衣服，卻沒讓沈錦他們一併進去，只說道：「再過兩個時辰，確定沒事了再進去。」

沈錦主動握著楚修明的手，說道：「夫君，我伺候你更衣。」

趙嬤嬤也說道：「老奴幫夫人搭把手。」

「我自己就行。」沈錦搖頭拒絕了趙嬤嬤。

楚修明看了沈錦一眼，順著她的力道往屋中走去，心中不禁感嘆自家娘子這般傻氣，離了他可要怎麼辦？就算是為了她，自己也要努力活下去。

「怕嗎？」楚修明問道。

「不怕的。」沈錦開口道。「夫君不是說沒事嗎？」

楚修明彎腰親吻了一下她的眉心。「嗯。」換了裡衣後，楚修明就單手拿著衣服，另一手牽著沈錦出去了。

到了外面，就看見趙嬤嬤和安平他們都守在不遠處，見楚修明和沈錦出來這才鬆了一口氣。安平上前接過楚修明手裡的衣服，幾個人回到空曠的地方，伺候著楚修明換上官服，楚修明彎腰在沈錦的耳邊說了幾句話，這才跟著宮中的人離開。

趙嬤嬤說道：「夫人坐下休息會兒吧。」

沈錦說道：「大家都休息一會兒。」

眾人等沈錦坐在石椅上後，這才分散在她四周坐下，小不點趴在沈錦的腳邊，沈錦開口道：「晚點給小不點煮幾根肉多的骨頭。」

「是。」趙嬤嬤開口道。「夫人不用太過擔心。」

沈錦應了一聲，看著小不點的樣子說道：「怕是真的沒事了，小不點都不鬧了呢。」

趙嬤嬤說道：「小不點真是好狗。」

岳文和安寧還沒回來，楚修明又離開了，沈錦總有些心裡沈甸甸的，有些急躁又有些說不出的氣悶，深吸了一口氣緩緩吐出來，幾次後才覺得好點。

趙嬤嬤格外擔憂，微微垂眸說道：「夫人，老奴去別的院中看看。」

「別去。」沈錦抓著趙嬤嬤的手說道。「人都在這裡，別的地方都是一些死物，無礙的。」

有個侍衛說道：「夫人，我去廚房拿點吃食出來吧。」

沈錦聞言倒是笑了，問道：「餓了嗎？」

侍衛心知如果說是給夫人拿的，怕是夫人定不讓他們去冒險，就道：「是的。」

其他人也說道：「是啊，夫人，這麼久地都沒再動過了，我們去拿點東西出來。」

沈錦笑了一下說道：「不准去。」

侍衛目瞪口呆地看著沈錦，怎麼和他們想的不一樣？

趙嬤嬤反而笑了，被這麼一鬧，氣氛倒是緩和許多，沒了剛剛那種壓抑和緊張，沈錦掏一個荷包出來，遞給那個說拿吃的侍衛，說道：「吃吧。」

那侍衛臉一紅，說道：「夫人……我不餓啊……」

「啊，你們分著吃了吧。」沈錦是陪楚修明換衣服的時候，從桌上順手拿的，裡面裝著一些糖和肉乾，是趙嬤嬤準備的，為的是今日去瑞王府怕沈錦無趣，給沈錦吃著玩的。

岳文和安寧趕回來時，沈錦他們正準備進屋，見到兩個人除了身上有些塵土倒是沒有別的事情，沈錦才鬆了一口氣，說道：「正巧一起進屋吧。」

屋中很多物品都東倒西歪的，眾人先把倒地的都給收拾起來，大致規整了一下，沈錦就讓他們回去收拾自己的東西，剩下細緻的安寧和安平可以慢慢收拾，安寧開口道：「夫人，瑞王府一切安好，就是有個小廝慌亂中不小心弄斷腿，已經讓大夫給接好了。陳側妃和瑞王妃在一起，瑞王已經進宮，奴婢瞧著陳側妃面色倒是不錯，她們都在院中歇著，奴婢回來的時候，她們還沒回屋呢。王妃吩咐奴婢給夫人帶個話，說您剛回京中不久，怕是諸多不便，若是府中有所短缺就給瑞王府送個話。」

「那就好。」沈錦鬆了口氣說道。「那京中的百姓呢？」

安寧把大致情況說了一遍。「倒是沒亂起來，官府已經派人出來維持秩序了，我沿路瞧著有些人受了傷，並不算重。」

地動的時候天色已經微亮，有不少百姓都起來了，這算是不幸中的大幸。

沈錦點點頭，趙嬤嬤倒了水給沈錦，說道：「夫人慢點用，水有些涼了。」

安平說道：「奴婢去廚房瞧瞧。」

「和廚房說不用單獨給我做飯了，直接做個大鍋飯，大家一併用吧。」沈錦吩咐道。

趙嬤嬤看著沈錦的臉色有些蒼白，問道：「夫人可是身子不適？」

沈錦動了動唇說道：「有些噎得慌。」

趙嬤嬤說道：「屋中還備有蜜餞，老奴給夫人拿來。」

沈錦點了下頭，靠在軟墊上，趙嬤嬤很快把東西找了出來，沈錦選了顆糖漬青梅放在嘴裡含著。「妳們也吃。」

趙嬤嬤有些擔心地看著沈錦說道：「夫人放寬心，定會沒事的。」

沈錦應了一聲，安寧拿了小被蓋在沈錦的腿上，說道：「夫人可要睡一會兒？」

「不了。」沈錦微微垂眸。「用完了飯再說。」

「是。」

御書房中誠帝狠狠把杯子砸到地上。「除了吵你們還能做什麼啊！繼續吵啊！」

所有人都跪了下來，恭聲說道：「皇上息怒。」

「朕也想息怒，欽天監是怎麼弄……」誠帝咬牙怒道。

陳丞相說道：「皇上，現在要緊的是趕緊派人去處理善後事宜。」

誠帝沈聲說道：「朕叫你們來就是處理事情的，你們幹什麼了？」

有個御史開口道：「除了賑災事宜，皇上早日頒下罪己詔才是。」

誠帝面色一變，坐在龍椅上沒有說話，許久才問道：「朕有何罪？此乃天災！」

「這是上天的示警。」有一個老臣開口道。

陳丞相眼珠子轉了一下，眼神往瑞王身上瞟了一下，心中已有思量。誠帝滿心的不願，他本身心裡就有鬼，越發想證明自己的聖明，這般罪己詔被記錄在案，後人看了……

「起來吧。」誠帝端著太監新送來的茶喝了一口。

眾人這才起身重新站到一旁，這一下把跪著沒起身的陳丞相給凸顯出來，誠帝看見陳丞相，問道：「愛卿可有話要說？」

「皇上，臣要參瑞王奢侈無度……此次地動定是上天對瑞王的警告，否則為何選在瑞王生辰這日。」陳丞相細數了瑞王無數罪狀，最終又把地動之錯推到了瑞王身上。

瑞王臉上毫無血色，馬上出來跪在地上。「皇上，臣弟絕……」

「對。」瑞王話還沒有說完，就見誠帝猛然說道：「陳丞相所言甚是，朕也有錯，瑞王與朕同胞所出，朕對其多有……卻不想瑞王不知皇恩，如今上天才下此懲罰，瑞王你可知罪？」

地動是怎麼回事，其實在場的臣子都明白，不過是天災而已，皇帝下罪己詔更是一種對百姓的安撫和交代，有凝聚民心的作用，可是架不住誠帝心中有鬼，竟把所有責任都推到了瑞王身上。

瑞王雖然糊塗了一些，可是還真沒犯過什麼大錯，此時卻在陳丞相口中變得罪無可赦了。

明白了誠帝的意思，又有幾個臣子出來，都是參瑞王的，剩下的人對視一眼，心中嘆息卻沒有人說什麼。

「臣參瑞王為一己之私，竟然棄邊疆安危於不顧，執意召永甯伯回京，若是此時蠻夷入侵，那邊疆百姓又該如何？此乃大惡。」

「臣參瑞王幸喜美女，所謂上行下效……」

「臣參瑞王在府中大興土木，搜刮黎民……」

「臣參瑞王……」

這還真是牆倒眾人推，一條條的罪責被安在了瑞王的頭上，就連他遲到早退也成了不顧黎民生死這般大逆不道的事情，絲毫沒有提瑞王手上根本沒有實權，就算他不去也沒有絲毫影響。

誠帝漸漸安了心，跪在地上的瑞王，衣服已經被冷汗浸透，面無血色。

「好口才。」楚修明忽然冷聲開口道。「各位還真是有能把死人說活的本事。」

「永甯伯你什麼意思？」一個年紀較輕的官員直接跳出來指著楚修明說道：「莫非永甯伯要公私不分，瑞王這般罪大惡極……」

「哦？瑞王罪該如何？」楚修明反問道。

「定要嚴懲，才對得起天下的黎民百姓。」那人一臉傲色說道。「永甯伯莫不是要包庇瑞王？」

楚修明很平靜地說道：「既然這般罪無可赦，那就誅九族吧？不解氣的話要不夷十族。」

那人剛想說什麼，忽然想到了瑞王的身分，看了誠帝一眼，就見誠帝面色鐵青滿臉不悅，楚修明的態度很平淡，就像是在說一件無關緊要的事情。「皇上覺得如何？」

「永甯伯好大的膽。」陳丞相怒斥道。「皇上面前爾敢胡言亂語，眼中可還有皇上。」

永甯伯理都沒理陳丞相，直言道：「如今蜀中百姓正在受難，還不知災情如何，後續的救援安排呢？賑災所需的糧草呢？你們拿著朝廷的俸祿，卻不知為皇上分憂，反而立志於推卸責任，可笑。」

兵部尚書站出來說道：「臣覺得永甯伯所言甚是。」

工部尚書也站出來。「臣附議。」

瑞王只覺得滿心的感動，永樂侯也在場，更是時常與他吃酒玩鬧，如今卻一句話都不敢說，而楚修明卻直接站出來。

誠帝心中滿是怒火，只覺得楚修明生來就是與他作對的，厲聲說道：「楚修明，你當朕不敢殺你？」

瑞王一聽，心中大驚說道：「皇上！」

誠帝這句一出，不說瑞王，就是別的臣子也不準備再袖手旁觀了，被楚修明質問的那個年輕官員倒是心中大喜，跪地說道：「皇上，請治永甯伯的罪，他……」

「閉嘴！」禮部尚書直接一腳踹在那個人的後背，把他踹趴下了，然後跪下說道：「皇上莫聽信小人胡言，永甯伯只是憂心蜀中百姓。」

禮部尚書是兩朝老臣，已經告老幾次，誠帝都沒允許，不過是留著他表示自己尊重先帝，做個擺設而已，而他也心知肚明，很少開口，誰承想老當益壯腿腳麻利，這一腳力道可不輕。

另外一個老臣也質問道：「楚家與國同長，歷代駐守邊疆，楚家兒郎少有善終者，多少屍骨都遺落沙場無法尋回，那一座座衣冠塚……皇上您這話是要寒了天下人的心嗎？」

瑞王雖然是誠帝的親弟弟，可是並沒什麼作為，所以被責難了，少有人出來為其說理，更何況他們都知道誠帝不會要了瑞王的命，等楚修明站出來他們才想起，楚修明是瑞王的女婿，若是不站出來的話，怕是會被很多人不齒。

楚修明跪下來說道：「臣不敢。」

瑞王抬頭看著誠帝，沒能力沒本事是他活下來的理由，如今又成了他獲罪的理由，瑞王心裡明白，誠帝不願意下罪己詔，那麼就要找個人出來頂缸，正巧是他生辰地動，就算他不認下來，怕是以後……不能牽扯到瑞王府，更不能連累楚修明，只要楚修明還是瑞王府的女婿，別人都不敢怠慢了府中的家眷，再說誠帝總歸不會要了他這個弟弟的命，還要留著他顯示仁慈呢，瑞王咬牙低頭說道：「皇上，臣有罪。」

此時認罪，算是給誠帝一個臺階，誠帝心中一鬆，卻對楚修明更加戒備，他從沒想過竟然有這麼多人會出來幫楚修明說話，更甚者就連他提拔上來的臣子也不全聽他的。不少人心中都有些同情瑞王了，好好的一個生辰弄出這般事情，如今還要……

不過這也算是皇家自己的事情，剛剛給楚修明說話怕是已經開罪了誠帝，此時都不再說話，而楚修明也不說話了。

「剛剛朕心焦受苦的百姓，說話重了一些，永甯伯莫要見怪。」誠帝滿心的恨意和屈辱，神色都有些扭曲地說道。

「臣不敢。」楚修明並沒不依不饒。

誠帝這才嗯了一聲。「都起來吧，既然瑞王已經認罪，拖到宮門口重打三十大板，關入宗人府，所有罪狀昭告天下。」

瑞王低頭說道：「臣遵旨。」

宮中侍衛很快就進來了，瑞王不待人去拉，主動站起來，看了楚修明一眼微微搖頭，示意他不要再說話，這才離開。

誠帝這才接著說道：「擇……」一個個官職被唸了出來，都是剛剛站出來指責瑞王的，甚至不用猜測就知都是誠帝的親信。「陳丞相總領賑災事宜。」

「臣遵旨。」所有人跪地領旨。

瑞王被打又被關起來的事情很快就在宮中傳遍了，甚至在誠帝的示意下，京中都開始流傳出各種消息，地動的罪責都因瑞王而起，瑞王府的名聲一時間跌落谷底。

宮中佛堂中，皇太后聽完宮女的話，說道：「出去吧。」她的面色平靜，並沒有再多說什麼。

宮女退了下去，一直陪著皇太后的嬤嬤說道：「太后……」

皇太后手中的佛珠被扯斷了。「都是我的罪啊……這是報應！報應啊！」

嬤嬤趕緊說道：「太后，瑞王是皇上的親弟弟，不會有事的。」

皇太后卻不再說話，閉了閉眼顯得越發老態，說道：「收拾了吧，賞瑞王妃……」

「是。」嬤嬤一一記下來。

瑞王府中，瑞王妃聽完消息揮了揮手說道：「我知道了。」

翠喜有些擔憂地看著瑞王妃，瑞王妃倒是沒什麼表情，說道：「翠喜傳下去，若是讓我聽見府中有人胡言亂語，直接五十大板扔到莊子上，生死不論，哪裡出了差錯嚴懲不貸。」

「是。」翠喜恭聲應下來。

瑞王妃看向陳側妃說道：「陳妹妹，妳看好李氏，我去收拾東西，軒兒你一會兒給王爺送去。我讓人收拾了一些吃食，熙兒你帶著府中的侍衛送去你三姊家中，讓她莫要心急也不用來府中，等你三姊夫回來再歸家。把沈蓉姊弟接到我房中，讓丫鬟婆子看牢了，可莫要他們隨意走動傷到了。」

府中的事情被瑞王妃一件件安置下去，很快就把人心給穩住了。

永樂侯府，沈琦聽見這個消息面色大變，猛地起身看向世子，說道：「不可能。」

世子也不知道怎麼勸慰的好，他得到消息就回來與妻子說了。「我已經讓人去告示欄守著，若是真貼了消息……妳也不要太過擔心，不如我陪妳回府探望一下岳母吧？」

沈琦開口道：「好。」

世子說道：「那我……」

「世子，夫人喊您過去一趟。」永樂侯夫人身邊的大丫鬟快步跑來說道。

世子說道：「我知道了。」

沈琦抿了下唇，捏著帕子的手一緊，世子看向沈琦說道：「我先去母親那裡一趟，妳收拾一下，我馬上過來。」

「好。」沈琦應了下來，臉上倒是看不出絲毫情緒。

世子趕緊跟著丫鬟往正院那邊趕去，沈琦開口道：「霜巧，收拾了東西我們回去。」

「是。」霜巧應了下來。

「多收拾點，我要在王府住段時間。」沈琦咬牙說道。

霜巧手頓了一下才說道：「那世子……」

「不用收拾世子的了。」沈琦此時既擔憂父王的事情，又有些心灰意冷的感覺。「把我嫁妝的銀票、房契、地契都拿上。」

「是。」霜巧見沈琦打定了主意，也不再問，帶著小丫鬟開始收拾東西，那些錢財一類的並沒有讓小丫鬟沾。

沈琦坐在椅子上，眼神卻是看著門口，時間慢慢過去，天色也漸漸暗了下來，可是根本沒有世子的蹤影，沈琦的心一點點冷了。霜巧已經把東西收拾好了，讓丫鬟先把箱子抬到車上，然後自己抱著小木盒，有些猶豫地說道：「少夫人，不若稍微等等？」

「走吧。」沈琦站起身，拿過一旁的披風自己披上，帶著霜巧朝著外面走去。

出了院門，就看見剛剛叫走世子的那個丫鬟急匆匆跑來，說道：「少夫人，夫人身體不適，留了世子爺在身邊侍候，夫人知道少夫人要回娘家，特讓奴婢送了一些銀兩來。」說著就雙手捧著兩張銀票。

霜巧看向了沈琦，沈琦面無表情說道：「接過來。」

「是。」霜巧上前接過，眼神掃了一下，見是面額一百兩的銀票共二百兩，心中又恨又氣，不禁紅了眼睛，遞給沈琦的時候，甚至不敢抬頭。

沈琦接了過來，看了一眼笑道：「替我謝永樂侯夫人。」然後那兩張銀票隨手一扔。「賞妳了。」這話是對著永樂侯夫人身邊的大丫鬟說的，然後頭也不回地上了馬車。

坐在馬車上，沈琦再也忍不住哭了出來，霜巧坐在她身邊，卻不知怎麼安慰，沈琦用帕子捂著臉開口道：「我這輩子樣樣都比姊妹們強，只是有一件事卻……」

她的話沒有說完，可是意思很明白，她這輩子嫁的男人根本不如沈錦所嫁之人。

馬車忽然停了下來，霜巧打開車門剛要去問，就見永樂侯世子滿臉是汗的正要上車，心中一喜叫道：「世子，世子爺來了。」

沈琦的哭聲停止了，不敢相信地取下了帕子，傻傻地看著上了馬車的永樂侯世子褚玉鴻，一下子撲到他懷裡哭道：「你怎麼才來啊。」

霜巧悄無聲息地下了馬車，然後吩咐車夫繼續上路，自己去了後面的馬車坐下，心中多了幾分喜悅。

永甯伯府中，趙嬤嬤他們也得了消息，不過看著睡得並不安穩的沈錦，心中有些猶豫，趙嬤嬤說道：「這時候夫人去也沒用的，讓夫人休息一會兒吧。」

瑞王府中，瑞王妃看著趕來的女兒女婿，皺了下眉頭說道：「胡鬧。」

沈琦剛哭過，眼睛還是紅腫地說道：「母妃，父王怎麼了？」

瑞王妃叫人打了水給沈琦淨臉，說道：「沒什麼事情，無須擔心。」

沈琦還想說什麼，就被世子阻止了，他說道：「岳母有什麼用得上小婿的，儘管開口。」

瑞王妃嘆了口氣說道：「剛剛地動過，怕是府上也不安穩，也是琦兒胡鬧。」

世子說道：「岳母無須如此的，家中還有弟弟在，我……」

「傻話。」瑞王妃打斷了世子的話。「你是世子，此時侯爺不在，你自當在府中坐鎮才是。」

世子愣了一下，反應過來瑞王妃話中的意思，心知這是全心為自己考慮才會如此，他本身當世子不久，位置並不夠穩，這時候不在府中主持大局增加威望，出來才是錯誤的，若是讓幾個弟弟……只是看著妻子，他心中又有些猶豫。

瑞王妃說道：「我收拾了兩車東西，雖知府上不缺這些，到底想盡一些心意。我帶著琦兒梳洗一番，你們就歸家去，琦兒自幼嬌寵不夠懂事，是我這個做母親的錯，若是做錯了女婿直接說就是，若是她不聽就來與我說，我自會教訓。」說完竟然對著世子一福身。

世子嚇了一跳，趕緊避開說道：「岳母無須如此，夫人對我照顧頗多。」

瑞王妃笑了一下沒再說什麼，見到瑞王妃的樣子，世子心中大定，想來岳父也沒什麼大礙，不過是做個樣子給黎民百姓來看罷了。

沈琦也知道自己冒失了，不過得知瑞王的事情她一時亂了神。跟著瑞王妃進了內室後，翠喜就擰了帕子給她淨臉，瑞王妃問道：「可是妳與婆婆起了爭執？」

「母妃……」沈琦這才意識到剛剛為何母親會說那般話，甚至以王妃之尊給世子行禮，都是為了自己，這樣一來就算她和永樂侯夫人鬧起來，怕是世子也要因為母親的所作所為而幫襯幾分。

沈琦低著頭把事情說了一遍，瑞王妃是知道永樂侯夫人的性子，本想著只要瑞王府不倒，那永樂侯夫人就要顧忌幾分，沒承想竟出了這般事情。「妳回去當如何？」

「我回去自當給婆婆請罪。」沈琦開口道。

「糊塗。」瑞王妃怒斥道：「既然已經開罪了，還請什麼罪？」

沈琦詫異地看著瑞王妃，瑞王妃說道：「記著，妳是郡主之身，妳父王雖然被下宗人府，可並沒被奪爵位，妳伯父是當今聖上，妳妹夫是掌握天下兵馬的永甯伯。」

見到女兒的神色，瑞王妃說道：「此一時彼一時。妳父王不會有事，若是誰當妳面說了，直接讓婆子打耳光搧過去。」

「我明白了。」沈琦開口道，當初瑞王安穩，那麼自然她不需要太過強勢，而如今瑞王出事，她自當要立起來，強勢給所有人看。

第二十七章

沈熙到了永甯伯府中的時候，沈錦才被趙嬤嬤叫醒，稍微梳洗了一下就坐在客廳椅子上，身後還被趙嬤嬤放了軟墊。她不知為何格外的疲憊，安寧把沈熙帶進來，沈錦問道：「二弟，用飯了嗎？」

「已經用過了。」沈熙開口道。

「快坐下。」沈錦說道。「我身子不適，就不起來了。」

「三姊不需要客套的。」沈熙見沈錦沒把自己當外人，剛來永甯伯府的拘謹也消失了，開口道：「母妃讓我帶了些東西過來，知道三姊夫不在家，怕有什麼不便，所以讓我留在這邊陪著三姊。」不過三姊如此平靜，是沒有得到父王出事的消息？

沈錦滿臉的感動，說道：「母妃可有事？」

「並沒什麼事。」沈熙開口道。「對了，母妃還讓我帶了安神藥來，怕三姊驚了神。」

沈錦搖了搖頭，說道：「等夫君回來，我們一起過府謝過母妃。」

沈熙看了一眼趴在沈錦腳邊的大白狗，沈錦開口道：「這是小不點，不會咬人的。」倒是沒說出小不點在出事前就把人叫醒的事情，萬一被人怨恨為何知道消息不先提醒就不好了，只是那時候誰也不知道到底是為何事，沈錦甚至還懷疑誠帝終於忍不住派人來滅門了呢。

安平忽然從外面急匆匆趕來，像是剛得到消息一樣，說道：「夫人，不好了，王爺被打了。」

「什麼？」沈錦猛地站了起來。「怎麼回事？」她看向安平，又看向沈熙。

沈熙這才確定沈錦是真的不知道，不過想到他們才來京城沒多久，府中人手又不多，永甯伯也不在，消息沒那麼靈通罷了。「只是聽說……皇上說此次地動都因父王之過，下令打了板子關進宗人府。」他心中也滿是擔心，可是看三姊的樣子，不由安慰道：「三姊不用太過焦急，母妃已經有所安排，大哥也去打點送了東西。」

「這怎麼怪罪到了父王身上。」沈錦身子一軟，坐回椅子上，眼睛一紅，強忍著淚意。她是真的著急，瑞王若是出事了，他們也落不得什麼好，她倒是可以到邊城，有夫君護著，可是她的母親要怎麼辦？母妃要怎麼辦？

沈熙見沈錦這般動情，更添了幾分親近，只是安慰道：「三姊，有母妃和兄長在，定會沒事的。」

趙嬤嬤趕緊端了蜜水來給沈錦，沈錦喝下後，心神才稍平靜下來。「是我失態了。」

一時間兩個人都不再說話，畢竟也沒了談笑的心情，安寧端了茶點給沈熙，就站到沈錦的身後。

沈錦漸漸冷靜下來，微微垂眸，先讓安寧把小不點帶出去，才仔細思索起來。想到剛剛安平的表現，她並不是那般毛躁之人，就算是知道了什麼消息也不會如此，想來是故意做給沈熙看的，也就意味著府內早就有了瑞王的消息，不過因為自己那時候不知不覺睡了，就沒有與自己說罷了。

趙嬤嬤並不是不知道輕重的人，想來是覺得這件事並不嚴重，誠帝並不是先皇后所出……當初瑞王妃說得含糊，沈錦所知也有限，不過誠帝是在先帝暴斃後直接登基的，而先太子……並非誠帝。

不知不覺沈錦又想到楚修明，今日楚修明也被誠帝召了去，按照楚修明的性子，怕是不會眼看著瑞王被定罪，也不知道到底發生了什麼。

沈錦覺得小腹有些脹疼，還有些氣悶，身子一軟歪在軟墊上，是斷斷續續的疼，倒也不是忍不住，而現在外面正亂著，怕是要請大夫也難，畢竟地動的時候，還是有人受傷。手不由自主按了下小腹，說道：「嬤嬤，給我下碗麵吧。」想來是有些餓了。

趙嬤嬤以為沈錦餓了，恭聲應了下來，沈錦看向沈熙。「弟弟也一起用些吧。」

沈熙點了點頭，說道：「那就麻煩三姊了。」

「都是自家人，哪裡用得著如此外氣。」沈錦笑了一下，說道：「只怕簡陋了一些，等事了了，再請弟弟吃些好的。」

「是熱的就夠了。」沈熙開口道。

趙嬤嬤親自去下廚。瑞王府原本今日要設宴，備了不少吃食，可是因為這些事情，怕是生辰也過不了了，瑞王妃就讓人收拾不少東西送來。趙嬤嬤選了滷雞一類的，廚娘在一旁擀麵條，很快就煮好兩碗熱騰騰的麵端上來。

麵很香，此時沈熙也沒那麼多講究，就坐在桌旁埋頭吃了起來，而沈錦卻有些吃不下，有些想念楚修明了，那時候她不過有些食慾不振，楚修明就特地喚了大夫來……小腹又是一陣疼痛，也不知道是被疼痛刺激還是別的，沈錦猛地靈光一閃臉色大變，再也顧不上會不會添麻煩，慌道：「嬤嬤，我肚子疼！」

趙嬤嬤神色一緊。「安平、安寧快扶夫人回房。」

沈熙剛吃了幾口，此時聞言也是一愣，追問道：「三姊如何了？」

趙嬤嬤心中痛恨自己的疏忽，此時說道：「麻煩二公子請王府上的大夫來一趟。」

沈熙也不再問，說道：「我馬上就來。」說著放下筷子就往外跑去，然後喊著侍衛跟著他騎馬回府。

趙嬤嬤又叫了岳文，讓他去請上次的老大夫，若是大夫不在，就多買些安胎所需的藥材回來。又叫了另外一個侍衛到宮門口等著，只說夫人不適，讓將軍快些回府，若是沒辦法傳話進去，就在宮門口等著。

事情都安排完了，趙嬤嬤又讓廚房去熬了滋補的湯和紅棗水，這才進裡屋去。沈錦臉色蒼白地躺在床上，滿臉惶恐不安，安寧和安平也滿臉焦急，趙嬤嬤過來伸手握著沈錦的手，安慰道：「夫人無須擔心的，老奴已經讓人去叫了大夫，不會有事的，您放心。」

「我是不是有孩子了？」沈錦想到沈琦那個沒能出生的孩子，還有沈梓的……越發地惶恐。「我是不是……是不是……」

趙嬤嬤心中揪疼，看著沈錦的樣子，卻只是說道：「想來夫人是在外面吹了涼風，才會如此。」

安平也說道：「是啊，夫人一直沒能好好用飯，前段時間不是剛請了大夫，大夫也說夫人沒事嗎？」

沈錦心中稍安，點了點頭不再說話，她的手輕輕放在小腹上，雖然趙嬤嬤和安平這般說，可她還是覺得自己怕是有了寶寶，擔心害怕還有些不知所措。沈錦想到前段時間趙嬤嬤對自己的照顧，還有看見夫君揹著她跑時激動的神色，動了動唇卻不知道該說什麼。

趙嬤嬤看著沈錦這般故作堅強的樣子，眼睛一紅，坐在床邊給她掖了掖被子，柔聲說道：「夫人，不會有事的，若是真的有孕，也是好事。」

沈錦搖了搖頭，趙嬤嬤說道：「若是夫人實在擔憂，不若夫人瞧瞧有沒有見紅？」

安寧也說道：「夫人，您想那日二郡主小產，可是流了那麼多的血，所以就算夫人有孕了，也不礙事的。」

沈錦咬唇說道：「把床幔放下。」到底沒親眼看見，心中不安。

趙嬤嬤說道：「那老奴伺候夫人？」

沈錦顧不得羞澀和難堪，點了點頭，趙嬤嬤這才脫了鞋子上床，安平和安寧關好了門窗又把床幔給拉上，等確定沈錦真的沒有見紅，眾人這才安了心。沈錦此時也冷靜下來了，臉紅了紅說道：「是我太過大驚小怪了。」

「這種事情夫人真要瞞著不說，才是不好。」趙嬤嬤開口道。

沈錦覺得肚子疼也不是忍不了，這時候才想到沈熙，問道：「二弟……」

「二少爺回府請大夫了。」趙嬤嬤溫言道。「外面正亂，雖然也讓侍衛去請上次的老大夫，就怕老大夫忙得空不出手來。」

沈錦咬了咬唇，她是容易害羞的性子，可是此時卻沒有那些情緒，就算大夫來了，說她不過是吹了冷風或者別的原因才會難受，她也安心。

安寧端了熱呼呼的紅棗水進來，安平給沈錦身後墊了軟墊，讓沈錦靠坐起來，趙嬤嬤這才親手端著碗慢慢餵給沈錦，說道：「夫人若是疼了，就與我們說，可莫要自己強忍著，知道嗎？」

「嗯。」沈錦應了下來，微燙的紅棗水喝下去，整個人都舒服了一些。

瑞王府離永甯伯府不算遠，沈熙更是連停都沒敢停下來，回府後直接拽了大夫走，就連瑞王妃那邊都是交給侍衛去回稟。瑞王妃聞言心中一動，想了一下，就把沈蓉交給教養嬤嬤看管起來，把李氏接到身邊親自照顧，讓陳側妃去永甯伯府照看沈錦。

沈熙帶著大夫過來後，整個人都累得喘息，大夫也滿頭是汗，瑞王府的眾人自然看在眼底，心中都有些感激的。

沈錦已經穿了外衣，被扶著坐在椅子上，看著沈熙的樣子說道：「快歇歇，莫累壞了才是。」

「沒事的，三姊好些了嗎？」沈熙喝了幾杯水，坐在沈錦對面的椅子上問道。

沈錦點頭。「並沒什麼大礙了。」

大夫也喝了水，說道：「在下給伯夫人把把脈。」

沈錦點了下頭說道：「麻煩大夫了。」

趙嬤嬤挽起沈錦的袖子，又拿了帕子墊上，大夫這才坐在旁邊，仔細給沈錦把脈。「麻煩夫人換下手。」

沈錦把另隻手放在脈枕上，趙嬤嬤照樣拿帕子墊著，過了許久，大夫才說道：「恭喜夫人，是有喜了。」

雖然有些猜測，可是真的聽到的這一刻，沈錦心中又驚又喜，趙嬤嬤更是滿臉喜色地問道：「夫人有些不適，可有問題？」

大夫知道是喜事，神色鬆了鬆說道：「只是日子尚淺，怕是因為今晨之事動了胎氣，不過發現得早倒是不妨礙的。」

「謝天謝地。」安平和安寧說道。

沈熙也是滿臉喜色說道：「恭喜三姊了。」

沈錦眼中含淚，多虧她不要面子沒有忍下去，若是……看向沈熙說道：「謝謝二弟了。」

趙嬤嬤問道：「那安胎藥一類的可需用些？」

「用三日，不過在膳食上要多注意些。」大夫開口道，又細細把需要注意的事情說了一遍。

因為藥堂離得遠些，所以岳文這才趕回來，大夫卻沒能請來，堂中除了一些藥童，剩餘的大夫全部出診去了，藥材卻買回來了不少。

沈熙開口道：「這般好事，我回去與母妃、陳側妃道喜。」

沈錦咬了下唇說道：「那就麻煩二弟了。」

「大夫就先留在三姊府中。」沈熙開口道。「孫大夫你需要什麼東西與身邊伺候的說一聲，讓他給你把東西收拾來。」

「是。」孫大夫恭聲說道。

沈熙點頭。「我會與母妃說的。」

忽然外面傳來腳步聲，楚修明甚至沒等丫鬟開門，直接把門給推開，他神色平靜，可是額角帶著汗，官服的衣襬處也有些縐褶和灰塵，快步走進來，說道：「可有事？」

沈錦笑得眼睛彎彎似新月，嘴角上揚小酒窩露了出來說道：「夫君，我們有孩子了。」

一抹笑容出現在楚修明的臉上，他的眼神移到沈錦的肚子上問道：「身子可還好？」

「大夫說沒有事。」沈錦開口道。

楚修明點頭，這才看向沈熙，沈熙叫道：「三姊夫。」

「嗯。」楚修明說道：「安寧伺候夫人回屋休息。」

「是。」

楚修明這才對著沈熙說道：「我更衣，你自己坐會兒。」

「三姊夫不用管我。」沈熙開口道。

楚修明點了點頭，陪著沈錦進了內室，路上沈錦把事情大致說了一遍，她忍不住把手塞進楚修明的手裡。楚修明握了一下，發現沈錦的手有些涼，不過現在不是說話的時候，只叮囑道：「先休息一下，我過會兒回來。」

「嗯。」沈錦見到楚修明就安心了。

楚修明眼中帶著笑意，也沒說什麼，換下衣服等趙嬤嬤安排好孫大夫進來後才離開。

趙嬤嬤滿臉喜色說道：「夫人可以放下心了。」

「嗯。」沈錦開口道：「嬤嬤給我換寬鬆一些的衣服。」

趙嬤嬤應下來，安寧去廚房拎溫水過來伺候沈錦梳洗，又泡了腳後才讓她舒服地躺在床上，也不知是見到楚修明還是溫熱的紅棗水和泡腳的緣故，已不若開始那般疼痛了。

見沈錦面色紅潤了一些，趙嬤嬤才讓安平去孫大夫那邊拿藥煎藥，自己和安寧開始收拾東西，那些易碎的有稜角的都要收起來。沈錦有些困頓地抱著軟墊，問道：「嬤嬤，我父王是怎麼回事？」

趙嬤嬤一邊收拾一邊說道：「實際情形不知道，因為瑞王是在宮門口挨的打，又直接被宮中侍衛押到宗人府，說是因瑞王奢侈無度一類的罪名，才惹得上天震怒下了警示。」

「宮中的消息竟然傳得這麼快？」沈錦簡直不敢相信，她本以為只是瑞王府中的人得了消息。

趙嬤嬤笑了一下卻沒說什麼，沈錦也不知道說什麼好了，索性也不再問，就閉目養神了起來。

楚修明把宮中的事情大致與沈熙說了一遍，並沒有提自己幫著瑞王開脫的事情，反而把那些對瑞王發難的人名和官職都仔細告訴了沈熙。

沈熙一一記下來說道：「三姊夫若是沒有別的吩咐，我先回去了。」

楚修明開口道：「若是可以的話，能否讓陳側妃來探望一下我家夫人。」妻子第一次有孕，想來還是生母在身邊會比較安心，而如今瑞王府出事，陳側妃並不好出門，不過有他特地提起，想來瑞王妃會安排妥當的。

沈熙點頭。「我會與母妃說的，三姊夫放心。」

楚修明道謝後，親自送沈熙離開，又去孫大夫暫住的地方，仔細問過沈錦的情況，確認沈錦的身子並無大礙，這才鬆口氣，孫大夫說道：「夫人有孕時日尚淺，還沒坐穩胎，這般動了胎氣著實兇險，若是晚些發現怕就不樂觀了。」

「這段時間就麻煩大夫了。」楚修明開口道。

「應該的。」大夫恭聲說道，心中倒是鬆了一口氣，他聽多了永甯伯殺人如麻的消息，沒想到永甯伯雖然神色清冷一些，態度卻是極好的。

楚修明又問了一些需要注意的地方，這才往正院走去，進房時，就見自家小娘子正側身躺在床上抱個軟墊，不知在想什麼，見到楚修明，這才清醒了一些，說道：「夫君。」

「嗯。」楚修明走過去，伸手摸了一下沈錦的臉問道：「還難受嗎？」

「不難受了。」沈錦笑著說道。

趙嬤嬤開口道：「老奴去給將軍、夫人準備些吃食，夫人用了飯以後也好喝藥。」

沈錦聽見「喝藥」兩個字，皺了皺鼻子，感覺有些惆悵，可還是說道：「好。」畢竟是為了自己和孩子好，這藥是不能不吃的。

趙嬤嬤出去的時候還帶上門，楚修明說道：「我先梳洗一下。」

「嗯。」沈錦也沒起來，就躺在床上看楚修明用銅盆中的冷水洗臉淨手，又擦乾了才回來脫了鞋坐在床上，把沈錦連人帶被抱進懷裡，沈錦舒服地靠在楚修明的身上。

楚修明隔著被子摸了下沈錦的肚子。「夫人辛苦了。」

「夫君，我很歡喜。」沈錦小聲說道。「我真害怕因為我的疏忽失去這個孩子。」

楚修明靜靜地聽著，沈錦輕聲說著大夫來之前的那種恐懼。「我都不知道寶寶什麼時候來的。」

「夫君，我想回邊城了。」沈錦情緒有些低落地說道，這麼一鬧，她有孕的消息怕是瞞不住了，而誠帝竟然都對瑞王下手，這還是親兄弟呢，沈錦總覺得有些危險。

楚修明輕輕吻了吻她的臉頰，說道：「等大夫說穩當了，我們就回去。」

「嗯。」沈錦抓著楚修明的手。「我父王沒事吧？」

楚修明仔細把事情說了一遍，這次倒是毫無隱瞞，沈錦聽見誅九族夷十族的時候，又笑了起來，也不知道當時誠帝聽見是什麼樣的表情，等楚修明說到後面，沈錦臉上的笑容消失了，抿了抿唇並沒說什麼。

「別怕。」楚修明安撫道。「不會有事的。」

「嗯。」沈錦卻覺得事情不像楚修明說的這般簡單。

而且京城怕是不安穩了，誠帝今日能因為不想下罪己詔，就任人潑髒水給同胞弟弟，甚至親自定了瑞王的罪，那麼見證了所有事情的大臣會怎麼想？

事情有一就有二，是不是等哪天自己就變成了那個替罪羊，甚至只是誠帝看不順眼了，就讓人栽贓陷害他們？

他們可不是瑞王，而且楚修明的那一句誅九族，也正中這些大臣的心思，他們可不是皇親國戚，皇帝什麼都不查，只要人動動嘴皮子給他們定罪了……那真可能被誅九族。

萬一誠帝嘗到甜頭了……

楚修明的那段話看似是為了瑞王這個岳父出頭，可也有指責誠帝的意思，給眾多大臣敲響了警鐘，偏偏誠帝不知，還要責難楚修明，這一下徹底捅了馬蜂窩。

忽然有些想念邊城院中的那些果樹，也不知道開花結果了沒有，新鮮的果子一定香甜可口，醃成果脯酸中帶甜……

看著妻子眼神呆滯的樣子，楚修明就知道她怕是又走神了，心中嘆了口氣，在沈錦看不到的時候，眼中才露出幾分擔憂。

楚修明其實也覺得妻子有孕還留在京城不大安穩，不過暫時卻走不了，不說別的，就是沈錦的身體都有些受不住。

想來是因為有孕在身，才這般喜歡吃酸的，要知道沈錦以前最不耐吃那些酸澀的果子，她馬上就要有孩子了，沈錦神遊了一會兒，思緒又轉回來，微微垂眸看著，問道：「夫君，我現在有孕，是不是……」

楚修明忽然輕笑出聲，打斷了沈錦未完的話。「傻丫頭，緣分到了，孩子自然就來了。」他知道沈錦要說什麼，所以越發地心疼。

沈錦換了個姿勢，整個人窩進楚修明的懷裡，應了一聲沒再說話。

楚修明輕輕撫著她的髮說道：「有我呢。」

沈錦很容易滿足，楚修明一句話就讓她的心安定下來，也把那些擔憂拋之腦後，反正外面再亂，她不出府就是了，有楚修明在呢，總歸他們是在一起的。

趙嬤嬤和安寧端了飯菜進來，還特意備了雞湯給沈錦，沈錦一改前段時間的食慾不振，胃口大開吃了起來。

吃完東西，休息一會兒用了藥，趙嬤嬤就伺候著沈錦梳洗睡下了。楚修明等沈錦睡熟以後，才起身去書房，趙管事已經在等著了。

趙管事說道：「將軍有何打算？」

楚修明開口道：「若是連妻兒都護不住，還談何大事？」

趙管事嘆了口氣，沒說什麼，夫人有孕是喜事，可是這個時機著實不對，怕就怕誠帝利用這點再做什麼手腳，而將軍卻因為夫人有孕束手束腳的，就連去南邊的事情也要延期了，除非將軍肯讓夫人一個人在京中，不過按照將軍的性子絕不會如此。

也正因為這樣，才是值得他們這些人效忠的將軍。要是誠帝那樣的？趙管事心中冷笑，目光短淺滿心婦人的算計，甚至連婦人都不如。

「將軍有何打算？」趙管事還是這樣一句話，可是卻和第一次問的意思大不相同。

楚修明眼睛瞇了一下，說道：「一動不如一靜，等著就好。」

趙管事笑道：「將軍心中已有成算。」

楚修明看向趙管事反問道：「軍師不也有了？」

趙管事並沒否認。「將軍覺得，下一枚被捨棄的棋子會是誰？」

外面忽然傳來腳步聲，楚修明眼睛一瞇，心中有些不好的預感，就聽見書房的門被敲了三下，說道：「將軍，有要事稟報。」

「進來。」楚修明開口道。

就見岳文面色焦急，開口說道：「將軍，閩中那邊傳來消息，那邊的官員竟與海寇勾結……」

隨著岳文的話，就見楚修明神色越發冷靜，不過放在桌上的拳頭卻越握越緊，而趙管事已經臉色大變，滿是怒色，卻強自鎮定下來。

等岳文全部稟報完了，楚修明眼中已滿是冷意，趙管事猛地端起杯子把茶水全部喝下，還是沒忍住狠狠地以掌擊了一下書桌，咬牙道：「將軍絕不可妄動。」

楚修明點頭。「我知。」

趙管事狠狠揉了把臉。「我們為了黎民百姓處處忍讓，甚至選了最難走的一條路，可是……」

楚修明搖頭沒再說什麼，卻知道自己怕是要對小娘子毀約了，不能留在京中陪著她了，心中有些悵然。

第二十八章

瑞王府中，瑞王妃聽完沈熙的話，問道：「軒兒你怎麼想？」
沈軒沈思了一下說道：「母妃，父王怕是要受點罪。」
瑞王妃微微垂眸說道：「嗯，王爺在宗人府中還好吧？」
「皇上派了太醫特地照看父王。」沈軒開口道。「父王的傷也上了藥，臉色還好。」
沈熙冷哼一聲，卻沒有說話，他到底年幼，難免有些少年意氣。
瑞王妃看向沈熙說道：「那是皇上。」
「可是母妃，父王……」
「記住，坐在那個位置的是皇帝，能決定所有人生死。」瑞王妃說得很慢，但是每個字都很重。「記清楚了。」
沈軒看向沈熙，說道：「雷霆雨露均是皇恩。」
沈熙咬了咬牙說道：「母妃，我知道了。」
「母妃，若是王府什麼也不做，怕是難免讓人小瞧了。」沈軒這才看向瑞王妃說道。
「自然要做些事情。」瑞王妃沈聲說道。「派人送信給外祖家，參陳丞相……」
沈熙聽著母親和兄長的對話，有些似懂非懂，心中慢慢思索起來。
等說完這些，瑞王妃才嘆了口氣說道：「軒兒，明日你繼續去探望你父王，熙兒送陳側

「對了，三姊夫還請求讓陳側妃去探望一下三姊。」
沈熙這才想起來說道。
瑞王妃點頭。「讓陳側妃在府中多住幾日。」
沈熙點頭沒再說什麼，瑞王妃說道：「熙兒回去休息吧。」
「是。」沈熙沒再說什麼，低頭離開了。
看著兒子的背影，瑞王妃緩緩吐出一口氣，然後看向沈軒說道：「你的親事我一直攔著你父王，沒給你定下來。」
「兒子知道母親是一片苦心。」沈軒開口道。
瑞王妃鬆口氣，說道：「有些事情也是該告訴你的時候，翠喜去喚陳側妃來。」
「是。」翠喜恭聲應道。
「母妃，兒子覺得，直接參陳丞相怕是不妥。」沈軒沈思一下說道：「不如拿另外幾個官員開刀。」
陳丞相是當今皇后的生父，又是皇帝的親信，怕是他們就算參了也沒有用處，反而會惹怒誠帝。
「軒兒，你能考慮到這些，母妃很欣慰。」瑞王妃只希望現在開始教導兒子還不算晚，解釋道：「不過……我們需要做的只是點火而已。」
「嗯？」沈軒看著瑞王妃。
瑞王妃面上露出幾許譏諷。「你可知今日之事，真正會不安的並非我們瑞王府，而是朝中其他大臣。」

沈軒皺眉，瑞王妃開口道：「這般胡亂潑髒，就使一個王爺被打板子下冤獄，其他人呢？還不人人自危？」

「兒子明白了。」沈軒開口道，等這些人回去冷靜下來想明白，心中自然會不安，不管是為求自保還是別的心思，自當有所作為，算是反擊也是一種警示，畢竟他們也會擔心，若是有天輪到自己又該如何。

而第一個開口發難瑞王的陳丞相自然成了眼中釘，再加上他的身分……

「可是陳丞相是皇上的人，難道皇上真的會……」沈軒有些猶豫地問道。

瑞王妃眼睛瞇了一下，說道：「你仔細想一下皇上近幾年的所作所為。」

沈軒沈默了。

墨韻院中陳側妃正在收拾東西，得知女兒有孕的消息，陳側妃本就滿心喜悅，誰知瑞王妃讓她去永甯伯府照看女兒，更是喜出望外，就算知道有些不合規矩，也顧不得那麼許多了。

得知翠喜的來意，陳側妃只以為王妃有事交代，稍微收拾一下，跟著翠喜去了正院，卻見世子也在屋中，眼中露出幾許疑惑。瑞王妃讓翠喜關上門窗，然後緩緩說道：「永嘉三十七年……」

第二日清晨，陳側妃就坐著馬車前往永甯伯府了，心中卻沈甸甸的，再沒了初知女兒有孕的喜悅，卻也知道此時不能讓女兒看出分毫，平添那些煩惱，就像瑞王妃吩咐的，起碼要等女兒坐穩了胎。

永甯伯府中一切如常，甚至因為沈錦有孕之事，府中的人臉上都添了一些喜色。知道那件事的不過三人而已，趙管事整日不露面，就連趙嬤嬤都不知道他到底忙著什麼，而岳文又是個穩重不多嘴的性子。

楚修明也沒絲毫異樣，不過對沈錦越發體貼了。陳側妃來的時候是楚修明親自去迎接，並非沈錦不願意去，而是孫大夫吩咐了這段時間讓沈錦少動一些。

陳側妃被楚修明迎到院中時，就看見沈錦正坐在椅子上眼巴巴地看著門口，當見到她的時候，眼中露出慢慢的喜悅。「母親！」

小不點蹲坐在沈錦身邊，也看著陳側妃。

陳側妃第一次看見小不點，沒想到竟是這麼大的一條狗，快步走過來叮囑道：「這動物不知道輕重，妳現在身子重，可不要不知分寸被傷了才好。」

沈錦伸手揉了一下小不點的大狗頭，說道：「不礙事的，母親，是夫君親自馴養了給我的，很乖巧呢。」

沈錦要起身，就被陳側妃斥責道：「不許動，坐下好好待著。」

「母親。」沈錦撒嬌道：「大夫說我可以動的，不信您問夫君。」

楚修明並沒有出聲，沈錦皺了皺鼻子，在陳側妃的眼神中乖乖坐回了椅子上，楚修明這才說道：「岳母，我家中沒有長輩，還請多留幾日。」

「你就是不說，我也準備厚顏多住些時日的。」陳側妃開口道。「是王妃特意吩咐的，說怕你們年紀小，雖然身邊有人伺候，可是京城不比邊城那般，多有不便。」

沈錦有孕的事情，怕是不少得了消息的人會上門送禮，這些就不方便下人出面了。

「多謝岳母。」楚修明開口道，他只願自己能留在沈錦身邊的時候，讓她多些快樂。

陳側妃溫言道：「只要你們不覺得我多事就好。」

趙嬤嬤見陳側妃能管住沈錦，也是鬆了口氣，府中有經驗的就她一人，陳側妃來一併照看沈錦，她也能微微鬆口氣，特別是她根本不忍心拒絕沈錦期盼的眼神，可是……有孕時不比平日，並不是吃得越多越補就好，若是補得太過，到時候肚中胎兒太大，生產的時候會困難遭了罪。

有陳側妃在，她就不用當這般惡人了，每次拒絕沈錦總會有一種說不出的罪惡感。

趙嬤嬤看見沈錦又伸手去拿糕點，就恭聲開口道：「夫人剛剛已用了一碟核桃酥，不若老奴去拿些蜜餞來，免得夫人口中太過甜膩？」

陳側妃聞言，皺眉看著沈錦正往嘴邊送的桂花糖酥米糕，說道：「用了這一塊就不許再用，以後每日最多只能用六塊糕點。」

沈錦瞪圓了眼睛，不敢相信地看著陳側妃，滿臉寫著「您怎能如此殘忍」！

陳側妃卻是不理，只是看向趙嬤嬤溫和地說道：「以後每日只給夫人用四塊蜜餞果脯，多用一些核桃……」

沈錦淚眼汪汪地看向趙嬤嬤，趙嬤嬤露出一個無可奈何的表情，心中卻是思索，果然請陳側妃過府是對的。

剛開始陳側妃還有些擔憂楚修明和沈錦每日同眠，可是知道他們兩個人都不是不知分寸、胡鬧的孩子，這才沒有說話，更見楚修明雖然不愛說話，可對女兒事事體貼，心中也就安定下來。

不僅如此陳側妃還仔細觀察了府中眾人，特別是安平和安寧，見她們兩個不僅照顧沈錦細心，還沒有旁的心思，就徹底放下心來，在永甯伯府中待了三日，她就準備告辭了。

沈錦自然滿心不捨，可也不是不知分寸，陳側妃像小時一樣把她擁入懷裡。看著越發漂亮的女兒，陳側妃只覺得滿滿的喜悅，因為知道陳側妃準備離開，沈錦越發嬌氣，依在陳側妃的身邊，楚修明過來時就見母女兩個正親親熱熱地說話。陳側妃這才說了要離開的意思，楚修明倒是說道：「岳母不如再留兩日。」

陳側妃說：「府中怕是還有事，只有王妃一人支撐，到底累了一些。」

楚修明道：「請岳母再留兩日。」

陳側妃微微皺眉，看著楚修明的樣子點頭說道：「也好，我就多打擾幾日。」伸手輕輕握了一下沈錦的。「錦丫頭昨日想用酸筍雞皮湯，我去廚房瞧瞧。」

「麻煩岳母了。」楚修明開口道。

陳側妃笑了一下就出去了，楚修明伸手握著沈錦的手說道：「我陪妳出去走走可好？」

沈錦點頭，順著楚修明的力道站起身，兩個人慢慢往園子裡走去，楚修明說道：「過幾日我怕是要出門一趟。」

沈錦應了一聲，臉上露出燦爛的笑容說道：「那我等你。」

「嗯。」楚修明並沒有解釋什麼，只是說道：「過兩日朝廷的命令下來了，我就送妳回瑞王府。」

「好。」沈錦眼眶都紅了，卻沒有落下淚，只是撒嬌道：「要早點回來接我，知道嗎？」

楚修明應承下來，倒也沒有馬上抱著沈錦回去，而是就這樣抱著她慢慢在園子裡面走動。

等回去的時候，沈錦已經恢復了笑盈盈的模樣，若不是楚修明夜裡發現沈錦睡夢中偷偷落淚，竟也被瞞過去了，楚修明沒有說什麼，只是伸手輕輕撫著沈錦的後背，沈錦身子顫了一下，眼睛紅紅地看著楚修明。楚修明索性起身靠坐在床上，沈錦就挪到他懷裡，臉頰靠在楚修明的胸膛上，小聲哭泣了起來。

楚修明雙手圈著沈錦，在她耳邊不斷保證道：「我定會平安歸來的。」

在楚修明的聲音中，不知是哭累了還是安心了，沈錦漸漸睡去，楚修明看著沈錦睡夢中的樣子，心中別有一番情緒，有不捨還有許許多多的心疼。

沈錦起得很晚，她是驚醒的，醒來的時候就見到陳側妃正坐在屋中縫著東西。陳側妃走到床邊，看著女兒的樣子，心中微微嘆息道：「醒了嗎？」

沈錦的表情有些委屈，抿了抿唇，不言不語地抱住陳側妃的腰。

陳側妃被沈錦逗笑了。「怎麼還和小時一般，女婿在書房呢。」

「嗯。」沈錦心中這才鬆了一口氣。

陳側妃柔聲道：「我喚人進來，莫要這般撒嬌了。」

「好。」沈錦深吸了幾口氣，這才鬆開陳側妃，雖然沒有露出笑容，神色卻也好了不少。

陳側妃到門口打開門，讓安平她們端水進來，伺候沈錦更衣梳洗。趙嬤嬤也端了熱呼呼的羊乳過來，因為沈錦有孕的緣故，倒是不好再放杏仁去腥氣，味道雖然不好，可沈錦也不排斥，乖乖端著喝了一碗。

楚修明也知道沈錦醒了，過來時沈錦正梳妝好，一見到楚修明，沈錦就嬌聲抱怨道：「我還以為夫君偷偷跑了呢。」

「不會。」楚修明給陳側妃打了下招呼，就走過來牽著沈錦的手。「用飯吧。」

「好。」沈錦臉上帶著笑容，看向陳側妃說道：「母親，我們用飯去。」

「我已用過了。」陳側妃笑著說道。「誰要等妳這個懶貨起來。」

沈錦皺了皺鼻子，又自己笑起來，和楚修明往飯廳走去，飯菜都被擺出來，都是沈錦喜歡的。昨日沈錦和楚修明回來後雖然沒說什麼，可趙嬤嬤她們都看出沈錦眼中的不捨和比平時更黏人的姿態，心中有了猜測，這才不約而同早起，準備了不少合沈錦胃口的食物，只望沈錦心情能好一些。

下午楚修明陪沈錦午睡的時候，宮中來了人，誠帝急召楚修明入宮，沈錦沒說什麼，親手服侍楚修明穿戴。送楚修明出院門，他摸了摸沈錦的臉說道：「睡醒了就讓小不點來陪妳玩一會兒，我很快就回來。」

「好。」沈錦嘴角上揚笑道。

楚修明看了趙嬤嬤一眼，趙嬤嬤微微點頭，楚修明這才轉身離開。

等看不見楚修明了，沈錦眨眨眼，這才說道：「嬤嬤，我們回去吧。」

趙嬤嬤溫言道：「將軍晚些時候就回來了，夫人無須擔心的。」

沈錦笑道：「我知道的，讓人給將軍收拾東西吧，也不知道是去哪裡呢。」

沈錦回到房間後索性也不睡了，就換了衣服和趙嬤嬤商量著收拾東西，陳側妃也過來，三個人很快就列好了單子，仔細對過以後又添加一些。

趙嬤嬤帶著丫鬟收拾起來，沈錦倒是拿出許久未做的香囊重新縫製起來，陳側妃陪在她的身邊，偶爾指點幾句。

楚修明到宮中的時候，發現已來了不少大臣，誠帝的臉色難看，這次竟不等楚修明行完禮，就說道：「愛卿快快平身。」

誠帝雖然這麼說，楚修明還是態度恭敬地行了禮。

誠帝開口道：「愛卿，我今日才得了消息，閩中百姓竟然……」

陳丞相微微垂眸，卻沒說什麼，消息昨晚就知道，誠帝當即召喚他進宮商議如何處置。前段時日他們本就商議海寇之事，不過因為永樂侯府出事召喚了太醫，誠帝知道後，當眾譏諷楚修明家宅不寧，海寇之事倒是被打斷了，誠帝沒把海寇當一回事，也就沒再提，誰想到那些海寇竟然如此猖狂。

最讓誠帝憤怒的是，那邊的百姓竟然有和海寇勾結的，一夜之內洗劫了縣城，還殺了知縣一家，這才報上來。

而誠帝叫來陳丞相的原因，不僅是想要平寇，還想借機報復楚修明，說到底誠帝並沒把那些海寇當一回事，只覺得怕是那邊官員一時失察，畢竟前兩年，那邊殺了不少海寇，就在去年，誠帝還特地賜下了賞賜。

誠帝把事情說完後，看向楚修明，說道：「永甯伯戰功赫赫，只是一些海寇，必定手到擒來。」

楚修明還沒開口，就見戶部尚書出列哭訴道：「皇上，國庫空虛啊，前段時日邊城解困後，送與邊城的那些輜重都已是勉力而為，如今實在拿不出許多了。」

戶部尚書說完，誠帝也一臉為難，心中卻滿是興奮，故作擔憂地問道：「真的沒了？」

戶部尚書跪地說道：「今年共收……」

聽著戶部尚書的話，眾大臣心中各有心思，說得這般準確，想來是已提前準備了，就算他們現在質疑也沒有用處，誠帝滿臉為難地說道：「那還能拿出多少？」

「扣除送去蜀中賑災之用的……」戶部尚書報了一個數字。

楚修明面色不變，已有不少人臉色難看，兵部尚書直接出來指責道：「難不成讓所有兵士餓著肚子去打仗？」

三軍未動糧草先行，輜重是何等的重要，按照戶部尚書所說，竟還不足一萬兵士一月的消耗。

另一名臣子說道：「只是海寇而已，閩中還有知府總兵等人，微臣覺得無須派永甯伯前往。」

「正該如此，殺雞焉用牛刀。」也有人站出來，恭聲說道：「小小海寇，實在不必如此興師動眾。」

陳丞相開口道：「老臣倒覺得皇上應當派遣永甯伯前往，也不用從京中帶許多兵士，快馬趕去即可，皇上可令永甯伯率閩中兵士迎敵狠擊海寇。」

誠帝看向巍然不動的楚修明說道：「愛卿以為如何？」

楚修明卻言：「皇上覺閩中百姓該如何處置？」

「殺無赦。」誠帝毫不猶豫地說道。「朕善待百姓，他們卻與海寇勾結，謀害朝廷命官，等同寇匪。」

楚修明再問：「若是有官員勾結海寇又當如何？」

「不可能。」誠帝怒道，閩中官員是他親自任命，都是他的人，楚修明此話無疑是打誠帝的臉面。

楚修明面色平靜地說道：「臣自當為皇上分憂，前去平寇，卻請皇上下旨，臣在閩中可便宜行事，不管是官員還是百姓，與海寇勾結者殺無赦。」

誠帝聞言心中一喜，故作為難地問道：「那永甯伯需多少糧草和兵士？」

楚修明反問道：「皇上覺得多少適宜？」

這話一出誠帝心中為難，說道：「不如永甯伯從京中帶百人？」

「臣遵旨。」楚修明並無異議。

誠帝笑道：「那朕這就下旨，永甯伯所求之事，朕也應允了。」卻又補充。「所殺官員必有真憑實據，永甯伯可莫要胡亂殺人才是。」

楚修明沒再說什麼，誠帝當即讓人擬旨，卻給陳丞相使了眼色，讓其暗中給閩中親信送信，定讓永甯伯死於海寇之手才是。

誠帝心中得意，晚間還特意歇在皇后宮中，誰知道這份得意只到第二日早朝。

早朝時誠帝剛公布了永甯伯平寇之事，忽然有個御史彈劾陳丞相，在誠帝還沒反應過來的時候，連奏了陳丞相數十條罪責，還拿出了一封以血書寫的狀紙，狀告的正是陳丞相的親屬……

而此時的楚修明正親自送沈錦和陳側妃回瑞王府，因為提前派人送信給瑞王妃，所以瑞王妃已讓人把院子收拾好了。她也知道了誠帝派永甯伯去閩中之事，並沒多叮囑什麼，不過在用過飯後，沈軒卻與楚修明說了幾個人名和身分。「是母妃讓我說與你的，這些都是可信之人。」

楚修明也不是不知好歹之人，他其實早已經做了準備，沒承想瑞王妃卻告訴他這些，沈軒開口道：「這些都是外祖父安排的，父王也不知道，就是我也僅比你早知道一日。」

「我知道了。」楚修明並沒有說什麼道謝的話。「想來王爺近日就該回府了，你也無須太過擔心。」

沈軒點頭，雖不知道母親的打算到底是什麼，還是說道：「三妹那邊你也放心，她是我的妹妹，不會讓人欺負了去。」

楚修明點頭一笑道：「好。」

兩個人說了兩句就分開，沈軒去見了瑞王妃，把楚修明的話和態度仔細說了一遍，瑞王妃點頭說道：「我知道了，等你父王回來，我就與他商量，給你定下一門親事。」

「母親？」沈軒疑惑地看向瑞王妃。

瑞王妃笑了笑，卻沒再說什麼。

沈錦是永甯伯夫人，又有永甯伯在，住墨韻院就不合適了，所以瑞王妃特地讓人收拾出一個院子，院子不算大，但是臨街出入方便，等永甯伯走後，到時候沈錦願意住在這邊也好，住到墨韻院也好。

不僅如此，還把珍藏的那支人參交給了楚修明。

誠帝只給楚修明三日的時間，也就沒有人打擾他們兩個小夫妻了。

朝堂上誠帝面色鐵青，看著一個個站出來要求嚴查陳丞相的人，若是誠帝要力保陳丞相倒也不是保不住，可說到底誠帝最在乎的還是自己，終究還是讓陳丞相去官，但是沒有下獄。

陳丞相心中不安，可也別無他法，他能坐到丞相這個位置，更多的是依靠當初的從龍之功和女兒的皇后身分。

在楚修明離開的前一夜，沈錦拿下脖子上的那塊暖玉，掛在楚修明的身上，把做好的香囊交給楚修明。

瑞王妃並沒有露面，不過沈軒和沈熙都親自來送楚修明，自邊城帶來的人，楚修明帶走兩個，剩餘的都留給沈錦，沈錦只帶了趙嬤嬤她們來，侍衛大多留在永甯伯府。

沈錦是笑著送楚修明上馬的。「你答應過我的。」

「嗯。」楚修明點頭，又看了沈錦一眼，直接策馬離開，兩個侍衛也跟著離開，誠帝派來的兵士都在城外等著。

沈錦咬了下唇，才笑道：「我們回去吧。」

沈軒開口道：「大姊說過兩日也回來住段時間。」

沈軒和沈熙見沈錦並不哭鬧，心中鬆了一口氣。趙嬤嬤陪著沈錦慢慢往住的院子走去，安平和安寧跟在後面，卻不知道該說什麼好哄夫人開心。

趙嬤嬤開口道：「夫人，什麼時候把小不點接過來合適？」

「我問問母妃。」沈錦開口道，畢竟瑞王府不比永甯伯府，這裡人比較多，萬一小不點嚇到人就不妥了。若真的想接小不點來，起碼要在院子裡弄個給小不點住的地方才好。

趙嬤嬤應了下來。「想來小不點也想夫人了。」

第二十九章

回到院中時就看見陳側妃已經在等著她了，見到母親，沈錦就笑著撒嬌道：「母親，我今晚要與您睡。」

陳側妃輕輕點了點沈錦的額頭。「都已經是有孩子的人，怎麼還如此嬌氣。」陳側妃看向趙嬤嬤說道：「麻煩嬤嬤收拾下東西，我先帶錦丫頭回墨韻院了。」

趙嬤嬤應下來，陳側妃把身邊的大丫鬟留下，這才帶著沈錦離開。

墨韻院中倒是有些變化，很多東西都被收起來，多了不少軟墊，沈錦進院子後臉上的笑容就消失了，仔貓一樣的偎在陳側妃的身上。

陳側妃心中嘆息，溫言道：「睡一會兒吧。」

「嗯。」沈錦乖乖點頭。「我一會兒就去母妃那兒。」

陳側妃輕聲唱起幼時哄沈錦睡覺的歌。

沈錦的眼角溢出淚水，卻沒有睜開眼，才剛剛分離已經開始想念了。

因為沈錦他們剛搬到瑞王府，很多東西並沒有拆箱，整理起來也方便，很快就把東西搬進墨韻院中，等安置好了，沈錦也醒來了，和陳側妃一併去了正院。

瑞王妃正在院中拿著小剪刀修剪一盆花，等陳側妃和沈錦進來，瑞王妃就讓翠喜把東西搬下去，又端了水淨手，才對著沈錦招招手，笑道：「怎麼沒多休息一會兒？」

沈錦坐到瑞王妃的身邊，親親熱熱地挨著她笑道：「我是來母妃這邊混飯吃的，好久沒吃到母妃院中小廚房的東西了。」

瑞王妃笑著說：「傻丫頭。」

沈錦小聲告狀說：「母親每日只許我用很少的幾塊糕點。」

瑞王妃聞言笑道：「怎麼還和孩子似的。」

翠喜端了茶水上來，給陳側妃的是她常喝的茶，而沈錦的卻是紅棗片泡的，一看就知道是特意給沈錦準備的，不僅如此，還有一小碟剝好的核桃仁和新鮮的果子，倒是沒有糕點之類的。

瑞王妃開口道：「我聽熙兒說，妳養了一隻大狗？」

「嗯。」沈錦本就準備提一提小不點的事情，沒承想瑞王妃先提出來。

瑞王妃說道：「怎麼不接來呢？熙兒把那狗說得萬般懂事，我還想見一見呢。」

「正想與母妃說呢。」沈錦笑著說道。「到時候養在院子中，我不會讓牠嚇到人的。」

瑞王妃點頭。「別嚇李氏就好。」李氏現在有孕不禁嚇，其他人倒是無所謂了。

沈錦應道：「母妃放心。」

「熙兒還求我與妳說情，想帶著妳那隻狗和琦兒的夫君一併打獵去呢。」瑞王妃開口道。「他自己倒是害羞了，不好意思直接去找妳說。」

沈錦笑道：「二弟喜歡，就讓弟弟帶著小不點去，正好也讓小不點跑跑，我讓個侍衛跟著，定不讓小不點傷了弟弟。」

瑞王妃倒是不在意這些。「那妳自己去與熙兒說。」她本就準備讓沈熙跟著永甯伯，自然會找機會讓沈錦和沈熙更加親近關係好些。

沈錦應下來，瑞王妃又問了一些沈錦關於日常的事情，說道：「既然一開始就是孫大夫給妳看的，那就讓他每隔一日去給妳把個脈，若有絲毫難過可別忍著，這段時間也不要出門，等三個月後，我再帶妳出去走走。」

「好。」沈錦一一應下來。

沈錦問道：「對了母妃，大姊那邊可有為難的地方？」

瑞王被打入宗人府，永樂侯夫人那般的性子，怎麼可能不出點么蛾子，在瑞王沒事的時候，還弄了個娘家親戚來呢。

瑞王妃臉上雖沒有笑容，卻也沒有憤怒的神色，一臉平靜地說道：「永樂侯夫人身子不適，正在屋中靜養。」

沈錦有些疑惑，然後想了想道：「那我讓丫鬟送些藥材過去。」

「嗯。」瑞王妃並沒有多說的意思，笑道：「等明日琦兒來了，妳們兩姊妹再說。」

「好。」沈錦笑道。「我都想大姊了呢。」

瑞王妃點頭說道：「妳若有什麼想要的，就直接告訴妳的哥哥弟弟，讓他們給妳買來。」

沈錦聞言就笑著說好。她心裡明白，瑞王妃就是想看到他們幾個之間關係親近起來，若是太過客套了反而不好。

第二天一大早沈琦就來了，是永樂侯世子親自送她過來。

「母妃，妹妹呢？」世子走後，沈琦才問道。

瑞王妃笑道：「怕是還沒醒呢，錦丫頭如今有孕在身，睡得比旁人多些。」

沈琦聞言點頭，瑞王妃微微垂眸說道：「妳父親這幾日約莫就該出來了，到時候咱們一家人一起用頓飯。」

「真的？」沈琦滿臉驚喜地看著瑞王妃。

瑞王妃漫不經心地嗯了一聲，靠在軟墊上，並沒有解釋什麼。「到時候妳派人去和鄭家說一聲。」

言下之意是要叫沈梓，沈琦有些不情願地點頭說道：「我知道了。」

瑞王妃說道：「好了，妳既然來了，就去看下五丫頭吧。」

「母妃，我覺得五妹……」沈琦有些猶豫。

瑞王妃掃了沈琦一眼，只是笑道：「沒有誰是傻子，有些小心思並不妨礙什麼，只要不自作聰明就好。」

沈琦開口道：「我知道了。」

瑞王妃不再說什麼，沈琦見狀就說道：「那我先去看看五妹。」

「嗯。」瑞王妃點了下頭，忽然想起什麼。「許側妃和妳四妹因為妳父王的事情，憂思過度，大夫說怕是不好了。」

沈琦抿了下唇，她對許側妃的死活並不在意，不過四妹到底也是她的妹妹，知道後心中難免有些惆悵，瑞王妃說道：「妳見到五丫頭，與她說一下，到底是她的生母和同胞姊姊。」

「我知道了。」沈琦應下來，走出房門才緩緩吐出一口氣。

翠喜給瑞王妃倒了一杯茶說道：「四姑娘到底是大郡主的妹妹，大郡主一時想不通也是有的。」

瑞王妃笑了一下，沒有說什麼，端著茶抿了一口說道：「李氏那邊如何？」

「李姨娘因王爺的事情受了些驚嚇，大夫開了藥已經服下了。」翠喜開口道。「近日看是好了許多。」

瑞王妃點頭。

翠喜問道：「王爺那邊還需要……」

「不用了。」瑞王妃微微垂眸說道：「軒兒位置已穩。」

「是。」翠喜不再說什麼。

沈琦見到沈蓉時，沈蓉正在責罵一個丫鬟，看到沈琦這才打發那個丫鬟下去，然後叫道：「大姊。」

「嗯。」沈琦態度倒是溫和。「妳這邊可缺什麼嗎？」

「並不缺，母妃對我很照顧。」沈蓉臉上的疤淺淡不少，卻還是能看得清楚。

沈琦道：「若是有什麼缺的就與我說。」

沈蓉滿臉感動說道：「多謝大姊了。」

沈琦又問了沈蓉幾句，這才收了笑容嘆口氣說道：「倒是有件事要與妳說。」

「可是父王……」沈蓉滿臉驚恐問道。

沈琦搖頭說：「父王那邊無礙，有太醫照顧著。」

沈蓉伸手輕輕拍了拍胸口說道：「這就好。」

沈琦說道：「是許側妃和四妹因為父王的事情憂思過重，怕是不好了。」

沈蓉臉色猛地一白。

沈琦見到沈蓉的樣子，卻是證實了自己心中的猜測。「五妹要不要去探望一下？若是……」

「不！」沈蓉聲音尖銳地拒絕，像是被自己嚇到了。「大姊，我有些不適……」

「那我先告辭了，不行的話就叫大夫來瞧瞧。」沈琦溫言道。

沈蓉點頭，身子都有些微微發抖。

沈錦帶安寧過來時，看見沈琦正在泡茶，她見到沈錦就笑道：「快來。」

「大姊姊。」沈錦叫了一聲。

霜巧拿了軟墊放在石凳上，沈錦笑了一下，坐到沈琦的身邊，沈琦笑道：「今日妳是沒口福了，我特地用清露泡的茶。」

「大姊定是故意的。」沈錦笑著說道。

沈琦沒有否認，看向霜巧說：「妳去廚房把給妹妹準備的東西拎來。」

霜巧很快就拎了東西返回，裡面不僅有新鮮的果子，還有一碗紅棗酪和羊乳，一看就知是特意為沈錦備著的，沈琦最嚐不得那些奶中的腥味，就算加了杏仁她也喝不下去。

「謝謝大姊。」沈錦道謝後，捧著羊乳小口小口喝起來。

沈琦眼神落在沈錦還沒顯懷的肚子上，不由想到了自己那個沒有緣分的孩子，眼神中多了幾分憂傷。等沈錦喝完羊乳，才親手拿帕子給她擦了擦嘴角說道：「也不知羊乳牛乳這般的東西，妳怎麼喝得下去。」

若是加了杏仁去腥氣，溫熱後再拌些蜜，沈錦自然是愛喝的，可是現在不僅不能用杏仁，就連蜂蜜這類的都不能多吃，羊乳自然說不上多好喝，不過是因為對孩子好罷了，只是這些話沈錦卻不能對沈琦說，難免有炫耀的感覺在，所以笑道：「若是有機會，大姊夫和大姊能到邊城去玩，我請你們吃烤全羊，邊城那邊的羊肉一點羶腥都沒有，又鮮又好吃，大姊定能多用一些的。」

「若是有機會，定要去邊城看看的。」沈琦笑著說道。

沈琦看著沈錦吃東西的樣子，眼神柔和了許多，沈錦吃東西時總讓人覺得很享受的樣子。沈琦揀了一些核桃仁吃起來，說道：「我去探望了一下五妹。」

「喔。」沈錦嚥下嘴裡的東西，眼中帶著一些疑惑。

沈琦並沒有說許側妃和沈靜的事情，畢竟沈錦有孕在身，只說：「沒想到五妹平日不顯，卻是個狠得下心的。」

沈錦微微側了側頭，才說道：「大姊可是有什麼想不通的？」

「我只是覺得許側妃是她生母，沈靜也是她親姊姊。」沈琦緩緩吐出一口氣，若是換成沈蓉設計沈錦甚至設計自己，想必沈琦更能接受一些。

沈錦眼神有些迷茫，沈琦以為沈錦沒有明白，卻聽見沈錦說道：「有區別嗎？」

「妹妹，能幫姊姊解惑嗎？」沈琦柔聲問道。

沈錦很自然地說道：「可是五妹也是四妹的親妹妹，那時候四妹不也準備犧牲掉五妹嗎？」有些人心中，就算是再親的人也沒有自己重要，沈蓉不過是摸準了瑞王妃的心思，更勝一籌而已。

「是我鑽了牛角尖。」沈琦聽完緩緩吐出一口氣，開口道：「我不過是看著五妹現在無事，而……」

沈錦沒有追問的意思，沈琦也不再說這件事。「母妃說父王快回來了。」

「太好了。」沈錦滿臉喜悅說道。「也不知道父王瘦了沒有。」

沈琦開口道：「等父王回來就知道了，不過母妃的意思是到時候要請二妹過府。」

沈錦看著沈琦，不明白為什麼特地說起這件事，沈琦開口道：「二妹性子不好，到時候妳身邊可不許離了人，如今妳肚子中有孩子，衝撞了就不好了。」

「我知道了。」沈錦乖乖應下來。「我躲著二姊一些就是，也不知道這段時日二姊在鄭家過得如何。」

「在嫁妝沒花光之前，想來日子不會難過的。」沈琦的話裡帶著諷刺，就是沈錦在瑞王出事後，也每日派人來府中，沈錦的夫婿更是直言頂撞誠帝來保全父王，而沈梓呢？當初那般被父王疼愛，卻連派個人來都沒有，真是狼心狗肺得可以。

沈錦點頭。「嗯。」

沈琦也是有分寸的人，見沈錦陪她在外面坐了這麼久，就說道：「左右也無事，不如去妳房中坐坐？霜巧可是足足給妳備了一盒的絡子。」

「太好了。」沈錦笑道。「好霜巧，若不是大姊身邊離不開妳，我真想討了妳到身邊來。」

沈琦並沒有像往常那般挽著沈錦，而是讓沈錦的丫鬟安寧扶著她走，聞言說道：「我正不知給霜巧選個怎樣的夫君呢，我瞧誰也配不上她似的，所以想著讓妹妹幫我想想有沒有合適的人選。」

沈錦認真思索了一下說道：「可是我也不認識什麼人呢。」

「我想讓霜巧遠嫁。」沈琦終是吐露道。

霜巧趕緊說道：「奴婢不會離開少夫人身邊的。」

「傻話。」沈琦停下腳步，伸手戳了霜巧眉心一下。「妳當我真的捨得嗎？不過京城這樣的地方，就算我還了賣身契給妳，別人眼中妳到底是丫鬟出身，難免輕瞧了幾分。」

霜巧說道：「少夫人……」

「不許再多說。」沈琦打斷霜巧的話，她是真心對待霜巧的，霜巧同她一起長大，一起習文學字，她哪裡捨得讓霜巧蹉跎下去，不過是一直沒有遇到合適的，永樂侯府中許多人竟然以為霜巧是沈琦特地給永樂侯世子留的，對霜巧難免有些影響，這般下去卻是不好。

可是隨意給霜巧嫁了？沈琦也捨不得，那些求娶霜巧的人，有些不過是想要依附侯府和王府罷了，還有那些管事的兒子，簡直是異想天開，真嫁給管事的兒子，看在她的身分上，那些人自然捧著霜巧，可是霜巧以後的孩子也都是家奴了。

再說那些人哪裡配得上能文識字的霜巧，沈琦有時候也覺得當初讓霜巧一併學習是不是錯了，如今霜巧的親事都快成了沈琦的心病。

沈錦聞言也有些感嘆，若是帶著霜巧回邊城，倒是可以嫁給軍中之人，可是霜巧願意嗎？

「少夫人，奴婢這輩子都不嫁。」霜巧早就想好了。「一輩子陪著少夫人，以後伺候小少爺和小姑娘。」

沈琦眼睛一紅，說道：「不行！」

霜巧見此也不再說了。

沈琦深吸了幾口氣，緩和過情緒，才又看向沈錦說道：「讓妹妹見笑了，這丫頭就是個死腦筋。」

沈錦開口道：「大姊是故意炫耀的嗎？」

沈琦聞言也不再提霜巧親事的事情，只是笑道：「是啊。」

兩個人回了墨韻院，就見陳側妃正坐在院中趁著日頭好做著一些小東西，一看就知道是為了沈錦肚中孩子做的。陳側妃起身還沒開口，就聽見沈琦笑道：「陳側妃，可莫要怪我打擾了。」

陳側妃只是一笑，沈錦拉著沈琦往自己屋中走去，對陳側妃說道：「母親，我與大姊進去說話了。」

「嗯。」陳側妃點點頭，吩咐丫鬟去準備果點給她們姊妹兩個端進去。

沈錦的房間很簡單，擺設得很雅致，沈琦看了眼隨處可見的軟墊笑道：「還是妳這邊舒服。」

「大姊若是喜歡，也做一些就是了。」沈錦笑著說道。

沈琦笑著應下來，身後靠了一個舒服的軟墊，笑道：「霜巧好好學學，回去也給我房間做一些。」

「是。」霜巧應了下來，見沈琦沒別的吩咐，就笑道：「奴婢去把少夫人給伯夫人準備的禮物拿過來。」

「去吧。」沈琦笑著揮了揮手。

安平端著果點茶水進來，沈錦看了一眼說道：「大姊嚐嚐趙嬤嬤做的果茶。」

沈琦端起來嚐了一口，帶著一種果子特有的酸甜。「果然好。」

沈錦喝了一杯以後，就整個人斜靠在軟榻上，又拿了小毯子蓋著腿。

沈琦看了笑道：「懶丫頭。」

「大姊妳會留幾日呢？」沈錦抱著軟墊蹭了蹭，小小地打了個哈欠。

「若是睏了就再休息會兒。」沈琦看著沈錦的樣子說道。

沈錦其實剛起來沒多久，聞言說道：「不了，等用完午飯再睡呢。」

沈琦也不再勸，道：「會多留一段時日的。對了，還沒謝謝妳給我婆婆送的藥。」

「是母妃準備的。」沈錦有些不好意思地說道。「夫君出門，我把府中的藥材大多都給夫君了，所以……」

沈琦聽見沈錦的回答，笑了起來，連日的那種憋悶都消失了不少，又得知父王快要回來，整個人都鬆快起來。「無礙的，反正也用不到。」

「啊？」沈錦下意識問道：「不是說病了嗎？」

沈琦點頭說道：「心病。」

「喔。」沈錦感嘆道：「怪不得呢，心病還需心藥醫。」

沈琦嗯了一聲，她也想找個說話的人，就說起府中的事情來。瑞王出事那日，世子本來要陪她來瑞王府，卻被侯夫人叫了去，最終還派人送二百兩銀票來打發沈琦。沈琦絲毫面子都沒留，直接扔了銀票，帶著丫鬟走人。

誰承想世子在路上追到沈琦，陪著沈琦來了王府，不過被瑞王妃說了一頓又給趕了回去。

沈琦聽了母親的話，在路上有些愧疚地把銀票的事情說了一遍，還說一回去就與侯夫人賠禮，倒是世子本就感動瑞王妃真心為自己考慮，能坐上世子之位，瑞王府也出力不少。

知道了那二百兩銀票的事，世子更是滿臉的愧色，和瑞王妃就算家中出事也用心準備的那些禮比起來，這已經不是下了沈琦面子的事情，而是打了瑞王府的臉面。

「也是我心急了一些。」沈琦臉上強忍著哀傷，說道：「因我是府中的第一個孩子，父王自小疼我……本是父王的壽宴，就連三妹和三妹夫都特地從邊城回來為父王祝壽……」

世子擁妻子入懷，等回府後陪著沈琦去給侯夫人賠禮，還送上瑞王妃準備的禮單，誰知道永樂侯夫人滿心怒氣，連見都不願意見他們，甚至連禮單都不願意收。

永樂侯夫人還讓人傳話，只說以後再也不敢管世子和世子夫人的事情，世子的幾個弟弟和弟媳紛紛指責兩人把侯夫人給氣病了。最小的弟媳在侯夫人面前一向得寵，還說要把沈琦送到廟中給侯夫人祈福！

結果呢？永樂侯回來後，看見世子和沈琦跪在侯夫人的門口，等知道事情經過後，永樂侯直接進屋一巴掌搧在侯夫人的臉上，絲毫面子都沒有給她留下，直言以後永樂侯府中的事情都交給沈琦。

侯夫人本以為沈琦會拒絕或者客氣地推辭一下，她再想辦法拿回來，卻沒想到沈琦一口就應來，侯夫人只能無奈地交出管家的事務，可是卻故意留了手，只等沈琦把永樂侯府弄得一團亂後，自己就乘機拿回管家權。

卻不知沈琦嫁過來以後，雖然從沒有表現出想要管家的意思，卻也不是毫無準備，那些侯夫人的親信，不準備好好合作的人，沈琦直接把人撤掉換成自己的人。

最小的那個弟媳也送到廟裡給侯夫人祈福，剩下的倒是沒再動手，那些人見此也都老實了起來。

永樂侯看見了，心中也不禁感嘆，不愧是王府嫡女，當初只是不願意計較，真的計較起來，侯夫人根本不是對手。當初那個芸娘的事情，侯夫人都沒明白，不過是進了圈套而已。畢竟是成親這麼久，老夫老妻了，侯夫人又為他生育了子嗣，為免妻子真的犯下大錯，永樂侯就狠了心把她關在院中，不讓她再多加插手。

最重要的一點，京城的氣氛不對，還不知道下一個會輪到誰，瑞王最重的懲罰不過就是除爵，可是還有永甯伯在，那可是連誠帝都要忌諱的人，永樂侯不得不為府中眾人多加考慮。

與沈錦說完，沈琦就開口道：「怕是永樂侯夫人每日都在屋中咒罵我呢。」

姊妹倆說完話，就一起到正院用飯，陳側妃是一併去的，瑞王妃也讓人去叫了沈蓉，不過沈蓉以身體不適拒絕了。

第三十章

瑞王在楚修明離開的第三天就回來了，誠帝讓瑞王在家中閉門思過，瑞王是被抬回來的，畢竟被打了板子，就算有太醫照顧，一時半會兒也恢復不過來。

沈軒和沈熙兩人去接回瑞王，沈琦和沈錦都在府中等著，看到瑞王時，沈琦就哭著撲過去，抓著瑞王的手叫道：「父王。」

沈錦也紅了眼睛，卻沒像沈琦那般直接過去，瑞王看著說道：「並無什麼大事。」

「王爺回來就好。」瑞王妃眼睛也有些發紅，卻溫言道：「琦兒，先讓人把妳父王抬回屋中。」

「是。」沈琦鬆開瑞王的手說道。

瑞王也看見了沈錦，對她點了下頭。

沈錦走到沈琦的身邊安慰道：「大姊，父王回來了就好。」

「嗯。」沈琦握著沈錦的手說道。

宮中也派來兩個太醫，直接住在王府，其中一個就是一直照顧瑞王的太醫，另一個卻是婦科聖手。

太醫開口道：「皇上特地吩咐臣等，先給王爺診治才是。」

瑞王妃開口道：「王爺也需梳洗一番，晚些時候自會傳喚你等。」

「是。」太醫也不再說了，兩個人恭聲退下。

瑞王妃看向陳側妃說道：「妳先帶錦丫頭回院中，王爺那邊自有我去說。」

「是。」陳側妃應下來，帶著沈錦離開。

看著陳側妃和沈錦離開，沈琦心中有些不安，瑞王妃輕輕拍了拍她的手，說道：「妳去廚房看看，妳不是與錦丫頭親手給王爺做了吃食嗎？」

「是。」沈琦應下來，帶著霜巧往廚房走去。

瑞王妃這才進屋去照看瑞王，瑞王身上有傷不能著水，只能用水擦洗一番，重新上了藥，身上蓋著毯子趴在床上，見瑞王妃神色有些不對，問道：「可是出了什麼事情？」

「王爺受苦了。」瑞王妃讓屋中伺候的人都退下去，柔聲說道：「皇上派了兩名太醫來照顧王爺。」

瑞王只應了聲卻沒說什麼，瑞王妃開口道：「其中一名太醫是一直照顧王爺的。」

「另一個有什麼不對？」瑞王問道。

瑞王妃抿唇道：「是王太醫。」

瑞王一時沒反應過來，瑞王妃開口道：「是婦科聖手。」

「是不是派錯了？」瑞王還不知道沈錦有孕的事情，沈軒雖然會去探望，可是也沒有在宗人府那樣的地方談論妹妹是不是有孕這種事的心情，所以瑞王才會覺得是不是派錯了。

「還是府中有誰身子不適？」

「王爺，錦丫頭有孕了。」瑞王妃開口道。

瑞王聽了瑞王妃的話，臉上露出喜色說道：「這是好事。」

瑞王妃微微垂眸道：「皇上只因一個地動，就暗示陳丞相推了王爺出來頂罪，不知下回若是哪裡出了天災，還有幫王爺說話的人嗎？」

瑞王聞言臉色一變，剛想訓斥瑞王妃，卻猛然明白了她話中的意思。「不可能，當初是皇上親自下令……」

「王爺。」瑞王妃坐在床邊，伸手握著瑞王的手。「你可知你這一出事，府中就像沒了主心骨一般，琦兒因為擔心你，想回家探望都被……唉，還請王爺多為我們母子想想，瑞王府是因為王爺而存在的，若是王爺真的出事了，怕是府中的人也都沒了活路。」

「不會的。」若是地動之前，瑞王還能有幾分底氣，可是如今卻是心中發虛，追問道：「琦兒怎麼了？」

瑞王妃微微垂眸，眼淚落到瑞王的手背上。「永樂侯夫人不願女婿陪著琦兒回來，就派人把女婿叫走，還讓貼身丫鬟送了二百兩的銀票給琦兒。」

「那賤婦怎敢！」瑞王暴怒道。

瑞王妃聲音中滿是苦澀。「永樂侯府與王府關係一直不錯，卻也做出這般落井下石之事，最後還是女婿追上了琦兒，同琦兒一併趕來。」

「那褚玉鴻倒還算個好的。」瑞王咬牙說道。

瑞王妃開口道：「他們來後，我就親備了賠禮，讓女婿和琦兒馬上回去，給侯夫人賠罪。」

瑞王滿肚子的火氣，卻又覺得心酸得很。

瑞王妃繼續說道：「誰承想侯夫人見都不見他們二人，更別提收禮了，還命令他們二人跪在門口……」說到這裡已經是泣不成聲了。

「賤婦！我要殺了那個賤婦！」瑞王狠狠捶打著床怒罵道。

瑞王妃哭道：「若不是永樂侯顧忌著永甯伯，回家訓斥了侯夫人，我可憐的琦兒都不知會如何了。」

瑞王沒見過妻子哭成這般模樣，勸道：「我出來了，放心吧，我定會給女兒討回公道。」

「王爺，錦丫頭也是我們的女兒，他們夫妻是為何從邊城回來的，又為何惹怒了皇上，使得永甯伯在錦丫頭日子尚淺的時候被迫離開去平寇的。」瑞王妃看著瑞王開口道：「你可知錦丫頭正是在地動那日發現有孕在身的，因為知道了你被責罰的事情動了胎氣，孩子差點都保不住。」

瑞王滿臉震驚，楚修明這個女婿……想到那時候的絕望和無人肯幫他說話之際，只有楚修明肯站出來頂撞誠帝，又得罪了陳丞相……不僅如此，他們此次會回京城也是要給自己賀壽。

這麼一想，瑞王心中又充滿內疚了。「夫人放心，錦丫頭也是我的女兒，她腹中的胎兒是我的外孫，我定能護著他們，也能護著你們的。」

瑞王妃低聲哭泣起來。「王爺，我怕啊，我們誰也不曾瞞著眾人錦丫頭有孕的事情，任誰稍微一打聽，注意一些也就知道了，可是皇上……」偏偏用這般名義派來了太醫。「當初是皇上讓王爺擇女兒嫁給永甯伯，可是如今……」

因為哭得太過悲傷，瑞王妃的話斷斷續續的，正是如此才更引人不安，瑞王咬牙，莫非誠帝是懷疑他和永甯伯勾結圖謀不軌？所以才借地動的機會發難？先毀了他的名聲嗎？

越想瑞王越肯定了自己的猜測，他覺得定是如此！不過若是瑞王妃知道了，怕是恨不得狠狠敲打瑞王一番，他哪裡有什麼名聲。

瑞王妃哭了一場又覺得失態，叫了翠喜進來備水梳洗，瑞王趴在床上看著瑞王妃的樣子，再次道：「我定會護著你們的。」

「嗯。」瑞王妃抿唇一笑。「我自是相信王爺，其實……」像是有些不好意思地解釋道：「這段時間因為王爺出事，我也可能想左了，想來皇上也只是關心錦丫頭和李氏，卻不好明著來才會如此，那些胡言亂語，王爺還是忘了好。」

瑞王聞言只覺得瑞王妃全心全意為自己著想，說道：「夫人無須擔心，我有分寸的。」

瑞王妃應了一聲不再說什麼。

因為瑞王傷的位置尷尬，府中的人並沒有一起用飯，沈琦心中有事也就在自己屋中吃，如此一來沈錦也沒出去，和陳側妃在一起吃飯反而自在。小不點也被接來，晚間就睡在沈錦屋中。

小不點是挨著沈錦的床睡的，為此把腳踏都給撤掉，鋪上大墊子讓小不點趴得更舒服，不知為何今日沈錦總是有些睡不著，不禁回想太醫的事情。

楚修明……沈錦猛地驚起，小不點也很機警地蹲坐起來，今日守夜的是安寧，也趕緊過來點了燈，看著臉色難看的沈錦，問道：「夫人可是身體不適？」

「請趙嬤嬤來！」沈錦抖著唇說道：「快去。」

「是。」安寧不敢再問，抓著外衣就往外跑去。

趙嬤嬤的房間離沈錦不遠，很快就被安寧叫過來了，她甚至沒換衣服，直接在外面披了一件外衣就過來，看著臉色蒼白的沈錦，急忙問道：「夫人可是身體不適？」

安寧趕緊拿了外衣披在沈錦身上，沈錦抓著趙嬤嬤的手，趙嬤嬤只覺得她手很涼，心中更是擔憂，沈錦唇抖了抖才說道：「嬤嬤，夫君是不是有危險？」

「夫人可是夢魘了？」趙嬤嬤一邊握著沈錦的手，一邊讓聽見動靜的安平去廚房拎些溫水來。

沈錦咬了下唇說道：「嬤嬤，夫君怕是有危險。」

趙嬤嬤臉色變了變，問道：「夫人何出此言？」

陳側妃也披著外衣過來了，見到屋中的情況，也是滿臉擔憂問道：「可需要叫大夫？」

沈錦搖頭，說道：「嬤嬤，怕是……怕是他們要對夫君下手，妳派人回永甯伯府，告訴趙管事。」

趙嬤嬤見沈錦的樣子，說道：「老奴這就去。」

見趙嬤嬤快步出去安排，陳側妃這才走過來，坐在床邊把女兒摟到懷裡說道：「妳肚中還有胎兒，永甯伯也不是糊塗之人，想來早有準備的。」

「嗯。」沈錦靠在母親懷裡，漸漸平靜下來說道：「也可能是我想得太多了。」

陳側妃摸了摸女兒的頭，安慰道：「我讓人給妳煮些紅棗湯，用過後就睡吧。」

沈錦拉著陳側妃的手，小聲說道：「母親陪我睡吧。」

「好。」陳側妃沒有拒絕，等丫鬟把紅棗湯端來，讓沈錦喝下後，就脫衣躺在床上，伸手輕輕拍撫女兒的後背。

沈錦卻睡不著了，陳側妃見此也沒強逼著她睡，只是問道：「要不要與我說說話？」

「嗯。」沈錦應了一聲。

陳側妃問道：「可是夢到了什麼才驚醒的？」

「我一直沒睡著。」沈錦對陳側妃倒是沒什麼隱瞞，把當初誠帝的一些事情與母親說了。「母妃和母親被扣留在宮中，逼著我與夫君回京這般手段，我總覺得似曾相識，仔細想來竟和許側妃的有些類似。」

若不是沈錦提起來，陳側妃也不會往許側妃身上去想，可是此時被沈錦這麼一說，再回想起來，還真是有些說不出的微妙。

陳側妃聽得有些哭笑不得，沈錦這般說出來，自然會讓人覺得手段真的相似，可是一般人也不會把這兩者聯想起來，許側妃的那些手段只不過是尋常後宅中所用的，雖然會讓人厭惡卻傷不了人的性命。

而誠帝……他那些小手段用出來，害的卻是一條條鮮活的人命，不管是不給邊城救援還是推遲糧草輜重之事，一日拖延就意味著成百上千的人命被添了進去。就算陳側妃沒有親身經歷，可是此時聽來也是滿心的寒意和怒氣。說到底那些將士不管為的是什麼，護著的可是天啟的江山和百姓，而誠帝心中忌諱楚修明，卻只敢耍這般下作的手段。他有沒有想過，若是邊城真的沒有守住，又將有多少無辜百姓死於蠻族大軍馬蹄之下。

陳側妃都覺得無法理解誠帝的想法，更猜不出是什麼讓沈錦把這兩者給聯結起來的。

卻不知也是湊巧，不過因為許側妃是沈錦出嫁前最厭惡之人，而誠帝是沈錦嫁到邊城後最厭惡之人，既然都是心中所厭惡的，沈錦自然把兩者聯想了一下，然後漸漸發現這兩者還真有一些共同之處，比如那些無法讓人理解的想法和作為。

「母親說許側妃心中得意不能言語的時候，就會做一些自以為高明實則莫名其妙的事情。」沈錦小聲說道。

「嗯。」最瞭解對方的永遠是敵人，許側妃從來沒把陳側妃母女看在眼中，卻不知因為當初許側妃差點害了女兒的事情，使得很早之時陳側妃就恨透了許側妃，所以真論起來，陳側妃倒是格外瞭解許側妃，這才抓住了機會，一舉報仇。

沈錦的性子其實也是受了陳側妃的影響，陳側妃不過是在王府中受了苦難生生磨練出來的，她卻不希望女兒也經歷那些，所以慢慢教導和影響女兒，不過是不想女兒因為王府的不公而左了性子或者抑鬱。

陳側妃清楚，瑞王府中真正當家作主的並非瑞王，而是瞧著和善的瑞王妃，甚至陳側妃一直猜測，許側妃的得寵也有瑞王妃的推波助瀾，一個許側妃那般的人，對瑞王妃來說沒有絲毫的威脅。

所以陳側妃從沒想過去和許側妃爭瑞王的寵，而是不動聲色地入了瑞王妃的眼，這才在生了女兒後被提為側妃。為了女兒，陳側妃面對瑞王的時候更加的木訥，對瑞王妃更是尊重聽從，只希望以後瑞王妃能看在自己識相的分上，給女兒選一門好親事，讓女兒以後快活。

陳側妃的努力不是沒有結果的，若不是誠帝橫插一手，瑞王妃也會給沈錦仔細選個夫婿，雖不會超過沈琦，卻也不會像沈梓那般，嫁進個外甜內苦的人家。

和陳側妃正好相反，許側妃有瑞王的寵愛，卻早就著了瑞王妃的道。宮中嬤嬤的事情就是其一，瑞王妃給沈琦和沈錦安排的嬤嬤並不拘著她們兩人的性情，只是用心教導一些規矩禮節，甚至時常說一些道理與她們聽，而給沈梓三人的……她們三人養成那般看著精明實則糊塗，又喜虛張聲勢的樣子，也有那些嬤嬤的手段在裡面。

甚至在沈琦出嫁後，瑞王妃帶沈錦在身邊，也算用心教導，不管是為了分掉瑞王對沈梓她們的注意也好，有別的打算也罷，到底讓瑞王對沈錦也上了心，使得沈錦母女在府中的日子也好過許多。

瑞王妃可謂是女中豪傑，也並非瞧不得別人好，她見沈錦乖巧嬌俏，別有一番嬌憨的氣質，也不拘著把她變得規矩端莊，反而讓嬤嬤引著沈錦往這邊培養。

不過嬌憨並不等於愚蠢，瑞王妃沒打算把人給養廢了，所以把沈錦打磨得越發通透，就像是一塊未經打磨的璞玉。

和沈錦不同的是，許側妃的三個女兒，她也是一心想要養好女兒，卻不如瑞王妃手段高。沈梓的親事是許側妃和沈梓親自選的，自以為是個絕好的人家，卻不知已經落入瑞王妃的圈套，這就是其二。

許側妃和沈梓有野心，卻沒有和野心相媲美的實力和本事。

瑞王妃留著許側妃她們，不過是覺得無傷大雅，只當圖個樂子，可是當瑞王妃感覺到京城風雲將變的時候，就直接出手解決掉許側妃她們，因為瑞王妃從來都是謹慎的，不願因為一時的大意惹了亂子。

因為沈錦提起許側妃，陳側妃又想起了許多往事，沈錦因為心中有事，一時也沒有開口，過了許久才說道：「母親，我很不安。」

陳側妃沒有說什麼，她知道女兒現在是需要一個傾聽的人，有些話女兒也只能對自己說，沈錦小聲說道：「我總覺得那位不是個聰明人。」是誰沈錦沒說，只是用手指指了一下皇宮的方向，陳側妃也沒有問，不過她們心裡都知道。

沈錦猜到，楚修明會去平寇並非因為誠帝的命令，而是他要去或者說有必須去的理由，而誠帝卻不會這麼想，只會覺得是他的計謀成功了，可是閩中到底出了什麼事情，使得楚修明就算冒險也要去一趟呢？

想來是因為海寇，卻又和誠帝知道的海寇之事有些不同。

其實沈錦一直在想為什麼誠帝會派婦科聖手王太醫來，還說是給瑞王爺看傷的，就有些太過怪異了，如果誠帝直接說是給府中女眷的，恐怕還不會讓人想這麼多。

沈錦從不願意把人往惡處去想，可是聯想誠帝以往的所作所為，還真的沒辦法往好的方面想。

其實誠帝大大方方的，反而會讓人讚一句明君或者體貼臣子，如今……沈錦越想越覺得不安，又想到母親所說的許側妃之事，就算覺得誠帝有些行為和許側妃相似，可誠帝到底是一國之君，總不會這般無聊。

誠帝千方百計想讓楚修明去閩中，閩中又都是誠帝的親信，莫非在路上或者閩中做了手腳，從而想讓楚修明身死，還把責任推給海寇，正因為事情快成功了，所以他心中得意，除掉心腹大患卻又不能讓眾人知道，派了太醫過來，只是想要告訴沈錦——我已經知道妳有了楚修明的孩子，妳給我小心點吧。

若不是府中有個許側妃，從許側妃的性子推斷，任誰也沒辦法想到這些，畢竟誠帝是一國之君……可就算如此，沈錦也覺得有些無法相信，誠帝到底是怎麼坐上皇位的？

不知不覺沈錦睡著了，陳側妃卻沒了睡意，她明白女兒未說完的話，可是誠帝是皇帝，所以女兒只能擔心。

因為心中有事，沈錦一早就起來了，陳側妃卻起得更早，看著沈錦用了早飯，這才讓安平和安寧陪著沈錦去正院，趙嬤嬤並沒有一起去。「夫人放心，老奴已經安排好了，趙管事已經得了消息。」

「嗯。」沈錦應了一聲，沒有再說什麼。

到正院的時候，就見瑞王妃和沈琦正陪著瑞王說話，見到沈錦，沈琦就笑道：「想來妹妹掛心父王，若非如此，定要睡到日上三竿才願意起來。」

瑞王聽了女兒的話，只覺得心中喜悅，說道：「錦丫頭有孕在身，怎麼不多睡一會兒？」

沈錦聞言笑道：「昨日都沒能陪父王說兩句話。」聲音帶著幾分委屈和依賴，聽得瑞王心中一軟，越發覺得從前虧待了三女兒。

瑞王說道：「給錦丫頭搬個椅子，妳有孕在身，以後多休養才是。」

「我知道了，父王。」沈錦笑著說。「母妃也是這般說的，弄得我越發懶惰了。」

沈琦拉著沈錦與自己坐在一起，兩姊妹親親熱熱地靠著，這才說道：「父王，您可要快點好起來。」

瑞王點頭，覺得此時賢妻乖女都在身邊，格外的滿足。

不過瑞王到底有傷在身，一直捂著也不好，幾個人說了一會兒話，瑞王妃就帶著兩個女兒離開了，丫鬟婆子伺候著瑞王脫了衣服，重新上藥。

沈錦這才說道：「母妃，女兒有事想要請教。」

瑞王妃看了一眼，點頭說道：「好，琦兒妳先回去吧。」

沈琦動了動唇想說什麼，可是看到瑞王妃的眼神，還是說不出來，點了下頭說道：「那女兒去看看弟弟。」

瑞王妃扶著翠喜的手，帶著沈錦往園中的涼亭走去，亭中早有丫鬟佈置妥當了，等瑞王妃和沈錦坐定後，就立在一旁，瑞王妃說道：「妳們下去吧。」

「是。」除了翠喜和安寧，其她的丫鬟都退下去。

翠喜給瑞王妃和沈錦倒了紅棗茶，就退到亭外站著，而安寧看了沈錦一眼，見她點頭也到了外面。

沈錦開口道：「母妃，皇上賜下太醫之事，我心中不安。」她一點也沒有隱瞞或者迂迴的意思，和瑞王妃玩心思才是真正的蠢，更何況她現在是討教。

瑞王妃已經猜到沈錦的來意，說道：「妳是怎麼想的？」

沈錦咬了下唇，臉上多了幾分憂愁道：「我擔心夫君。」

瑞王妃聞言點頭說道：「皇上心思深不可測，不是我等能猜透的。」

不知為何，沈錦覺得瑞王妃說的「深不可測」這四個字，帶著幾許諷刺。

沈錦看著瑞王妃沒有說話，瑞王妃見沈錦這般沈得住氣，心中也越發看重她幾分，說道：「妳雖是永甯伯夫人，卻也是我瑞王府的郡主，王爺與我總是能護著妳幾分的。」

瑞王妃接著說道：「永甯伯是做大事的人，想來心中自有成算，更何況結果如何，並不是我們能決定的，既然有太醫在，也莫要辜負了皇上一片好心。妳如今有孕在身，思慮過重對妳不宜。」

趙嬤嬤已在院中等候多時了，沈錦見到她點了下頭，陳側妃問道：「可明白了？」

「不大明白。」沈錦說道。

陳側妃點了下頭，也沒再說什麼，沈錦坐下後才看向趙嬤嬤，陳側妃打發了屋中伺候的人出去，又讓人關上窗門，正準備出去就聽沈錦說道：「母親也留下來吧。」

安平和安寧兩人一個守在門口，一個守在窗戶邊，沈錦把瑞王妃說的那兩句話與趙嬤嬤她們說了，趙嬤嬤聽完以後才說道：「管事也讓我問夫人幾個問題。」

「嗯？」沈錦一臉疑惑地看著趙嬤嬤，明明是她滿心疑惑讓人去問趙管事，怎麼成了趙管事問她了？夫君走前也說讓她有疑問或有事情儘管去找趙管事的啊。

趙嬤嬤說道：「第一，若是將軍出事，那位會如何對夫人？」

沈錦身子一顫，臉色已經蒼白了。

趙嬤嬤雖然心疼，卻還是問道：「第二，若是將軍出事，府中會如何對夫人？」

這次不僅沈錦，就是陳側妃也是身上一涼。

趙嬤嬤眼睛瞇了一下，問道：「第三，若是將軍出事，夫人又要如何？」

三個問題問完了，趙嬤嬤就不再說話，而是倒了溫水給沈錦和陳側妃。

若是夫君出事，誠帝定不會留她，更不會留下她腹中的孩子，因為她是楚修明的妻子，肚中是楚家的骨肉，憑著楚家在軍中的地位，楚修明在軍中的威信，誠帝是不會讓楚修明的孩子成長起來，更不願看著楚家的人再掌兵權。

可是邊城還有楚修遠，不過為何……

「我也有一個問題。」沈錦看著趙嬤嬤，問道：「楚修遠莫非不是楚家嫡系？」

趙嬤嬤眼中帶著讚賞，看向沈錦說道：「是的，這並非什麼秘密，二爺並非將軍親弟，而是將軍的表弟。」

為何一個表弟卻姓了楚，沈錦沒有問，想來是因為其中有些不好說的事情，沈錦點點頭，也明白了為何誠帝並不把楚修遠看在眼中，說到底不過是因為誠帝覺得楚修遠名不正言不順罷了。

而第二個問題，也怪不得瑞王妃說府中能護著她幾分，到底護著幾分，想來是要看夫君情況如何，若是夫君沒事，府中自然是會全力護著她，若是……瑞王和瑞王妃絕不會為了她一個出嫁的女兒把整個瑞王府賠進去。

就算今日換成了沈琦，恐怕結果也不會變的，因為瑞王還要保全更多的兒女，而且瑞王並沒實權……能做的實在有限。

就像瑞王妃說的，結果如何不是他們能決定的，猛一聽像在說結果要看誠帝，可仔細想來也要看楚修明，這也是楚修明會留下沈錦的原因，只要他無事，沈錦就不會有事。

若是楚修明出事了，自己又要怎麼辦？沈錦眼中有些迷茫，雙手下意識放在小腹上，如果沒有這個孩子，楚修明出事了，她就陪著他好了，可是如今……沈錦卻不願，因為她不能讓他們的孩子還沒有長大就沒了長大的機會。

陳側妃也是想到若是楚修明出事，誠帝難道還會留下沈錦這個永甯伯夫人還有她肚中的孩子嗎？到那時候，不管是瑞王還是瑞王妃都不會為了沈錦一人……陳側妃不知怎的就想到楚修明的那些傳聞。陳側妃越想越覺得心寒，誠帝說沒有適齡的女兒，讓瑞王選了女兒嫁給永甯伯，可是明明有兩個與沈錦年齡相仿的女兒。

若真是不適齡，沈錦也可以說不適齡的，不過因為誠帝是皇帝，而瑞王不會為了這麼一個庶女違背皇帝的話，就連瑞王妃……瑞王妃那時候也沒見過楚修明，心中可能知道一些事情，可說到底不過是犧牲沈錦罷了。

陳側妃也是後來才知道，在邊城被圍的時候，沈錦曾寫過求救的信給瑞王，可是結果呢？如石沈大海一般。

只不過後來楚修明回來，又擊退了蠻族，沈錦不管是為了她這個沒用的母親，還是為了別的，又給瑞王府寫了信，要了許多吃食一類的，算是主動緩和了與王府的關係。

說到底，瑞王妃在不危害到自己和親生孩子的時候，願意對沈錦幫把手，也算是與楚修明交好，可是在……往往被捨棄的就是沈錦。

陳側妃只覺得心如刀割，想來女兒早已經想通了這些，而她到如今才看明白。

沈錦摸著肚子說道：「夫君可留了話給趙管事？」

趙嬤嬤開口道：「留了。」

沈錦看向趙嬤嬤，趙嬤嬤說道：「將軍讓所有人都聽夫人的。」

「喔。」沈錦想了想沒再說什麼。「若是能送我與母親離開京城或者藏匿起來，有幾分把握？」

想來誠帝也會派人去告訴楚修明，他知道自己有孕的消息了，用來警告楚修明或者擾亂楚修明的心神，不管誠帝有什麼目的，只要沈錦不在誠帝的手中就好。

「五分。」趙嬤嬤開口道。

陳側妃說道：「既然這般，錦丫頭妳還是回了永甯伯府吧。」

沈錦搖頭說道：「想來在永甯伯府，更不好離開。」

陳側妃疑惑問道：「為何？」

「我不知道啊。」沈錦理所當然地說道。

陳側妃看著沈錦，沈錦解釋道：「是夫君讓我來王府住的，想來是覺得王府更安全或者更好逃走？」

趙嬤嬤開口道：「正是如此，因為永甯伯府的人太少。」

陳側妃這才明白過來，永甯伯府加起來也不過二十來人，沈錦想趁亂走的機會都沒有，而瑞王府中加起來足有百人以上，弄出個亂子，逃走的機會反而更大。「若是只送錦丫頭走呢？」

「六分。」趙嬤嬤說道。

陳側妃已經有了決斷。「那就送錦丫頭走。」

沈錦卻是看著趙嬤嬤問道：「若是只送個孩子呢？」

「八分。」趙嬤嬤明白沈錦心中已有決斷，她更知道這位夫人，看著乖巧無害得很，可是若真的遇到事了，卻也不會退縮。

陳側妃如今也明白了，看著沈錦一把將她摟在懷裡，說道：「若是妳沒生在這個王府，就不用受這麼許多苦。」

沈錦像小時候一樣，用臉輕輕蹭了蹭陳側妃，趙嬤嬤見此，心中嘆了口氣退出去，還細心地關上了門。

第三十一章

在真正認識楚修明前，沈錦也想過若是不生在王府就好了，不需要錦衣玉食，只要與母親能好好的就可以，可是現在……她心中卻是慶幸的，若她不是瑞王的女兒，怕也沒機會嫁給楚修明。

這話沈錦卻不能對陳側妃說。「母親，無礙的，夫君答應過我會平安回來。」

「我只覺得這府中竟是如此薄情之人。」陳側妃咬牙道。

沈錦這才明白母親怕是對王府起了心結，想了想才說道：「母親，若說我心中不心寒是假的，不過說到底……就拿母妃來說，她當初同妳一併進宮給太后侍疾，心裡也不知道，夫君與我會不會回來，若是我們真的不回來，怕是她與妳都要不好了，可她還是去了，只因心中最重要的也不是自己。

「而且今日若換成了大姊或者大哥、二弟，為了讓更多的人有機會活下去，母妃依然會選擇犧牲掉他們的。」沈錦並不想讓自己變得太過怨恨，不過她也不是為了別人犧牲自己的性子，就算是心裡知道，若她帶著母親跑了，瑞王府怕就要受到牽連，可是有機會的話她還是會跑掉。

陳側妃感嘆道：「妳就是太過善良了。」

陳側妃看著沈錦的肚子，現在只希望楚修明真的能平安歸來。

沈錦會問如果換成孩子的話有幾分把握，並不是隨便問問。楚修明從京城到閩中路上就要花不少時間，到了以後也要花時間，就算誠帝要動手也得等楚修明和海寇真正交手後，而那些海寇剛剛劫掠了一番，短時間內是不會再上岸的。

不僅如此，沈錦覺得按照誠帝的性子，就算真的得到楚修明出事的消息，沒有真正確定真假的時候，也是不會對沈錦出手。沈錦如今已有兩個月的身孕，只要過了七個月，若是情況不好，沈錦就算拚命也要讓孩子早點出生，讓趙嬤嬤他們安排將孩子送走。

這不過是最壞的選擇，而沈錦覺得楚修明一定不會有事的。「母親，夫君會回來的。」因為他答應過自己。

沈錦動作溫柔地摸著小腹，雖然還沒有顯懷，可是這裡面卻有了他們的孩子。

陳側妃緩緩吐出幾口氣，平靜了下來，說道：「我也與妳說些事情。」

「嗯？」沈錦看向陳側妃。

陳側妃開口道：「是王妃在地動那日晚上與我和世子說的。」

沈錦看向陳側妃，陳側妃摸著女兒的頭，緩緩說了起來。「永嘉三十七年……」

永嘉正是先帝在位時的年號，如今是永齊二十五年，誠帝已經登基二十五年了。

「那時候先帝的兄弟英王勾結蠻夷叛亂，先帝一時沒有防備，竟然節節敗退，被英王軍隊逼近京城，之後太子……」

沈錦滿眼震驚，陳側妃此時說的，竟與她所知完全不同，太子竟然不是被英王所殺，太子妃也不是為太子殉情而死，更不是誠帝力挽狂瀾，使得先帝臨終前傳位給他……

可是其中又有楚家什麼事情？那時候因為英王不僅把天啟的軍事圖偷偷送給了蠻夷不說，還將蠻夷隱藏在他的封地，他帶兵攻打京城，而那些蠻夷牽制著楚家的兵力，楚家好不容易驅走了蠻夷，京城的事情也已經大定了，誠帝隨即拿著先皇遺詔登基，甚至沒讓楚家人進京。

「楚家當初有一位姑娘是太子側妃。」陳側妃開口道。

沈錦咬唇，怪不得只聽說太子被英王所殺，太子妃殉情而亡，可是東宮的其他人都沒有任何消息。

甚至誠帝的兄弟，除了瑞王以外，竟也不是病死就是被英王所害，想來這些真相不過是誠帝不想讓大眾知道。

陳側妃說道：「王妃只與我說了這些，更多的我就不知道了。」

沈錦咬了下唇，點了點頭沒再說什麼，可心中仍覺得奇怪，太子真的沒有遺孤嗎？楚家又在之後做了什麼？而且其中還有許多很奇怪之處，是母妃也不知道，還是……可是母妃為何會暗中幫著夫君？莫非是有些事沒有說出來？

陳側妃說完，摸了摸女兒的臉說道：「我去廚房看看，妳昨夜驚了神，又有孕在身，那些安神藥不好多用，給妳熬些湯來滋補一下。」

「好。」沈錦應下來，明白陳側妃是想讓她去問問趙嬤嬤，畢竟涉及楚家的秘密，陳側妃雖是沈錦的母親，卻也不好聽得太多。

陳側妃見了趙嬤嬤，就把來意說明，趙嬤嬤應了下來，她也看出陳側妃一片愛女之心，不過在瑞王府這般地方，實在沒有她作主的，安慰道：「側妃無須自責的。」

沈錦正在屋中等著，看見趙嬤嬤來了也沒繞圈子，直接說道：「母妃讓母親與我說了一些事情，永嘉三十七年的那些事，不過有些地方很是含糊。」

趙嬤嬤倒是沒有疑惑，等沈錦大致說一遍，就問：「夫人想知道的是哪處？」

沈錦只是看著趙嬤嬤，問道：「先太子可有遺孤？」

趙嬤嬤點頭，並沒有隱瞞，沈錦身子一震，想來是因為誠帝懷疑楚修明是先太子的遺孤，卻沒有證據，僅僅是因為多疑而已。

不過那時候皇室之中並沒有適齡的女兒，這才會有楚修明訂親三次，那些姑娘卻次次死於非命，而且這三次中竟都是誠帝幫著定下的。

瑞王妃可能猜到了什麼，才不聲不響早早地把女兒沈琦給定了出去，而誠帝也讓瑞王選了女兒下嫁楚修明，若是楚修明抗旨不遵，那自然是心中有鬼；若是娶了瑞王之女，楚修明就不可能是先太子遺孤，因為這般他們堂兄妹成親，屬於亂倫之事，就算最後楚修明拿出證據說自己是先太子一脈，也只會被天下人恥罵。

「夫人無須這般多思。」趙嬤嬤溫言道。「將軍自有安排，定會保夫人和孩子的安全。」

沈錦點頭，說道：「確實不該多想，萬一以後生出的孩子不漂亮就不好了。」

趙嬤嬤笑道：「那老奴讓人備些溫水，等晚上夫人泡泡解解乏，到時定能睡個好眠。」

「好。」沈錦也覺得自楚修明離開後，她就有些草木皆兵了，這般下去不管是對她還是對孩子都不好，想了想又覺得不該怪自己。「若是孩子不漂亮，定要怪夫君。」

趙嬤嬤看看自己夫人，又想想將軍的樣子，很肯定地說：「這孩子定是最漂亮的，夫人放心吧。」

沈錦笑得眼睛瞇了起來，嬌聲說道：「嬤嬤，想吃奶糕。」

趙嬤嬤當即就應下來，說道：「那老奴扶著夫人到院子裡與小不點玩會兒？」

沈錦其實是真的想開了，該來的總是會來，只要楚修明沒事，誠帝是不敢動她的，若她老是自己嚇自己，說不定沒等多久就……那才是真讓誠帝順心了呢。「把王太醫傳來，給我把把脈。」

趙嬤嬤聞言笑道：「是，老奴這就讓人去傳。」

沈錦滿意地點頭，趙嬤嬤扶著沈錦坐下後，又讓安寧在她身邊伺候，這才放心去讓人傳太醫來，沈錦叫道：「小不點。」

小廚房門口，正趴著啃骨頭的小不點耳朵動了動，沒等沈錦叫第二聲，就咬著骨頭站起來，朝著沈錦那邊跑去。陳側妃見小不點跑了，趕緊叫道：「小不點別亂跑。」

從邊城帶來的廚娘笑道：「側妃放心，怕是夫人喚牠了。」

陳側妃一看，確實是往沈錦那邊跑的，笑道：「怪不得人說狗耳朵靈呢。」

沈錦見到小不點就笑道：「小不點，我好想你啊。」

小不點把骨頭放下，蹲坐在沈錦的身邊，讓沈錦的手摸著牠的頭。「嗷嗚～～」

沈錦笑得眼睛瞇了起來，看著地上的骨頭說道：「你又去廚房要東西吃了？」

「嗷嗚！」小不點耳朵動了動。

「咦，明明昨天你還是左耳耷拉著右耳豎起來，今日怎麼換了邊？」沈錦伸手捏了捏小不點的耳朵說道。

小不點用狗臉蹭了蹭沈錦的腿，沈錦笑道：「別以為我忘記你要吃的事情，不許再吃了，你都胖了。」

「嗷嗚。」小不點無辜地看著沈錦。

沈錦怒道：「我不會上當的，安寧把骨頭給牠收走，不許吃了，肚子都跑出來了。」自從楚修明離開，小不點都快胖上一圈。

安寧這才彎腰去拾起骨頭，小不點尾巴耷拉著，看著可憐兮兮的卻沒有再動。「嗷嗚——」

太醫很快就過來了，王太醫醫術很高，尤其是在婦科上，就連皇后和太后的身子都是讓他診的，沈琦過來見王太醫正在把脈，就沒有吭聲。

「夫人並無大礙。」王太醫開口道。「無須擔憂。」

沈錦的聲音嬌嬌嫩嫩的，帶著一種特有的軟糯，笑道：「我現在身子不適，倒是不能進宮親自給皇伯父道謝，若是皇伯父召見太醫，還請太醫幫我與皇伯父表明謝意才是。」

王太醫低著頭並沒有言語，因為他不知道如何應對才是，他知道誠帝是另有算計，看著沈錦滿是感激和對誠帝純然的親近，心中更不是滋味了。

沈琦笑著道：「麻煩太醫也幫我把一下脈，我這幾日有些食慾不振。」

王太醫應了下來，當即給沈琦把脈，誰知道面色漸漸沈了下來，說道：「請世子夫人換另一隻手。」

沈琦本是想幫著沈錦分擔一些，沒承想竟然真的遇事，趕緊伸出另一手，沈錦也有些緊張，過了一會兒王太醫說道：「恭喜世子夫人已有一個月的身孕。」

「恭喜大姊了。」最先反應過來的竟是沈錦，然後有些得意又有些喜悅地說道：「不過大姊的孩子要叫我的孩子一聲哥哥或者姊姊了呢。」

沈琦哪裡會在意這些，臉上是激動也有些不敢相信。

霜巧知道沈琦要說什麼，就開口道：「太醫，我家夫人身子無礙吧？她前段時間小日子剛過。」

「倒是虛了些，也有些不穩，不過卻不妨礙，世子夫人吃些藥靜養幾日就好。」王太醫笑著解釋道：「因為月分尚淺所以……」

沈琦和霜巧也聽懂了，沈琦笑道：「謝謝太醫。」因為她只是來探望沈錦，一時沒有帶合適賞給太醫的東西，還是趙嬤嬤拿了兩個上等封並著一塊上好的玉珮。

安平已經備好筆墨紙硯，王太醫當即開了藥方，霜巧接過，趙嬤嬤親自送王太醫離開，沈錦看著沈琦提醒道：「大姊快去讓人通知母妃和姊夫，想來他們也會高興的。」

「好。」沈琦眼中含淚，雙手摸著肚子說道：「我定不會再失去這個孩子。」

沈錦知沈琦是想起了那個沒能出生的孩子，伸手握著沈琦的手問道：「大姊，妳要回永樂侯府嗎？」

沈琦眼睛瞇了一下說道：「不回去，我會與世子說的。」

沈錦點頭，伸手輕輕碰了碰沈琦的肚子，臉上帶著幾分小得意地說道：「要叫我的孩子哥哥或者姊姊喔。」

「妳就這點出息。」沈琦笑著回握沈錦的手，看著沈錦還沒顯懷的肚子，心中隱隱有個打算，不過要等回去與母親商量一下。

陳側妃也知道了，笑著道了恭喜，說道：「不如進屋說？」

「還是陳側妃想得周全。」沈琦笑著點頭，和沈錦一併往屋子裡走去。

沈錦有些幸災樂禍地說道：「大姊以後可不能沾茶水了，每日糕點也只能吃一點。」這麼一想，心中格外地高興。

沈琦笑道：「我又不和妳一樣，我平日也不大沾糕點的。」

沈錦皺了皺鼻子，伸手拍了小不點的頭一下，說道：「回去。」

小不點舔了一下沈錦的手心，也不用別人帶，就到園子裡面自己玩去。沈錦懷孕並不忌諱小不點，可是她不知道沈琦會不會忌諱，所以才把小不點打發出去。

因為沈錦有孕，墨韻院中備的都是孕婦能吃的，所以並不用特意準備什麼。沈錦和沈琦一併坐在軟椅上喝著紅棗湯，瑞王妃很快就趕過來，臉上也是掩不住的喜色，還沒等她們站起來，瑞王妃就說道：「行了，都坐著吧。」

「琦兒有孕這件事，派人去永樂侯府說一聲了嗎？」瑞王妃看著沈琦問道。

沈琦聽見永樂侯府四個字，臉上的笑容消失了一些，說道：「還沒呢。」

瑞王妃也沒說什麼，只是看向翠喜說：「派人給永樂侯府報喜。」
瑞王妃又道：「太醫怎麼說的？」
沈琦把王太醫的話說了一遍，瑞王妃點頭。「那妳這幾日就不要隨意走動了，在屋中好好養著。」
瑞王妃又說了幾句，就把沈琦給帶走，陳側妃這才看向沈錦問道：「可是累了？」
沈錦搖頭說道：「沒有，想明白了，就覺得輕鬆不少。」
陳側妃也看出女兒神色好了許多，笑道：「這就好。」
王太醫本以為還要在瑞王府多留兩日，誰承想太后忽然病了，誠帝趕緊召王太醫回去給太后看病。其實太后並沒什麼大礙，都是老毛病了，王太醫覺得太后這次病得有些湊巧，不過是發現了皇帝的不妥之處又不好開口罷了，這才藉口把他叫回來，所以王太醫只開了一些滋補的藥，勸太后不要多思傷神。
皇后因為陳丞相的事情消瘦不少，站在一旁看著比太后還要虛弱幾分，太后心中嘆息，道：「王太醫順便給皇后把個脈。」
「母后……」皇后本想拒絕，就見床上的太后搖了搖頭，看了眼王太醫。
皇后這才不說話，坐下讓王太醫給她把脈，王太醫面色嚴肅了許多，許久才說：「皇后憂思過重。」
和太后相比，皇后這才是真正的不好，王太醫有些話卻不好多說，只說道：「皇后還是多休養段時日為好。」

太后一看就知道是怎麼回事，緩緩嘆了口氣。「太醫開藥吧。」

太后也有些精神不濟，沒多久就讓皇后帶著人離開了。

回到宮中的時候，皇后看見親女昭陽和養女晨陽都在等著，昭陽公主挽著皇后問道：「母后，皇祖母可有事？」

「沒什麼大礙。」皇后疲憊地說。「雖然太后不喜人打擾，不過妳們到底是太后的親孫女，還是要多多探望太后才是。」

昭陽公主看著皇后的臉色說道：「母后，您還好嗎？」

「太醫讓我靜養一段時間，妳們就替我盡孝，去給太后侍疾吧。」皇后想了一下說道，「請安的話是露個面就可以走，侍疾的話就是要留下。

昭陽公主和晨陽公主雖然心中有些不願，還是都應了下來。

王太醫給太后和皇后看完病，並沒能回太醫院，而是被誠帝給召過去。王太醫本以為誠帝是擔心太后的病，誰知等他進了御書房後，問的都是瑞王府中的情況，王太醫雖然心中嘆息，還是低頭把事情都說了一遍。

誠帝本還在發愁若是楚修明死了，邊城那邊的軍隊不聽話要怎麼辦，沈錦是永甯伯夫人，肚中又有楚修明的遺腹子，對朝廷和她這個皇伯父很是忠心，這樣再好不過了。到時候可以利用沈錦和那孩子的身分來行事，沈錦本就是皇室中人，自然不會拒絕。

越想越覺得可行舒心，這樣可比楚修明死後除掉他們兩個要來得划算，所以眼中帶著得意說道：「朕這姪女啊，來人賞……」

現在只希望祖宗保佑，讓沈錦生個男孩出來，若不是男孩的話……反正是在京城之中，大不了等生產的時候接到宮中，那時候生出來的自然就是男孩了。

此時瑞王府的沈錦若是知道誠帝的如意算盤，怕是非得咬死誠帝不可，算計了她丈夫還要算計她的孩子。

因為誠帝心中的打算，沈錦倒是得了許多賞賜，就連日子也舒心不少，而誠帝此舉，讓瑞王妃都有些摸不準了，不過總歸是好事，也就暗自注意沒有再多說什麼。

而永樂侯世子得知妻子有孕的消息，當即就找上峰請假回來了。誰知道見到的竟然不是一個喜笑顏開的妻子，而是滿臉憔悴淚流不止的妻子，不管世子怎麼哄問，她都不願意說，最後還是霜巧忍不住說道：「世子爺，少夫人是擔心孩子啊……」

「可是有什麼不穩妥？」世子心中一驚問道。

霜巧哭道：「世子爺想想當初那個孩子落的時候，都是成形的男胎了，而少夫人這次……太醫都說要靜養。」

提到那個孩子，世子心中有些尷尬，就聽沈琦怒斥道：「不許胡說。」

就聽見霜巧開口道：「少夫人您受了這麼多委屈，可是世子還被蒙在鼓裡……」說著霜巧就跪下來狠狠磕頭。「世子爺，您為少夫人多想想吧，當初那事情就有蹊蹺，少夫人是全然信任世子爺的，那孩子如何掉的……就憑著芸姨娘，如何能做到這許多，又如何能欺瞞得了世子爺，還不是因為那真正出手的人是世子爺不曾戒備的！」

「妳說這些什麼意思！」世子只覺心中一驚。

「不許說。」沈琦哭道。

霜巧卻不管這些，接著說道：「世子爺您還沒想明白嗎？不過是夫人怕世子爺得了嫡長子後，世子位坐得更穩妥罷了，若不是夫人出手抹去了那些線索，少夫人一醒來就讓人去查，怎麼可能什麼也查不到，能做到這些的，整個侯府中……」

世子心中一震，也想到那日和妻子跪在門口，被弟弟和弟媳們羞辱的事情，上前摟著沈琦，說道：「放心，妳就在王府中待產，我回去與父親他們說，到時候來陪妳。」

「夫君……」沈琦一臉感動地摟著世子。「若是我早點接過府中管家的事情，也不會如今讓夫君為難。」這般勸告的話，更令世子心中難受，當初母親不願意放權，沈琦為了他才處處忍讓，更是為了他才遭遇那些事情。

「不礙事的，妳不要想這麼多，我現在就回去，晚點過來陪妳。」世子溫言道。

沈琦收了眼淚，點頭用帕子擦了擦臉，親自送世子出門，等世子離開後，那些傷心也就消失了。霜巧叫人打了水伺候沈琦梳洗，說道：「世子爺真的信了？」

「為何不信？」沈琦已經摸準了世子的性子，說道：「總比承認自己被一個女人給騙了好，還要擔著害死孩子的內疚。」

霜巧心中嘆息，也是明白了，於是說道：「王妃派了嬤嬤來，奴婢去看著她們把屋子給收拾收拾。上次瞧著夫人挺喜歡永甯伯夫人房中的那些軟墊，奴婢就讓府中的繡娘多做了一些，這幾日檢查過就可以拿回來了。」

沈琦點頭說道：「不要讓永樂侯府那些人近了我的東西。」

「奴婢曉得。」霜巧應了下來。

沈琦也沒再說什麼，霜巧先伺候著她上床休息，又叫了小丫鬟來守著，這才出去忙碌起來。

兩個女兒都有身孕的事情讓瑞王心中高興，而誠帝賞賜下來的物品讓他心中鬆了口氣，就算聽見瑞王妃說許側妃和沈靜的事情也不過是嘆了口氣，沒有說什麼。

瑞王妃柔聲道：「就算許側妃有萬般不是，對王爺倒是一片真心，沈靜到底也是王爺的女兒，如今有些不好了，再留在莊子上真有個萬一也不好看，不若接回來？畢竟在府中不管是大夫還是伺候的下人都用心些，說不得見了王爺無事，養些時候也好了。」

「妳安排就好。」瑞王嘆口氣，越發覺得妻子大度。

瑞王妃點頭，又把李氏的情況說了下，瑞王點頭，瑞王妃又說道：「等王爺痊癒了，到時候弄個小家宴，把沈梓和二女婿也叫回來，給王爺慶祝。」

「叫她回來幹什麼。」瑞王早就問過身邊的人，他出事後，沈梓不僅自己沒有回來，甚至都沒派人回來問一句。

瑞王妃開口道：「想來是有什麼不方便，總歸是王爺的女兒。」

瑞王這才不再說話，可是心中越發的不悅。

永樂侯夫人知道了沈琦有孕的消息後，心中本是一喜，這下可就能拿回管家權了，誰知道兒子竟然說因為太醫說月分太淺也不大穩，所以要留在瑞王府，這可狠狠打了侯夫人的臉面，倒是永樂侯聞言說道：「也好，收拾一份禮物一併帶去。」

「侯爺！」侯夫人怒道：「沈琦可是我永樂侯府的兒媳。」

永樂侯直接說道：「世子先去吧，讓你奶嬤嬤幫著規整。」

「是。」世子應了下來。

侯夫人還想說話，卻被永樂侯阻止了。

等兒子離開，永樂侯才說道：「妳還看不清嗎？妳若是還想一直壓著兒媳，兒子就越發地疏遠妳。」說完永樂侯就離開了。

第三十二章

許側妃和沈靜被接回來的時候，瑞王和瑞王妃都沒讓沈琦和沈錦過去，怕過了病氣，就連瑞王也僅僅是去看一眼，就不再去了。

沈梓根本沒有來，不過派人送了東西來，而沈蓉和沈皓也不過是探望了一次，接連半夜驚醒了幾次，最後還是喝了幾日的安神藥才恢復。

瑞王養了一個多月也好了，畢竟只是一些皮肉傷，此時沈錦已經懷孕三個多月，沈琦也有兩個多月的身孕，瞧著氣色都不錯，還胖了一些。

到了家宴那天，沈錦一大早就出了門，安寧扶著沈錦。等她們到的時候，就見沈琦正在屋中陪著瑞王妃說話。「咦，姊夫怎麼沒陪著大姊？」

沈琦笑道：「父王把他叫去訓話了。」

沈錦聞言就笑起來，瑞王妃讓沈錦坐在自己另一邊，才說道：「可悠著點。」

沈蓉也過來了，瑞王妃讓沈蓉坐下後，說道：「皓哥兒呢？」

「弟弟與兩個哥哥一併去書房了。」沈蓉今日穿著一身淺綠色的衣服，整個人看來都瘦了不少，臉色也有些不自然，像是上了粉，其實沈蓉這般年紀根本無須這樣。而沈錦和沈琦因為有孕在身，所以胭脂水粉這些早就不用了。

瑞王妃溫言道：「這糕點我嚐著味道還不錯，妳也用些。」

沈蓉笑了一下道謝後，拿了一塊慢慢吃起來，除非有人問話，否則絕不多嘴，和當初沈錦印象中的沈蓉完全不同，像是忽然長大許多。

幾個人聊了一會兒，沈琦見沈梓還沒來，問道：「二妹和二妹夫還沒到嗎？」

瑞王妃開口道：「鄭府到底離得遠了些。」

沈蓉低著頭沒有說話，沈錦小聲說道：「母妃，我去換下衣服。」

「好。」瑞王妃說道。「讓翠喜伺候妳去。」

正巧此時丫鬟來稟報，鄭嘉瞿和沈梓來了，沈琦聞言只是一笑，並沒說什麼，倒是沈蓉微微咬唇，更加沈默不語。

瑞王妃說道：「把沈梓帶來這邊，讓鄭嘉瞿去王爺那邊吧。」

「是。」丫鬟這就下去傳話了。

很快沈梓就過來了，一身豔紅，一支含珠金鳳簪，耳上是金鑲紅寶石耳墜，真叫一個明媚嬌豔。沈梓進來後就給瑞王妃問了安，又對著沈琦笑一下，最後才坐在沈蓉旁邊，道：「妹妹不會叫人了嗎？」

「二姊。」沈蓉小聲叫道。

沈梓這才應了一聲，想看看沈蓉的臉，卻又拉不下面子，而且因為這事情害得母親和四妹……到底怎麼回事沈梓並不知道，能問的人也只有沈蓉，不過瞧著沈蓉的樣子卻像是心中還有氣。沈梓到底有些心虛，可是想到自己也沒了孩子，心虛又變成了怒氣，最後則都變成了對沈錦的恨意。

沈錦這時也進來了，看了沈梓一眼，就回到了瑞王妃的身邊坐下。沈梓在看見沈錦的那一刻眼神就尖銳了起來，沒等沈錦坐下，就開口說道：「三妹還真是身子重了，這時候才過來。」

沈錦理都沒理沈梓，接過安平端來的羊乳，說道：「大姊不要覺得這個味道不好，最是養人不過了。」

沈琦的丫鬟也給她端一碗來，沈琦雖不喜這味道，卻也願為了孩子喝下去。

沈琦喝完以後，霜巧趕緊給她端杯溫水來漱口，還拿了顆蜜餞放在嘴裡，這才緩了口氣。沈錦在一旁笑得歡快，她們根本沒把沈梓的話放在心上，這般的無視讓沈梓的臉色更加難看。

沈蓉隔著帕子輕輕碰了自己傷疤處一下，若不是沈梓看不清自己，不管是母親、四姊還有她都不會落到現在的地步，她母親還是父王最寵的妾室，而她……

那傷早就好了，不過到底落了疤，若是不用脂粉遮蓋著，沈蓉都不願出門來。

微微垂眸，沈蓉聲音更加輕柔地說道：「二姊，三姊剛剛不過是去更衣了。」

沈梓聞言瞪向沈蓉，就見沈蓉低著頭並不看她，沈梓皺了皺眉，因為心中有些愧疚，到底沒對沈蓉說什麼。瑞王妃並沒有忽略沈梓，只是問道：「身子可養好了？」

這次瑞王妃給她送了帖子，讓沈梓鬆了一口氣。「已經好了許多，還沒恭喜大姊有孕的事情。」

沈琦聞言點頭說道：「謝謝。」

瑞王妃說完那句，也沒再單獨問過沈梓的話。沈琦和沈錦在瑞王妃身邊說著一些家常，沈蓉也接上幾句，一時間她們四個人都喜笑顏開的，使得沈梓越發坐立不安，就好像被所有人排除在外似的。

又說了一會兒，瑞王妃就笑道：「走吧，到飯廳去。」

「是。」幾個人應了下來。

安寧上前扶著沈錦起身，沈梓終是找到機會，冷嘲道：「三妹還真是嬌貴。」就見瑞王妃臉色一沈，就連沈琦的臉色也不好看了，沈梓光看見沈錦被丫鬟扶著，沈琦這邊同樣也有霜巧扶著起身，真要說起來，她比沈錦還要小心幾分，這話雖點著沈錦的名字，卻讓沈琦同樣聽著心中不順。

沈錦看都沒看沈梓一眼，倒是安平開口道：「鄭少夫人還不知有孕就小產了，自然不知道有孕之人就算再小心也是應該的，再說鄭少夫人與我家夫人並非親近之人，還是請喚我家夫人為永甯伯夫人的好。」

「我是郡主，妳這賤人竟然敢如此說話。」沈梓指著安平罵道。「三妹，妳家丫鬟缺了點教養，我就幫妳管束一下。來人，掌嘴！」

沈梓的話說完，可是卻沒有人動，沈琦冷笑一聲，說道：「二妹，耍威風還是回鄭府耍的好。」

瑞王妃像是沒看見這些一樣，率先往外走去，沈琦和沈錦走在她身後，沈蓉也跟在後面，卻沒有靠近這兩位姊姊，畢竟她們都有孕在身，萬一有些差錯說都說不清楚。

沈梓咬牙跟在後面，到飯廳時，瑞王他們還沒有過來，瑞王妃她們就坐到旁邊的椅子上，說道：「翠喜，妳去催催王爺。」

「是。」翠喜恭聲退下。

過沒多久，瑞王帶著三個兒子和兩個女婿過來，一進來就笑道：「是我來晚了。」

沈軒開口道：「若不是母親派人來喚，怕是我們都忘了。」

丫鬟已經端水來，淨了手後瑞王先坐下，瑞王妃才在他身邊落坐，開口道：「蓉丫頭坐我身邊來。」

沈琦聞言說道：「果然有了五妹，母親就不疼我了呢。」

沈蓉靦覥一笑，沒有推辭就坐過去，沈琦挽著沈錦的手說道：「我可是要與三妹坐一起。」沈錦笑著應下來，挨著沈蓉坐下，沈琦坐在沈錦的另一側。

永樂侯世子因為昨日有事並沒有來瑞王府，今早才趕過來的，就低聲問道：「昨晚休息得可好？」

「很好啊。」沈琦笑著說道。「剛剛還和三妹一起用了羊乳。」

「那就好。」世子溫言道。

沈錦笑道：「姊夫還真疼大姊呢。」

沈琦倒是沒有羞澀，聞言看向沈錦說道：「那是自然。」

瑞王和瑞王妃自然看見了，兩人對視一眼，女兒女婿感情好，他們自然是高興的，瑞王妃說道：「就妳淘氣。」

沈錦笑著輕貼在沈琦的身邊，畢竟沈琦有孕，所以並沒有真的靠上去，沈琦也是滿臉笑容。

永樂侯世子也說道：「有三妹陪著，我瞧著夫人臉色都好了許多。」

鄭嘉瞿想到母親說的話，此時笑道：「瞧岳父一家真情流露，也覺得羨慕。」

沈錦看向鄭嘉瞿，笑著說：「郡馬姊夫，你也是一家人呢。」

這話一出，還沒等眾人反應過來，沈琦就說道：「是啊，郡馬妹夫。」

世子看向鄭嘉瞿的眼神有些微妙，沈琦和沈錦這般叫法並沒錯，不過以往都是叫姊夫的，鄭嘉瞿沒有官職，而沈梓是郡主之身下嫁，如今……雖是事實，這般說出來，還真是下了鄭嘉瞿的面子。

不過看沈錦的樣子，眼睛彎彎的，就像是隨意叫那麼一句，而且還說鄭嘉瞿也是家人的意思，也是好話，而且三妹和自家關係不錯，便說道：「平日不都是叫二姊夫嗎？三妹怎麼忽然這般叫了？」

沈琦本就因為沈梓那句話心中有氣，說道：「剛剛二妹特意說了自己是郡主之事，所以三妹才會如此稱呼。」

鄭嘉瞿臉色一沈，卻也沒法說什麼，心中卻明白，沈梓怕是覺得兩個姊妹，一個是永樂侯世子夫人，一個是永甯伯夫人，而他身上並無功名，心中覺得丟人才會特地強調自己郡主的身分。娶妻娶賢，自己卻娶了這樣一個女人，鄭嘉瞿心中格外覺得屈辱。

瑞王妃像是沒注意到這些般，說道：「王爺用飯吧。」

瑞王點頭，他並沒覺得什麼不對。

沈梓心中卻是一慌，如今也反應過來了，她與鄭嘉瞿之間剛緩和了一些，若是真讓鄭嘉瞿誤會，怕是就不好了。沈梓雖然自傲，可是心中明白，許側妃出事後，她再也不可能像當初那般肆意妄為了，因為瑞王妃真的不會再讓瑞王幫她出頭，怒道：「沈錦妳別胡亂造謠！」

「啊？」沈錦聽見有人叫她的名字，就抬頭看過去，見沈梓面色難看。「喔。」然後挾了菊花裡脊放到盤中低頭吃了起來，她雖然用了早飯和那碗羊乳，卻也餓了，她發現自從有孩子後，就變得更容易餓。

瑞王皺眉看向沈梓說道：「不想吃就回去，大呼小叫什麼。」

鄭嘉瞿臉色更加難看，看了沈梓一眼，越發覺得她丟人，可這到底是瑞王府，他也不傻，就低頭給沈梓挾了一筷子菜道：「岳父，郡主這兩日身子不適，脾氣就躁了一些，多有得罪。」

雖然是幫沈梓說話，那一聲郡主就可知他並非不介意。

瑞王妃說道：「叫什麼郡主呢，二丫頭既然嫁到了鄭家，自然是你的妻子。」

鄭嘉瞿笑了一下說道：「岳母，我知道了。」

沈梓還想再說，可是看著眼前的情況，心中明白怕是討不到好了，她真是恨透了沈錦，若不是沈錦……若是沒有沈錦……那麼她就不會落到如今地步，她還是瑞王府千嬌萬寵的郡主，她的夫君也該是……

雖然有沈梓的插曲，不過很快瑞王就被其他人哄著忘記了沈梓的存在，一時間氣氛倒是和緩許多，不過沈梓的處境就尷尬了，連鄭嘉瞿也沒有理她。

鄭嘉瞿看見沈錦那乖巧的樣子，心中感嘆，同樣是姊妹，怎麼差別這般大。

沈錦根本沒有注意到這些，正和沈琦靠在一起說悄悄話，不知道說了什麼，沈錦笑得眼睛彎起來，小酒窩也露出來。鄭嘉瞿只覺心中一震，握著酒杯的手都晃了晃，酒水灑到了他的手上，見沈錦像是要往這邊看，才有些慌亂地仰頭把酒給喝下去，因為喝得太快竟然嗆到了。

趕緊扭頭，因為另一側坐著永樂侯世子，所以鄭嘉瞿只能捂著嘴轉到沈梓這邊，咳嗽起來。丫鬟輕輕拍著鄭嘉瞿的後背，沈梓把手中帕子遞了過去，鄭嘉瞿接過擦了擦嘴，這才滿臉通紅，帶著幾分尷尬說道：「喝得有些急了。」

永樂侯世子聞言笑道：「岳父拿出來的酒香醇，也怪不得郡馬妹夫如此，就是我也多喝了些許。」

瑞王自然不會介意。「哈哈，喜歡就好，等走的時候，我送幾罈，喝完只管與我說就是了。」

沈梓身上難免沾了點酒液，便道：「父王、母妃，我去更衣。」

「去吧。」瑞王妃笑得溫婉。

沈梓這才帶著丫鬟離開，可是鄭嘉瞿心中卻覺得難堪，他本就認為沈梓是瞧不上自己，而鄭嘉瞿這人文采不錯又是出身鄭家，難免有些自傲和清高，如今見沈梓急匆匆離開……心中越發的屈辱。

不知為何又想起了剛剛沈錦那一笑，不禁再看過去。沈錦喝了一些水，就把杯子放下，感覺有人看她，就回看過去，見是鄭嘉瞿。

沈錦有些疑惑地看了看鄭嘉瞿，本以為他是準備說話，卻見只是看著自己面前。靈光一閃，沈錦覺得明白了鄭嘉瞿的意思，怕是剛剛嗆住，所以想喝水了，又不好意思說。不過她和沈琦喝的是瑞王妃特地讓人備著的，既不是清水也不是茶，而是讓孕婦養身的，轉念一想，沈梓是鄭嘉瞿的夫人，又不是她主動給鄭嘉瞿的，所以就向安平低聲吩咐了幾句。

沈琦坐在沈錦身邊自然聽見了，眼中笑意一閃，卻沒有阻止的意思。鄭嘉瞿見沈錦與丫鬟說話，心中嘆了口氣，卻不再看了，忽然見一個丫鬟端著杯水送了過來，而那丫鬟也有幾分眼熟，是一直站在沈錦身後伺候的。

鄭嘉瞿心中一動看了過去，就見沈琦和沈錦正在一起說話，並沒有注意這邊，接過那杯子，道了謝以後就把水喝下去，也不知是什麼水，帶著些苦澀和酸意，不過鄭嘉瞿卻覺得喝下去，舒服了許多。

而沈琦和沈錦也在說這件事。

「妳個壞丫頭。」沈琦小聲說道。

沈錦開口道：「大姊不也沒阻止嗎？再說了，到底是姊夫，他看了這半天，總不好一杯水都捨不得吧。」

一直坐在幾人中間的沈蓉怕是看得最清的，不像沈琦和沈錦因為不喜沈梓就沒往那邊多關注，沈蓉注意到鄭嘉瞿的失態，眼神閃了閃，心中倒是有了決定。

等眾人都用完，沈梓才讓人端了幾碗醒酒湯過來，親手端給瑞王說道：「父王，我瞧著父王高興多用了些酒，特地去煮了醒酒湯，父王用些，也當是女兒的孝心了。」

瑞王神色這才緩和了一些，接了過來說道：「都嫁人了，怎麼還不如妳兩個妹妹懂事？」

其實瑞王並沒有單指哪一個，可是聽在沈梓耳中就是在說她不如沈錦，心中一惱到底忍了下來，瑞王妃笑道：「既然二丫頭煮了醒酒湯，你們幾個都喝了吧。」

「是，謝謝二姊。」沈熙也喝了一些酒，率先端了一碗醒酒湯喝起來。

沈軒幾個也道了謝喝下去，瑞王妃看向沈琦和沈錦說道：「妳們兩個有孕在身，回去休息吧，五丫頭陪妳姊姊說說話。」

沈蓉還沒開口，就聽見沈梓說道：「母妃，我與幾個姊妹許久未見，不如到園中說說話？」

沈琦眉頭皺了起來，就連世子也有些不喜，這個沈梓怎麼回事，沒聽見岳母說自家妻子有孕需要休息嗎？怎麼還要拉著她說話。

瑞王直接說道：「妳姊姊和妹妹都需要休息，妳和五丫頭同胞所出，去說話吧。」

沈梓聞言眼睛一紅，說道：「父王，女兒知道以往任性不懂事，和姊妹們有些生疏了，今日特意備了些東西，一時心急這才……」

瑞王抿了抿唇，看向瑞王妃，瑞王妃說道：「也不差這麼會兒，琦兒和錦兒身子重，本就容易累，今兒一大早就過來陪我。二丫頭，妳先與五丫頭說說話，讓她們兩個去休息一會兒，妳們姊妹到時候再聚聚。」

話都說到這裡，沈梓再多要求就有些過了，只能不甘道：「女兒知道了。」

沈蓉說道：「二姊，我陪妳去園子裡轉轉吧。」

「嗯。」沈梓這才應下來。

瑞王妃看向沈錦和沈琦說道：「妳們兩個回去休息吧。」

「是。」沈琦和沈錦這才應下來，帶著丫鬟走了。

沈蓉挽著沈梓的胳膊，看著像親熱地留在瑞王妃身邊，雖沒說什麼話，卻不讓沈梓動，等沈琦和沈錦都離開了，這才說道：「母妃，那我與二姊去玩了。」

「去吧。」瑞王妃笑著說道。

沈蓉又和瑞王他們打了招呼，就親親熱熱地和沈梓出去了。誰知道一出院門還沒等沈梓說話，沈蓉就鬆開手，面色變得冷淡，說道：「想來二姊對府中的景色也是熟悉的，不如就找個地方坐會兒吧。」

沈梓看著沈蓉說話不陰不陽的樣子，怒道：「妳什麼態度？」

沈蓉冷笑一聲，根本不管她，直接帶著丫鬟往府中花園走去。

沈梓追過去，一把抓著沈蓉的胳膊道：「妳什麼意思？」

沈蓉這才停下來，轉身看著沈梓，冷笑道：「二姊，妳還想要我什麼態度？」

「妳……」沈梓深吸了一口氣說道：「行了，我不和妳計較，打了妳算我不對，可是我也小產了。」

沈蓉看著沈梓的樣子，忽然露出笑容說道：「我與二姊開個玩笑，二姊莫不是生氣了？」

沈梓仔細看了看沈蓉的神色，並沒發現什麼異常，就說道：「無趣。」

沈蓉眼神閃了閃，說道：「我就二姊和弟弟兩個親人。」聲音裡帶著惆悵和難過，然後重新挽著沈梓往花園走去。

沈梓咬了咬唇才問道：「母親和四妹到底是怎麼回事？」

沈蓉微微垂眸，低聲說道：「母妃不讓談的。」

沈梓看了眼周圍的下人，步子加快不少，等走到花園的涼亭中，就把人給打發出去，說道：「可以說了。」

沈蓉坐下後，才緩緩開口。「母親知道二姊小產的……」

沈琦和沈錦一起離開，出了正院就分開了，她們兩個住的院子並不順路，安寧低聲說道：「夫人可要小心些。」

「怎麼了？」沈錦問道。

安寧說道：「奴婢瞧那鄭少夫人對夫人像是不懷好意。」

沈錦點頭想了想，說道：「反正也見不到。安平，妳一會兒與母親說我有些不適，晚上就不去正院用飯了。」管她到底有什麼打算，沈梓總不能衝進墨韻院吧，真要進來了，吃虧的是誰就不一定了，反正不會是她。

安平笑道：「奴婢知道了，夫人，這麼一來，那鄭夫人不管有什麼打算都是一場空了。」

沈錦小聲抱怨道：「一起用飯不自在呢。別看那一大桌菜，可是只能用面前的，統共就那麼幾樣。」

「趙嬤嬤知道了定會心疼夫人的。」安平開口道。

沈錦果然笑起來，說道：「安平，妳真聰明。」

「夫人有什麼想用的？」

「酸筍鴨湯。」沈錦毫不猶豫地說道。「我用飯的時候都想著呢。」

安平說道：「奴婢記下了。」

沈錦滿足地點頭，又嘆了口氣說道：「就是不知道夫君在外面用得怎麼樣。」

安平和安寧看著沈錦的神色想要勸勸，卻不知道怎麼勸好，誰知沈錦接著說道：「想來是沒有在家中舒服的，那些乾糧什麼……」

想到乾糧的味道，沈錦抿了抿嘴說道：「真不好吃，又乾又硬。」

「夫人無須擔心，將軍定會照顧好自己的。」安平溫言道。

沈錦摸著肚子感嘆道：「不過夫君還真可憐，算了，晚些時候我多用半碗飯，只當幫夫君吃了。」

安平面色平靜地說道：「趙嬤嬤不會允許的。」

沈錦想了想，緩緩吐出一口氣，趙嬤嬤說嘆氣多了，寶寶生出來會皺巴巴的，在沈錦回想了一下見過的那些年紀大又滿臉皺紋的人後，再也不敢嘆息了。

第三十三章

被沈錦心心念念唯恐吃不飽喝不足的楚修明，此時正一身錦袍斜靠在軟墊上，面前的矮几上擺滿山珍海味，因為閩中臨海，有些京城和邊城都吃不到的東西，都被擺在上面。兩個外貌精緻嫵媚、身穿薄紗的女子跪坐在他身邊，楚修明的眼神微微往哪道菜上一掃，她們就會伺候著楚修明用下。

而楚修明周圍還有四個這般的矮几，四個中年男人坐在位子上，他們身邊的女子更是嬌笑連連。

楚修明目光落在那一盤魚唇上，女子就挾了一塊想要餵到楚修明的唇邊，可是剛看見楚修明的眼神時，竟再不敢造次，只是把東西挾到他身前的小碟中，卻發現楚修明並沒有品嚐的意思，心中有些奇怪，卻不知楚修明此時正在想著自家的小娘子，若是她見了這麼多吃的定會高興。

就算是瑞王府，怕都沒有閩中這般奢侈，楚修明已經到閩中幾日，每日都是這樣的酒宴，就像在查探楚修明的底線，一次比一次更加奢侈。

「可是不合永甯伯胃口？」那個摟著女人的人見到楚修明的樣子後問道。這幾日他們都在觀察，卻發現不管遇到什麼情況，楚修明神色都沒有絲毫的波動，甚至沒有像他們所想那般急著詢問海寇之事。

楚修明看過去，並沒說話，只是舉了下酒杯，說話的男人見此就露出笑容，也舉起酒杯，然後率先飲盡。楚修明這才把酒給喝了，身邊的女子執了酒壺，把酒續上。

另外三人也分別敬酒，有人笑道：「怕是這些女子太過風塵，不是永甯伯喜歡的類型。」

「還是說永甯伯不喜女色？」另一個也是笑道。

楚修明只是看著那人，直到那人額頭冒出冷汗，不由自主避開了楚修明的眼神，他才開口道：「我已娶妻。」

他們自是知道這些，故意問道：「聽說永甯伯娶的是京中郡主？」

楚修明沒有回答，他並不喜歡與這些人一起談論自家娘子，就算這些人提起都覺得是對自家娘子的侮辱。

「永甯伯若是喜歡什麼，儘管開口就是了。」最早說話的男子忽然說道。

楚修明微微垂眸，坐直了身子。「幾位要的又是什麼？」

聽到楚修明這樣說，那個男人揮了揮手，不管是身邊的女人還是那些舞女全都下去了，男人這才說道：「不知永甯伯有何打算？」

楚修明卻只是問道：「梁大人又怎麼想？」

梁大人能坐到今日的位置，正是誠帝一手提拔的，在不危害自身的情況下，當然願意聽誠帝的，可是誠帝如今的命令著實讓他們為難，特別是想辦法讓海寇弄死楚修明？若只是簡單地弄死楚修明，他們倒是還能拚一拚，可是海寇？海寇是聽他們的嗎？以楚修明在軍中的地位，若是漏出一點風聲，怕是他們都要完了。

更何況誰知道誠帝最後會不會為了保密而殺人滅口，或者為了平息那些武官的憤怒，把他們交出去。

「自然不會讓永甯伯交不了差。」梁大人開口道。

楚修明微微垂眸卻沒再說話，梁大人見到這樣，心中竟然鬆了口氣，若是一口答應了，他們才會覺得楚修明沒有合作的意思，此時繼續說道：「更不會墮了永甯伯的威名。」

楚修明終是開口道：「我要勾結海寇的那個官員。」

「是那些賤民勾結海寇。」梁大人說道。

楚修明說完一句，就端了酒杯慢慢品嚐著杯中的酒，沒再說話。

梁大人說道：「到時候自然會把那些賤民交給永甯伯。」

楚修明像是沒聽見一樣，自己執了酒壺，慢慢把酒杯給倒滿，眉眼間越發的清冷傲然。

梁大人看著楚修明的臉色，這才說道：「那就按永甯伯說的。」

楚修明這才舉起酒杯對梁大人一敬，梁大人也舉了酒杯，開口道：「合作愉快。」

「嗯。」楚修明應了一聲，兩個人把酒給喝了。

梁大人笑道：「不知永甯伯接下來有什麼打算？」

楚修明說道：「希望你們動作快點。」

「嗯？永甯伯有什麼急事？」梁大人問道。

楚修明漫不經心地說道：「妻兒在京城。」

梁大人一下就懂了，就像是誠帝顧忌楚修明一樣，楚修明也有顧忌。「提前恭喜永甯伯了。」

墨韻院中，沈錦躺在床上睡得正香，安平和安寧已經把沈梓的那些異常與趙嬤嬤和陳側妃說了，趙嬤嬤問道：「夫人怎麼說？」

「夫人讓奴婢去與王妃告罪，說是身子不適就不過去了。」安平笑著說道。

陳側妃聞言輕笑了起來。「那妳就過去吧。」

「是。」安平應了下來。

趙嬤嬤也說道：「夫人這般也好。」雖然都不覺得沈梓能有多大的本事，可是沈錦現在懷有身孕，還是小心些好。

瑞王妃見了安平後，也說道：「讓錦丫頭好好休息就是，王爺那邊我會說的。」

安平恭聲應下來，見瑞王妃沒別的吩咐，就退了下去。

花園中沈梓聽完沈蓉的話，臉色變了又變，沈蓉心中帶著快意，面上卻不露分毫，只是起來說道：「二姊若是想探望母親和四姊，就去那邊的宜蘭園，我先回去更衣了。」

沈梓也沒心情與沈蓉多說，心裡正在掙扎。沈蓉帶著丫鬟卻沒有回她住的院中，而是問道：「可安排好了？」

「是。」丫鬟開口道：「三少爺已經帶著鄭家大少爺往那邊走去。」

沈蓉微微點頭，就和丫鬟往梅園走去，因為不是梅花盛開的季節，這園子裡有幾分冷清。沈蓉和丫鬟過去後，就坐在涼亭中，這涼亭不遠處有座假山，整個園中的花木錯落有致，別有一番風味。

遠處一個燈籠搖晃了一下，丫鬟問道：「姑娘，您說的是真的？」

「嗯。」沈蓉嘆了口氣，帶著幾分難受說道：「我也是才知道，原本該嫁給永甯伯的是二姊，不過邊城苦寒，又聽了永甯伯的傳聞，二姊心中不願，才求了母親，那時候母親受寵，在父王面前有幾分體面，而三姊……最終才搶了三姊的親事，使得三姊……」嘆了口氣帶著幾分惆悵。

丫鬟說道：「那奴婢怎麼聽著，二郡主怪王爺說是王爺不公，本該是她嫁給永甯伯呢？」

「胡說什麼。」沈蓉開口道。

丫鬟說道：「奴婢沒有胡說，若不是因為這樣，許側妃……」

像是因為提到了母親，沈蓉多了幾分憂傷，說道：「傳言不可信，誰能想到三姊夫那般人品，二姊會後悔……不過二姊夫也是很好的，只是二姊從來都喜壓三姊一頭，這才心中不順吧。」

假山後面，鄭嘉瞿面色鐵青，伸手捂著沈皓的嘴，沈皓是瑞王幼子，又是沈梓的同胞弟弟，鄭嘉瞿心中明白，鄭家現在的情況需要靠山，當初瑞王出事，為免被牽連，他們才避而不見。可是如今看來，怕是他們想差了，所以急需與瑞王府拉近關係，而沈梓瞧著怕是與府中人的關係並不好，所以沈皓示好，鄭嘉瞿心中也高興，兩個人就單獨出來說話了。

兩人無意間走到梅園，走過來後才發現有人在說話，兩人聽出是沈蓉與她丫鬟，本想避開，誰承想竟然聽到了這些。沈皓想要出聲，就被鄭嘉瞿眼疾手快地捂住了。

「那三郡主知道嗎？」丫鬟驚恐地問道。

沈蓉嘆了口氣。「知道的，當初陳側妃和三姊哭求著父王，不過父王……陳側妃在父王面前說不上話。」

丫鬟說道：「怪不得三郡主不願意與二郡主多說話呢。」

沈蓉搖頭不再多說什麼。「算了，我去探望下母親。」

「姑娘就是太善良了，若不是二郡主，姑娘臉上怎麼會落下疤。」丫鬟有些抱不平。

沈蓉開口道：「二姊不是故意的。」

「奴婢怎麼聽說，二郡主故意把指甲修成那般？」丫鬟問道。

沈蓉抿唇，帶著幾分難過。「我與二姊是親姊妹，她是不會這般對我，不過是覺得輸給了三姊，二姊……」

「二郡主是準備傷三郡主？」丫鬟驚呼道。

沈蓉趕緊說道：「可不許亂說，我們走吧。」

「是。」丫鬟不再多說，扶著沈蓉離開了。

鄭嘉瞿等沈蓉主僕離開，這才鬆了沈皓的手，咬緊了牙，神色都有些扭曲了，顯得猙獰恐怖。沈皓嚇了一跳，往後退幾步，這一下驚動了鄭嘉瞿，鄭嘉瞿低頭看著沈皓，沈聲說道：「這些可都是真的？」

沈皓使勁搖頭說道：「我不知道……」

鄭嘉瞿雙手緊緊抓著沈皓的肩膀，成年男子的力道讓沈皓痛呼了一聲，鄭嘉瞿這才放鬆一些，俯視著沈皓說道：「那你知道什麼？」

沈皓想到沈蓉說的話，心中一緊回道：「我知道母親和四姊是因為二姊才被關起來的。」沈蓉讓沈皓照實說，如果鄭嘉瞿問了，就把知道的告訴他。

鄭嘉瞿關心的卻不是這個，繼續問道：「那你二姊的親事呢？」

沈皓使勁搖頭。「我不知道……那天我先睡了，父王好像是來與母親說讓二姊遠嫁的事情，然後母親和二姊就哭了起來，母親也讓我抱著父王哭，我也哭了，最後哭累被帶下去休息了。」

這話有些顛三倒四，可是鄭嘉瞿聯想到沈蓉的話，哪裡還有不明白的，只覺得身心疲憊，有緣無分……他們是有緣無分，被人硬生生拆開了啊……若不是因為有些人的私心，那般純善嬌弱的女子，哪裡用得著去那般虎狼之地受難。再想到沈梓見到永甯伯後，那些用心和打算，鄭嘉瞿更覺得像是戴了半頂綠帽子。

「怪不得……」鄭嘉瞿心中滿是恨意，就因為那毒婦的私心，害得他……

沈皓見到鄭嘉瞿的樣子，心中更加害怕，卻不敢說什麼。

沈宜蘭園中，沈梓已經在門口站了許久，卻不敢進去。沈蓉帶著丫鬟過來的時候，看著沈梓的背影，臉上的笑容多了幾分嘲諷，不過轉瞬就消失了，嬌聲叫道：「二姊，怎麼不進去呢？」

沈梓被嚇了一跳，猛地轉頭看見是沈蓉，皺了皺眉說道：「怎麼不聲不響站到人後面。」

沈蓉只是一笑，說道：「是我不好。」

沈梓看見沈蓉這樣，心中也有些愧疚，明白是自己剛剛亂發脾氣了，不過當初還沒出嫁的時候，幾個姊妹中她就霸道慣了，所以只說道：「妹妹和我一起進去吧。」

「好。」沈蓉微微垂眸，倒是率先往院子中走去。

宜蘭園的院門是關著的，丫鬟上前叫了門，過了一會兒才見一個粗使婆子從裡面把門打開，她看見沈梓和沈蓉兩個人，就行禮讓開了位置，並不多說話。沈蓉看了一眼，塞了一個小荷包給那個守門婆子，然後帶著沈梓往裡面走去。

裡面有別的婆子來帶路，這個院子雖然偏僻，可是打掃得很乾淨，院中還種著不少花，環境清幽，和沈梓想像中天差地別。瑞王妃那般恨她們，定會藉此機會好好報復一番，誰承想一路走來，卻見雖然人少但是規矩處處不差，屋中的茶水也是溫熱的，糕點和水果也都處處妥貼。

「我母親呢？」沈梓本想著若是有絲毫怠慢，她也可以去父王那邊鬧一鬧，可是如今看來，也不知道是安心好還是覺得失望好。

婆子沒多說什麼，引著她們兩個去看許側妃和沈靜，到了門口才說道：「請二郡主和五姑娘小心。」

「那是我母親，小心什麼。」沈梓皺眉說道，上前幾步，直接推開屋子的門，就見裡面四個粗使婆子站在角落。
沈梓進去的時候，就看見一個頭髮花白、身材消瘦的婦人，正坐在屋子中間，手裡拿著一塊紅色的綢緞，另一手拿著一根針在上面戳來戳去，還不時哼著歌，有人進來後連頭都沒有抬。
「這是誰？」沈梓的聲音尖銳，充滿著不敢置信。
沈蓉站在門口說道：「母親已經平靜許多了，母妃特地請了太醫來給母親瞧，太醫果然醫術了得。」
沈梓眼中都是驚恐，沈蓉卻是一笑。「最好不要驚擾到母親。」
「妳什麼意思？」沈梓問道。
沈蓉卻不再說，而是問道：「二姊可要去看看四姊？」
沈梓咬了下唇，又看了許側妃一眼，簡直不敢相信這個看起來又老又瘋的婦人竟然是她那個美豔風韻的母親，有些慌亂地退了出去，頭也不回地往院子外面跑去。
沈蓉像是早就料到一樣，側身讓開了沈梓，站在門口看著屋中的母親許久，又是幾個荷包放到門口的粗使婆子手中，這才離開。
因為鄭嘉瞿和沈梓還要回鄭府，所以晚上開飯的時間就提早許多，不僅沈錦沒有過來，就是沈琦也讓丫鬟來與瑞王妃打過招呼，沒有一併前來用飯。瑞王問起的時候，瑞王妃才柔聲解釋道：「她們兩個都有身孕，最聞不得酒味，中午的時候都忍著沒說，晚上的時候索性就沒讓她們兩個過來。」

瑞王皺眉說道：「這兩個孩子都是做母親的人了，怎麼還這般不知輕重。」

瑞王妃嗔了瑞王一眼，溫言道：「這不是見王爺高興，兩個孩子不想擾了您的興致嗎？」

瑞王聞言，心中越發覺得沈琦和沈錦貼心，說道：「怪不得我瞧著她們中午沒用什麼東西，和管事說以後東西先緊著她們兩個的小廚房。」

坐在一旁的永樂侯世子聽見自家岳父的感嘆，眼角抽了抽，他中午就坐在妻子身邊，自然是看見她們到底吃了多少東西，也不知道岳父怎麼能把這句話說出口的。

沈梓因為心中有事，根本沒有注意到這許多，低著頭心不在焉地吃起了東西，甚至沒有注意到身邊丈夫情緒不對，還有弟弟沈皓那躲閃的眼神。

等用完了飯，鄭嘉瞿和沈梓就先離開了。

瑞王興致來了，就帶著三個兒子和一個女婿到書房繼續說話，沈蓉開口道：「母妃，我先回房了。」

瑞王妃目光平靜地看著沈蓉，沈蓉竟嚇出一身冷汗，瑞王妃這才說道：「嗯。」

沈蓉趕緊離開，瑞王妃皺眉說道：「翠喜，去查查。」

「是。」翠喜恭聲應了下來。

墨韻院中，沈錦正在泡腳，聽著陳側妃和趙嬤嬤在一旁說話，打了個哈欠說道：「只是尿布有什麼好討論的。」

這話一出，就見陳側妃瞪了沈錦一眼，說道：「小孩子皮膚嬌嫩，萬一磨到了孩子怎麼辦？」

沈錦感覺水有些涼了，就把腳伸出來，安平蹲在一旁幫沈錦擦乾，沈錦就直接上了床，說道：「那有什麼好討論呢？」

這次不僅陳側妃，就連趙嬤嬤也看了沈錦一眼說道：「都是鴿子肉，為何夫人喜歡用蜜烤乳鴿而非清蒸乳鴿呢？」

沈錦愣了一下，忽然覺得趙嬤嬤說得也有道理。「那妳們繼續討論吧，我睡了。」

趙嬤嬤又仔細檢查了屋中的窗戶，這才和陳側妃一併離開，安平去把門關好，問道：「夫人，那我把燈熄了吧？」

「嗯。」沈錦躺在床上，忽然問道：「安平，妳說夫君現在在幹什麼呢？」

安平把屋中的燈熄了，屋子漸漸暗下來，聞言說道：「奴婢不知。」

沈錦在思念楚修明的時候，卻不知鄭府中也有兩人對她心心念念，不過一個人是咒罵不休，一個是滿心的惆悵。

閩中知府梁大人看著手中的聖旨，臉色變了又變，楚修明坐在一旁端著茶飲了一口，那聖旨不是別的，正是誠帝下的，讓楚修明可以便宜行事、斬殺所有與海寇勾結的官員。

若說原來梁大人對誠帝還有三分忠心，此時已經全部消失了，誠帝一方面下密令讓他們想辦法引海寇除掉楚修明，一方面卻又給楚修明這樣的旨意。

楚修明把聖旨拿回來，收起來說道：「這下梁大人是真的相信了吧？」

梁大人雖然和楚修明合作，可是並不信任楚修明，心中還有他的打算，今日楚修明把這聖旨拿出來，可謂是誠帝把梁大人的路都給堵死了。

楚修明說道：「怕是皇上等著我們兩敗俱傷，梁大人敢確定你身邊的人都是聽你的嗎？」

若是在這聖旨之前，梁大人可以很肯定地說，他身邊的人都是和他一夥的，畢竟他們的利益是一致的。

楚修明隨手把聖旨扔到桌面上，開口道：「皇上為何會下這樣的聖旨？梁大人心中可有成算？」

梁大人做過的事情多了，每一件被人揭發出來都是砍頭的大罪，可是他身邊知情的都被拉上船了，那些不識相的同樣被他和剩下幾個人聯名上疏給參下去，此時梁大人還真不知到底誠帝是得知了什麼，才會給楚修明這個旨意。

「這聖旨我至今才拿出來，還只給梁大人你看，也是剛剛確認梁大人並非皇上安排監視的人。」

梁大人心中一凜，莫非誠帝在他身邊安排有釘子？想到誠帝多疑的性子，梁大人此時已經信了八分。

楚修明接著說道：「我與梁大人合作之事，就是不知那探子有沒有傳信回京。」

梁大人面色大變。「永甯伯那日為何不提前說與我知？」

楚修明面上冷笑，帶著譏諷說：「我怎知到底何人才是探子？再說，我若是不答應合作之事，你我互換了把柄，怕是梁大人早就動手了。此地是梁大人的地盤，又經營了許久，不說明刀真槍，就是……」說著眼神往桌子上的茶水點心上一掃。

梁大人聞言並沒有發怒，知道楚修明所說是真的。「那依永甯伯的意思該如何？」

「此地既然是梁大人的地盤，我就不插手了。」楚修明站起來，伸手拿過聖旨。「還是梁大人仔細想想該如何，而且……皇上可不敢這般直接下旨殺我。」說完就離開了。

梁大人身子一晃坐在椅子上，心裡明白楚修明說的是實話，此時心中大亂，到底是何人出賣了他，莫非……是有人想要謀他這個位置？

越想梁大人身上的冷汗越多，他不是沒想過這是楚修明的計謀，可是那聖旨卻造不得假，更何況他和楚修明又沒有利益上的糾紛，伸手狠狠揉了揉臉。「來人去叫……算了，把逸兒給我喊來。」梁大人本想讓人把府中謀士給喊來，卻又覺得那些謀士也不可信，此時的他就如驚弓之鳥，只讓人叫了大兒子梁逸，梁大人此時能全然信任的也就這個兒子了。

楚修明在閩中住的並不是驛站，而是梁大人他們安排的一戶富商的院落。

剛到門口，就有四名穿著粉色衣裙的女子迎過來，其中兩人手裡拎著琉璃燈，在前面引路，另外兩人走在楚修明的身後。

這院子是引了溫泉的，沐浴的地方更是奢侈，白玉的池子四個角落處各有幾株蓮花的玉雕，溫泉水就從蓮花花蕊處流出，可謂巧奪天工。

浴池的周圍掛著白色紗幔，熱氣繚繞時，恍若仙境一般。楚修明進來後，就有侍女把東西都準備好，見楚修明沒有別的吩咐就關門出去了。

楚修明這才脫去外衣，穿著褲子進入水中，靠在檯上。這般地方想來自家娘子定會喜歡，想到那個愛嬌的小娘子，楚修明的眼神柔和許多，這個時候應該已經休息了，也不知道肚中的孩子有沒有鬧人。

忽然浴室角落的那個窗戶響三下輕輕叩擊的聲音，若不是耳聰之人，根本不會注意。楚修明眼神一閃，隨手抓了一枚果子朝那個窗戶砸去。

果子剛剛落地，就見窗戶被推開來，一個穿著府中下人衣服的年輕男子翻進來，又把窗戶給關上。

楚修明正是因為此人會來，所以沐浴的時候才只脫了上衣，問道：「查得怎麼樣了？」「不好查。」那人走到池邊，發出嘖嘖的聲音。「這還真是……民脂民膏啊。」

楚修明看著男人，男人也不開玩笑了，低聲把自己查到的說了一遍。楚修明明面上就帶了兩個貼身侍衛出來，剩下的都是誠帝安排的人和梁大人他們安排的，就算想找個說話的地方也不好尋，兩個人這才約在這個地方。

越聽男人說的，楚修明的神色就越發冷靜，兩個人剛說到一半，就聽見外面有腳步聲，那腳步聲虛浮，並不是什麼高手，聽來像是女子的。對視了一眼，男人也沒離開，直接後退幾步朝浴池跑來，楚修明雙手交疊正巧墊在男人的腳下，然後猛地往上一拋，男人借力上了房梁躲避起來。

楚修明抓過一旁的外衣穿上，剛繫好腰帶，就見一名全身裹在披風裡的女子走了進來，那女子貌若芙蓉，臉上帶著幾分羞澀和難堪，微微咬著唇，盈盈一拜說道：「玲瓏拜見永甯伯。」

「滾。」楚修明看都沒看女子一眼。

玲瓏紅了眼睛說道：「永甯伯，小女子並非外面那等……求永甯伯憐惜，小女子也是出身書香門第，不過父母兄弟都在梁大人府上……若非如此，小女子怎會如此自甘下賤。」

「與我何干？」楚修明冷聲說道：「來人，扔出去。」

玲瓏沒想到楚修明竟然這般油鹽不進，咬牙脫了身上的披風，就見她裡面只裹著一件碧色肚兜，下面是同色的綢褲，肌膚雪白，腰肢纖細不盈一握。「永甯伯……」

楚修明看都沒看，他的兩個侍衛也不顧外面一個小丫鬟的阻擋直接進來了，行禮道：「伯爺有何吩咐？」

「扔出去。」楚修明沈聲說道。

「是。」

楚修明說道：「守在門口，不許任何人進來。」

「是。」

在門口等著伺候的侍女看著這個女人，好像在看戲一般，都是幹同樣勾當，誰也不比誰清白多少。

楚修明索性也不再脫衣，就坐在浴池旁的那個榻上，男人從上面順著柱子下來，走到楚修明身邊才說道：「好豔福。」

「不過如此。」

男人笑道：「對了，恭喜你娶妻了。」

提到沈錦，楚修明眼中的冷意散了一些，點下頭。「接著說。」

「嗯。」男人也不浪費時間，繼續說了起來。「能查到的就是這些。」

楚修明說道：「先潛伏，別打草驚蛇，不用我們動手，他們自己就要亂了。」

「嗯？」男人疑惑地看向楚修明。

楚修明把聖旨的事情說了，男人不敢相信地看著楚修明說道：「誠帝真的下了？」

「自然。」楚修明冷笑道：「恐怕他現在還心中得意。」

男人臉上的譏諷越發明顯，說道：「也是，若不是當初……」

楚修明看了男人一眼，男人不再說話了，忽然有些好奇地問道：「對了，要是弟妹知道了這件事會怎麼想？如果也在這裡，你覺得她會怎麼做？」

「你真無聊。」楚修明說道。「她不會搭理那個女人的。」

「嗯？」男人追問道：「不會搭理？都脫光了也不搭理？」

楚修明指了指男人來時的窗戶，男人知道再問不出什麼。「行了，我走了，你自己小心點，那些人我已經聯絡上了。」

第三十四章

鄭嘉瞿雖然聽見沈蓉和丫鬟的話，還從沈皓那邊得到證實，卻沒有馬上去找沈梓對質，他想到成親以來沈梓對他的柔情小意，又有些游移不定，不過他還是搬進了書房。

若是往常沈梓早該發現鄭嘉瞿的異常了，可是在看見母親的情況後，不願意承認都是因為她才變成如此，把所有的恨意都放到沈錦身上，憑什麼沈錦能這麼幸福，這些都該是她的，甚至沈錦每一次笑，每一次撫著肚子，在沈梓看來都像在嘲笑自己。

沈梓想到自己那個孩子，終於咬牙說道：「春雪，妳去外面找一個女人，讓她拿著玉珮去見沈錦，就說……她和永甯伯有染。」

春雪是當初許側妃給沈梓的陪嫁丫鬟，賣身契都在沈梓手上，此時聞言面色變了又變，說道：「少夫人，這不妥……」

沈梓看向春雪，春雪見沈梓的神色，後背嚇出一身冷汗，若是事發了，怕是她也不好了，所以說道：「少夫人，永甯伯夫人……」

啪！一巴掌搧到春雪的臉上。

沈梓厲聲說道：「就憑她也配？」

春雪趕緊跪在地上說道：「是奴婢說錯話了。」

沈梓這才說道：「說。」

「是。」春雪也不敢起身，就跪在地上小心翼翼說道：「三郡主如今已滿三個月，怕是穩了……」

沈梓手放在自己的肚子上。「對，妳說得對，那樣太簡單了。」

春雪低頭不敢再說，沈梓眼睛瞇了下說道：「不過無礙，一次不行，還有兩次……去找。」

「是。」春雪也不再勸，恭聲應了下來。

鄭嘉瞿在書房只覺得心煩意亂得厲害，也無心於書畫了。

「少爺。」穿著水藍色衣裙的丫鬟柔聲說道：「可要休息會兒？」

「曼容，妳說……」鄭嘉瞿坐在椅子上，只覺得心神俱累。「妳說怎樣才能讓一個人說真話？」

曼容長得不如沈梓美豔，可是她身上自有一種溫婉的氣質，不管是詩詞歌賦還是琴棋書畫都能與鄭嘉瞿聊上幾句，而且在沈梓嫁過來之前，曼容就已經是鄭嘉瞿的房裡人。

鄭嘉瞿和沈梓剛成親那會兒，自是濃情密意的，曼容也不吵不鬧，甚至不多往鄭嘉瞿身邊湊，這才一直沒被處理留了下來。

等濃情密意消退許多後，鄭嘉瞿發現他和沈梓根本沒有共同話語，想弄個閨房情趣沈梓卻根本不明白，沈梓倒不是大字不識，而是鄭嘉瞿追求的是能與他一起吟詩作對的。

鄭嘉瞿心中也感嘆過，若是沈梓和曼容二人能綜合一下，就是他心中最完美的妻子了。

「奴婢也不知道。」曼容柔聲道。

鄭嘉瞿說道：「不是說過，不用自稱奴婢嗎？」

「禮不可廢。」曼容笑著說道。「少夫人知道了不好。」

鄭嘉瞿臉色一沈，曼容的笑容越發溫柔，不再提這件事，而是說道：「奴婢想著，不是說酒後吐真言嗎？若是喝醉了，可能就會說真話了吧。」

「說得對。」鄭嘉瞿猛地坐直身說道：「去給我備一罈酒。」

曼容柔聲應下來，剛要說什麼，就見書房的大門猛地從外面推開，沈梓看見書房內的情況，只覺得心中暴怒，直接衝過去一把抓著曼容的頭髮，朝著曼容的臉就搧了幾巴掌。

這一變故把鄭嘉瞿都嚇住了，怒道：「沈梓妳幹什麼！」

「賤人。」鄭嘉瞿不開口還好，一開口更讓沈梓怒火中燒。

曼容卻什麼也沒有說，直接跪在地上對著沈梓磕頭，甚至連額頭都出血了，沈梓還是不依不饒。這個樣子使得鄭嘉瞿抓過硯臺就朝沈梓旁邊砸去，他現在倒是還沒失去理智，直接對著沈梓動手。

可就是這樣也把沈梓嚇得尖叫一聲，朝著鄭嘉瞿就撲過去，動起手來，曼容趕緊起身去攔，誰知道沈梓手上的戒指直接把曼容給刮傷了，這次鄭嘉瞿再也忍不住怒罵道：「毒婦！」

鄭嘉瞿和沈梓大打出手，曼容在一旁趕緊叫人把鄭夫人喊來，鄭夫人簡直要氣暈了，這次分開兩人後倒是沒再斥責鄭嘉瞿，反而看著沈梓，沈聲說道：「郡主身分高貴，是我鄭家高攀了，若是郡主心裡有任何不滿，直接上請皇上決斷就是，莫要再欺辱我兒。」

沈梓沒想到鄭夫人這次竟然不是站在她這邊，怒道：「妳兒子與這個丫鬟不檢點，青天白日就在書房做那苟且之事，怎麼還成我侮辱他們了？」

鄭嘉瞿怒道：「信口雌黃。」深吸了幾口氣像是平息怒氣。「母親，兒子正在書房習字，她忽然闖進來，不分青紅皂白就打了曼容，誰知道她還心有不滿，衝上來要抓打兒子。」

鄭夫人看著曼容臉上的痕跡，只覺得心驚肉跳，這要是落在自家兒子身上……雖這麼想，可是面上不露分毫，只是說道：「怕是有些誤會，曼容再留在這裡也不合適，就跟著我到正院伺候，郡主……」像是不知道怎麼與沈梓說好。「夫妻哪有隔夜仇，就算是我也不好插手太多，不過郡主若是有事，儘管與我說了，我定會好好懲罰的。」

沈梓聽著鄭夫人的話，心中才算順了口氣，點頭道：「婆婆說得是。」

鄭夫人說道：「那郡主好好休息下，府中事情還要郡主操勞。」

沈梓點頭，鄭夫人看向鄭嘉瞿說道：「不管如何，今日還是你不對，隨我去正院。」

鄭嘉瞿臉色難堪，可是因為鄭夫人積威已久，頓時沒有開口，再說他心中也有事想與母親說。

沈梓以為鄭夫人是去教訓鄭嘉瞿，這才順了順氣。「怕是夫君一時糊塗，都是那賤人的錯。」

鄭夫人笑了一下並沒說什麼，帶著鄭嘉瞿和曼容離開了。

沈梓這才帶著丫鬟回了房間，春雪悄聲提醒道：「少夫人不是有事去找大少爺嗎？」

「算了。」沈梓想好怎麼處置沈錦，這才覺得心情舒暢了一些。想起了丈夫去書房住的事情，本來特地打扮了一番，想去將人哄回來，誰承想發現丫鬟都在外面，推開門一看果然是曼容那個賤人，這才惱羞成怒打了人，還被丈夫發現了。

瑞王府中，沈琦如今也滿了三個月，比前段時間輕鬆許多，此時正和沈錦一道在院子裡散步。沈琦笑道：「妹夫打了勝仗的消息傳來，妳心中安定一些吧？」

「嗯。」沈錦面色紅潤，笑著說道：「只希望夫君能早日回來呢。」

楚修明打勝仗的消息是閩中知府派人送回京中的，沈錦心中雖然喜悅，卻也沒有沈琦想的那般，畢竟楚修明離開前，與她說過除非有人拿著信物或者他親筆所寫的書信回來，剩下的消息都不用聽。

沈琦猶豫了一下才說道：「其實我自有孕來就一直在想著件事情，三妹聽聽，若是願意了自然好，若是不願意了，也無妨的。」

「嗯？」沈錦疑惑地看向沈琦問道：「大姊有什麼事情嗎？」

沈琦笑道：「妳我肚中的孩子也就相差一個月，我想著若是妳我肚中孩子一男一女的話，就讓他們訂了娃娃親，若是同為女孩或者男孩的話，就順延到第二個孩子身上？」

沈錦愣了一下，傻傻地問道：「若是第二個孩子還是一樣性別呢？」

「那就第三個孩子好了。」沈琦笑著說道。「只要適齡的話，並是妳我所出的子嗣就可以。」

沈錦想了一下說道：「大姊，這件事以後再說吧。」

「三妹可是覺得為難？」沈琦問道。

沈錦點頭，咬了下唇說道：「大姊能此時提出自然是看重妹妹的緣故，可總歸不能讓孩子們吃虧，以妳我的情誼，孩子們長大了若是願意的話，自然不會阻攔，若是不願意的話也就算了。」

沈琦皺著眉看著沈錦，沈錦摸著肚子說道：「我這輩子不管是出生還是嫁人都是沒有選擇的，我的孩子……我是想讓他自己選擇將來要娶或者要嫁的人，畢竟誰也不敢保證，孩子能有妳我這般的福氣。」

沈琦一時間也沒有說話，摸著肚子，若是她有選擇的餘地，會願意嫁給褚玉鴻嗎？沈琦其實也不知道，她有時候是嫉妒沈錦的，邊城雖然苦寒，可是他們卻擁有彼此。永甯伯那般的男子，就算妾室成群也不會讓人驚訝，不為永甯伯的權勢，就是永甯伯這個人，就有無數女人願意跟著他，這樣的一個男人，也怪不得沈梓魔怔如此。這麼一想沈琦又覺得沈梓自作自受，當初是她使計不願意嫁給永甯伯的，這時候見到永甯伯的容貌，怕是悔到腸子都要青了。

「妳說得對。」沈琦倒沒有因為沈錦的拒絕生氣，反而露出笑容。「若是以後孩子情投意合，就讓他們在一起，若不是的話，也不用勉強。」

沈錦笑著點頭。「我覺得啊，就像大姊有那麼多的妹妹，卻最疼我，這也是緣分，孩子們之間的事情，也需要緣分的。」
沈琦點頭。「就妳嘴甜。」
沈錦剛想說話，就見瑞王妃身邊的翠喜過來了，翠喜恭聲說道：「王妃有請三郡主。」
「母妃找我有什麼事嗎？」沈錦有些疑惑地看向翠喜。
翠喜開口道：「外面有人找郡主，說是永甯伯讓送回來的人。」
說到這個人的時候，翠喜的口氣就有些微妙了，沈琦一下就明白，皺了皺眉頭竟不知道說什麼，她剛剛還覺得沈錦有福氣，莫非……
沈錦並沒有多想，點頭說道：「好。」說完就看向沈琦。
沈琦說道：「我與妳一起去，正好找母妃說話。」
「嗯。」沈錦應了下來，和沈琦往外走去。
沈琦問道：「是什麼人？」
翠喜只是提醒道：「是個女人。」
沈琦有些擔心地看了沈錦一眼，三妹現在還懷著身孕，可莫讓人刺激了才好。
沈琦有心提醒兩句又不知道怎麼說好，只勸道：「千萬要記著，妳是有身孕的人。」
「肚子都大了起來，怎麼會忘了呢？」沈錦疑惑地反問。
到了正院後，就見不僅瑞王妃在，瑞王竟然也在，兩人行了禮，才分別坐下，瑞王妃說道：「我正與妳們父王說話，就有丫鬟來稟，說有人持了永甯伯的信物和書信找來了。」
沈錦臉上滿是喜悅，笑道：「夫君可說什麼時候回來了？有給我寫信嗎？」

瑞王看著女兒的樣子，雖不覺得這是什麼大事，可到底有些心疼，說道：「不如直接將人打發了，回來與女婿說是我的主意？」

「啊？」沈錦滿是驚訝。

倒是瑞王妃說道：「無礙的，把信和信物給錦丫頭瞧瞧。」

翠喜這才把兩樣東西雙手遞給安平，安平交到沈錦手上，沈琦這才證實了猜測，果然所有的男人都一樣。

信物是一塊玉珮，是男子常用的款式，玉質不錯，角落上面刻著個楚字，沈錦拿著看了一會兒，放到安寧的手上，然後拆開信，一眼就看見最後的落款是永甯伯楚修明。

瑞王妃的聲音和緩說道：「有個女子拿這兩樣東西上門，說是路上驛站的官員安排的，被永甯伯收用了，就給她這兩樣東西，說是讓她來京城找永甯伯夫人，自會有人安排，而且說肚中已有了永甯伯的骨肉。」

沈錦點頭，隨手把信放到一旁，說道：「那人呢？」

瑞王妃說道：「翠喜，去把人請上來。」

「是。」翠喜這才下去。

沈琦握著沈錦的手，眼中帶著擔憂，沈錦倒是笑道：「大姊，我沒事的。」

瑞王看著女兒說：「若是不喜，直接打發到莊子上就是，想來女婿不會因為這麼一個女人與妳有紛爭的。」

沈錦聞言笑道：「父王放心吧。」

瑞王點頭，瑞王妃神色平淡，很快翠喜就把人帶上來，瞧著有十七、八歲的模樣，穿著桃紅色的衣裙，規矩上倒也不差，行禮後才抬頭，女人有著江南女子的嬌小嫵媚，瞧不出是否有孕。

看了一眼，瑞王就覺得若是楚修明真的收用了此女也說得過去，雖然自家女兒也不差，可是和這個女人比起來就少了幾分風情。

「妳也懷孕了嗎？」沈錦出聲問道。

「拜見永甯伯夫人。」女子聽見沈錦說話，就很機警地行禮道。

沈錦說道：「既然有孕了，就別跪在地上了，安平去給她搬個圓凳。」

這話一出，別說那個女人，就是沈琦都愣住了，誰也沒想到沈錦會這般和顏悅色，倒是瑞王心中嘆息，不愧是在瑞王妃身邊養大的，氣度就是不一般。

「丹翹謝謝夫人。」丹翹心中一鬆，見沈錦面嫩好欺的樣子，越發地有底氣了。

安平給女人搬了凳子，讓她坐下後，沈錦就說：「我問妳幾句話，若是妳騙我的話，我就讓人打妳板子。」

丹翹愣了一下，看著沈錦，就聽見沈錦說道：「我父王和母妃都在，雖然夫君不在，可我還是有靠山的。」

這話一出，瑞王就被逗笑了，說道：「父王一定給乖女兒作主。」

丹翹瞧著沈錦的樣子，並沒有把她說的話放在心上，說道：「丹翹定不敢有任何欺瞞。」

「妳真的懷孕了？」沈錦問道。

丹翹本還有些擔心，誰承想沈錦竟然問了這樣的問題，當即說道：「若是夫人不信，可喚大夫來。」

沈錦說道：「看來是真的，不能打板子了。」

沈琦在一旁笑道：「就算有孕了又如何？」

沈錦對著沈琦說道：「總歸孩子是無辜的。」

「三妹就是太過心善，才使得什麼貓啊狗啊，都敢找上門。」沈琦冷聲說道：「瞧這作派，就知不是什麼正經的東西。」

也怪不得沈琦會這樣說，丹翹坐的時候，姿態漂亮撩人，顯露出纖腰豐胸，就是不大正經。

丹翹一瞬間就紅了眼睛，拿著帕子按在眼角低聲哭泣。「若是有選擇，誰也不願意如此……當初也是好人家的女兒，家父還曾是讀書人。」

瑞王心中有些同情，瑞王妃端著茶水喝了口，沈錦用帕子捂著嘴，打了個哈欠，覺得有些睏了，想來是因為肚中的孩子想睡了，也不願意再耽誤，就開口打斷了女人的哭訴說道：「安寧給她端杯水。」

「是。」安寧倒了水給女人端過去，說道：「快潤潤口，喝完以後繼續回答我家夫人的問題。」

丹翹的哭訴再也說不出口了。「是丹翹太過激動了，請夫人見諒。」

沈錦問道：「信上說讓妳去找永甯伯夫人，是嗎？」

「是。」丹翹恭聲說道。

沈錦再問：「妳是京城人士？」

「丹翹並非京城人士，此次是第一次來京城。」丹翹開口道。

沈錦一臉疑惑。「那妳找永甯伯夫人，怎麼找到了瑞王府？」

這話一出，瑞王愣了，沈琦也明白過來，就見瑞王妃臉上露出笑容。

丹翹看向沈錦，沈錦微微皺眉，像是想不通一般。「為何不去永甯伯府？」

「奴是聽說永甯伯夫人在瑞王府，這才找來的。」

沈琦冷哼了一聲，沈錦想了許久。「哦，雖然還有點弄不明白妳怎麼想的，妳可是因為知道瑞王府是我娘家，所以才找來的？」

「是的。」丹翹趕緊說道。

這話一出，屋中的丫鬟都忍不住笑了，沈錦直言道：「妳挺傻的，妳若是真有了我夫君的孩子，可卻跑來我娘家，想讓我娘家人幫妳作主嗎？」

丹翹臉色一白，沈錦再次問道：「妳既然被我夫君收用了，可曾見到我夫君左腰側的胎記？」

「當時熄了燈，奴沒看清楚，只隱約瞧見了一塊。」丹翹趕緊說道。

沈錦點頭，說道：「到底是誰讓妳來的？如果妳說了，我就不把妳送到官府。」

丹翹再也坐不穩了，說道：「奴不知道夫人說什麼。」

「我夫君根本沒胎記，我騙妳的。」沈錦很理所當然地說。「妳若是不說的話，我也不打妳板子，直接把妳送到官府，說妳來王府中行竊。」

丹翹跪在地上說道：「奴……奴真的不知道是誰。」

瑞王愣看著沈錦，又看了看那個女人，這才反應過來。「這人……這人……」

瑞王妃沈聲說：「想來她是不願意開口的，不如直接送到官府，那邊的人定能讓她說實話。」

「奴是真的不知道。」丹翹再也不敢隱瞞，身子瑟瑟發抖地說：「奴……奴懷了客人的孩子正要打掉，可是被人從樓裡贖了出來，那人手中有奴的賣身契，奴不敢不聽啊。」

瑞王妃嘆了口氣道：「不管主使人是誰，好狠的心思，若不是錦丫頭脾氣好，換個性子急的，怕是得知這個消息就該動了氣，那肚中的孩子……」

「來人請畫師來，把找妳的那人給我畫下來。」瑞王咬牙說道。

沈錦說道：「安平把人扶起來吧，她到底有著身孕呢。」

瑞王這麼一聽，心中更是憤怒，自己的女兒如此善良天真，可是竟有人想害她和自己的外孫，絲毫沒把他瑞王府放在眼裡。

安平聞言就去把丹翹扶了起來，丹翹心中惶恐卻不敢再多言。

沈琦奇問道：「三妹什麼時候發現的？」

「一開始啊。」沈錦笑得很得意。

沈琦想了一下，問道：「是這信和東西有問題？」

「我不知道啊。」沈錦理所當然地說道。

瑞王也問道：「那妳是怎麼知道的？」

沈錦笑著說道：「因為夫君才不會做這樣的事情呢。」

瑞王妃聞言笑了下，沈琦則是有些羨慕。沈錦摸著肚子，其實這個人的破綻還有許多，楚修明隨身的東西從不用任何標識，更別提在玉珮上刻字。而且那信的落款竟然是永甯伯楚修明，別說沒有私印，就是「永甯伯」這三個字就不對，楚修明從來不用這個當自稱的。

不過這些卻不能說，說了也不好解釋。

很快畫師就被請來了，丹翘也被帶了下去，瑞王妃說道：「妳們先下去休息吧。」

「是。」沈琦和沈錦起身應下來，然後就扶著丫鬟的手下去休息了。

沈琦說道：「放心吧，父王和母妃一定會幫妳出氣的。」

「嗯。」沈錦根本沒放在心上。

因為兩個人不同路，所以說了幾句就分開了。

第三十五章

沈錦扶著安寧的手往回走去，墨韻院中也聽到消息，就見陳側妃正在門口等著她，見到沈錦安然無恙，這才說：「什麼人，這麼惡毒的心思。」

沈錦說道：「不知道啊。」

等進了屋中，趙嬤嬤把紅棗核桃酪端上來，又端水讓她淨手以後，陳側妃說道：「安平，再仔細與我們說說。」

「是。」安平把事情全部說了一遍。

趙嬤嬤說道：「這還真是……」

陳側妃大怒，說道：「多虧錦丫頭沒當真，若是當真了……」

趙嬤嬤沈聲說道：「怕是這個人的目的就是為了刺激夫人，到底是誰這麼恨夫人？這般手段雖然粗淺，可是對有孕、丈夫又不在身邊的人來說，再管用不過了。」

陳側妃強忍怒意說：「錦丫頭，妳可莫要放在心上。」

「不會的。」沈錦笑道。「她說得沒有意思，不如鄭老頭說的好玩。」

陳側妃一臉迷茫，倒是趙嬤嬤反應過來，笑道：「鄭老頭是邊城一個瞎眼的老頭，說書很有意思，夫人很喜歡。」

趙嬤嬤笑道：「外面那些庸脂俗粉怎麼比得上夫人，將軍又不是瞎了眼。」

陳側妃聞言有些哭笑不得，她怎麼不知道女兒天姿國色？卻發現沈錦很贊同地點頭。

陳側妃：「……」

沈錦用完了東西，就換衣服上床躺著了，陳側妃和趙嬤嬤小聲討論起來，不外乎到底是誰，畢竟這人明顯對沈錦有惡意，沈錦閉著眼睛說道：「是沈梓吧。」

陳側妃看向沈錦，問道：「為何妳覺得是二郡主？」

沈錦開口道：「因為和許側妃一脈相承啊。」

正院中，瑞王妃拿著畫像看了許久，皺了皺眉頭說道：「倒是眼生得很。」

瑞王說道：「竟然是個婆子？」

瑞王妃眼睛眯了一下，心中隱隱有了猜測，說道：「去把五丫頭喚過來。」

翠喜應下來，起身出去了，瑞王問道：「王妃叫五丫頭幹什麼？」

瑞王妃緩緩嘆了口氣。「王爺，我只希望我猜錯了，怕是這件事就是衝著錦丫頭來的，而且是後院女人的手段，圖的不過是刺激了錦丫頭……這京城中知道錦丫頭在瑞王府，心中又這般恨錦丫頭的人……」

瑞王聞言沒再說什麼，瑞王妃勸道：「我只是想看看，五丫頭認不認識這個人，若真的是二丫頭，能用的也只有身邊的人，而她身邊人，怕都是許側妃給她的。」

沈蓉過來時，就看見瑞王面色沈悶地坐在一旁，瑞王妃倒是緩和了臉色說：「五丫頭，妳過來瞧瞧這個人妳認不認識。」

畫像其實畫得有些模糊，而沈蓉也大約聽到了一些傳言，隱隱有了猜測，看見畫像的當下，臉上的神色一慌，正好被瑞王看在眼中，說道：「五丫頭，妳認識？」

「瞧著有些不太真。」沈蓉這才猶豫地開口道。

瑞王說道：「說。」

沈蓉這才咬著唇說道：「瞧著有點像是劉嬤嬤，秀珠妳看呢？」

秀珠此時看向了瑞王和瑞王妃，見瑞王妃點頭，才說道：「奴婢瞧著也是劉嬤嬤，因為劉嬤嬤眉心有顆痣，微微有些靠左，靠著眉。」

瑞王也看了過去，就見畫像最特別的正是那顆痣，瑞王沒忍住，把茶杯砸在地上，沈蓉驚呼一聲，瑞王妃也說道：「王爺。」

「這件事交給王妃處理，我就當沒那個女兒。」瑞王說完就起身離開了。

瑞王妃沒有說什麼，而是看著沈蓉，開口道：「五丫頭妳很聰明也狠得下心，能一直忍著不說，直到今日王爺與我問起才開口，只是妳要記住，有些事情過猶不及。」

沈蓉咬唇說道：「女兒知道。」

瑞王妃說道：「那就下去吧。」

瑞王妃並沒有瞞著沈琦和沈錦這件事，沈琦只覺得不可思議，問道：「她圖什麼啊？難不成就是找個人來三妹面前礙眼嗎？」

陳側妃此時也在，她沒想到還真的是沈梓，默默流淚道：「都是自家姊妹，哪裡能這麼狠的心？這是多大的仇啊……」

「母親。」沈錦看著陳側妃的樣子有些心疼地叫道。

瑞王妃說：「也是一片慈母心。」

沈錦小聲道：「母親不若回去吧，放心，女兒沒事的。」

瑞王妃也說：「先回去靜靜也好。」

等陳側妃走了，瑞王妃才看向沈錦問道：「錦丫頭，王爺說這次幫妳出氣，妳想怎麼做？」

沈錦皺著眉，像是迷糊不解，說道：「莫非二姊覺得，我連夫君的面都沒見，就會因為這麼一個人置氣？」若楚修明真是那樣見了人就收用的，她又怎麼會放了心在他身上。

沈琦無奈道：「那三妹說，這事情準備怎麼辦？」

「到底是自家姊妹，她雖這般……」沈錦開口道。「二姊不顧念姊妹情誼，我不好也如此，不如三年內不讓二姊一家上門，也不接他們家的帖子。」

瑞王妃眼睛眯了一下，說道：「也好。」

「我也害怕哪日二妹瞧了我不順眼，這般對我。」沈琦開口道。「我可沒有三妹妳這麼好的脾氣，以後鄭家的人我也避著。」雖然沒有明說，卻是告訴沈錦，不管家中有任何事情，都不會給沈梓和鄭家送帖子，也不會接沈梓和鄭家的帖子。

沈錦笑著說道：「大姊最疼我了呢。」

「又說什麼呢？」瑞王進門的時候，就聽見沈錦在和沈琦撒嬌，心情倒是不錯地問了一句。

「父王。」沈琦和沈錦都起身給瑞王行禮。

沈琦和沈錦等瑞王坐下後，這才重新坐回椅子裡，沈琦開口道：「在說二妹的事情呢。」

「以後妳們就當沒這個姊妹。」瑞王臉色難看地說。「我也沒這個女兒。」

瑞王妃親手給瑞王倒杯茶說道：「王爺消消氣才是。」

瑞王接過茶杯喝了一口才說：「她怎麼變得如此下作。」

沈錦看著瑞王的樣子，眨了眨眼睛，臉上露出笑容道：「我覺得二姊可能是嫉妒父王和母妃更疼我，才與我開了這般玩笑的。」

「妳個傻丫頭。」瑞王聞言心中無奈，看著不知愁的女兒，簡直不知道說什麼好了，卻也更覺得沈梓不懂事和惡毒。

沈錦開口道：「不過二姊這個玩笑有些大，我有點生氣了。」

「生氣是應該的。」瑞王說道。「妳想怎麼出氣與父王說，父王給妳作主。」

沈錦滿臉信賴和孺慕，說道：「父王真好。」

瑞王心中滿足，開口道：「王妃把母后賞下來的那兩盒寶石，給這兩個丫頭再打幾套首飾。」

瑞王妃笑道：「也好，明日就叫人進府，妳們自己挑挑款式。」

「謝父王和母妃。」沈錦笑著說。

沈琦也道了謝，才說道：「看來我是占了妹妹的便宜。」

瑞王哈哈一笑，瑞王妃這才開口道：「王爺，剛剛錦丫頭與我說了，雖然二丫頭不顧忌姊妹情誼，可是她卻不能不顧忌，讓王爺傷了心。」

「若是那個混帳與錦丫頭一般懂事就好。」瑞王嘆了口氣說道。

「可是這事情不罰卻也不好，今日她能只因嫉妒就做出這般事情，來日還不知道會做什麼呢。」

瑞王點頭。

瑞王妃放下茶壺，接著說：「想想五丫頭的臉，她快到說親的年齡，我都不知該如何辦才好。」這聲音裡帶著惋惜。

瑞王想到沈蓉的樣子，心中更是一軟，嘆了口氣說：「都是我往日把她寵壞了。」

「哪裡是父王的錯呢？」沈錦安慰道：「父王對我們姊妹都是寵愛有加。」

沈琦也開口道：「是啊，不怪父王的。」

「錦丫頭的意思是，府上不接鄭家的帖子，也不發帖子給鄭家。」瑞王妃這才緩緩說道。

瑞王眼睛瞇了一下，瑞王妃開口道：「不過錦丫頭覺得三年就足夠了，三年內不讓鄭家任何人登門，咱們也都不登鄭家的門，不管任何時候、任何事情，王爺以為如何？」

沈琦也說道：「女兒也是這般想的。」

沈錦抿了抿唇，臉上露出幾許難過。「畢竟是自家姊妹，總不能一輩子不接觸，所以我想著三年，希望二姊能想明白一些。」

瑞王妃柔聲說：「錦丫頭太過心善，若是女婿回來，還不知道如何心疼。」

瑞王點頭說：「就按錦丫頭說的做，三年內不管逢年過節還是別的日子，都不許他們家踏足。」

瑞王妃應了下來，瑞王看向了沈錦說道：「好丫頭，父王知道妳受了委屈，定會給妳出氣的。」

沈錦抿唇一笑。「父王最好了。」

瑞王笑著點頭，說了一會兒話就先離開了，沈錦坐一會兒也先告辭了，等屋中剩下瑞王妃和沈琦，沈琦才說：「母妃，我前幾日與三妹提了想當兒女親家的事情。」

「被拒了吧？」瑞王妃笑看著沈琦問道。

沈琦點頭。「三妹的意思，若是孩子們長大願意的話，她是不會阻攔，若是不願意也不想強求。」

瑞王妃微微垂眸說道：「其實我猜到皇上要嫁一宗室女給永甯伯的，這才早早給妳定下親事，永甯伯人品出眾又重情義是不假，可是我卻不願意妳去蹚那趟渾水。」

沈琦滿臉驚訝地看著瑞王妃，瑞王妃笑道：「永樂侯世子耳根子軟，可是這般人卻好掌控，又沒有威脅，永樂侯更是聰明人，當初那般動盪，都能保全了永樂侯府，就算……也不會有事的。」見女兒還是不解，瑞王妃沒有再解釋，而是問道：「妳覺得錦丫頭如何？」

沈琦並不覺得沒嫁給永甯伯可惜，在邊城那般地方才是叫天天不應、叫地地不靈的。在京城中她出點事情，不管是父王、母妃還是兩個弟弟都能當她的靠山，而沈錦至今身邊的人都是永甯伯的，剛嫁過去，所有陪嫁都被趕回來。在那樣陌生的地方，沈琦覺得自己都撐不下去，更別提後來的事情。「我覺得三妹很聰明，卻有些心軟了。」

「嗯？」瑞王妃看著沈琦。

沈琦解釋道：「就比如沈梓的事情，她敢做這樣的事情，何必還給她留臉面？」

「換了妳，妳會如何？」瑞王妃問道。

沈琦想了想，卻也不知道怎麼處理好，畢竟是自家姊妹，輕了自己出不了這口氣，重了的話，難免落下不好的印象，而且沈梓做的這般事情也不好讓人知道，若是換了個人，沈琦就直接派人去賞一頓巴掌了。

瑞王妃看著沈琦的神色問道：「妳覺得只是三年不讓鄭家人登門，太輕了嗎？」

「嗯。」沈琦應下來。

瑞王妃嘆了口氣說道：「妳都如此想，王爺心中也會覺得委屈了錦丫頭，自然會對錦丫頭更好，可是真的輕嗎？」

沈琦看向瑞王妃，瑞王妃開口道：「鄭家是何等情況，妳可知道？」

「鄭家……不太好。」沈琦猶豫了一下說道。「怕是已經入不敷出了，除了名聲外，別的還真不多。鄭嘉瞿雖然文采極好，在文人雅士中名聲不錯，可是真說起來，鄭家自鄭嘉瞿曾祖父後，就再沒有人入朝為官。」

鄭嘉瞿的曾祖父是三元及第，可謂風光無限，鄭家的名聲也在他曾祖父手中達到了鼎盛，不過等他告老後，鄭家就沒有人再出仕了。

瑞王妃繼續說：「這般人家，看似清貴沒什麼大的花銷，可是筆墨紙硯、古董字畫這些哪樣不要錢，名聲越盛，是好事卻也是壞事。」

「我明白了。」沈琦說道。

瑞王妃看著女兒笑道：「妳明白什麼了？」

「怕是鄭家也感覺到危機，這才求娶了二妹。」沈琦說道。「不僅是因為二妹的嫁妝，還有郡主的食祿。」

「妳把鄭家想得太淺了。」瑞王妃開口道。「怕是鄭家小輩有心出仕。」

「可是父王除了爵位並沒實權？」沈琦皺眉問道。

瑞王妃開口道：「只要是皇親就好。」

沈琦明白了，說道：「怪不得。」

瑞王妃點到為止，也不再提鄭家的事情，而是說道：「鄭家入不敷出，管家之事就成了燙手山芋，二丫頭性子好強，這事情交到她手裡，妳覺得會如何？」

「難免用嫁妝補貼。」沈琦說道。

瑞王妃讓人拿了小錘子，敲著核桃說道：「這不就得了，我們是知道三年之期，可是二丫頭不知道，當她發現不管逢年還是過節，卻再也不給她帖子，就算她想回來，王爺與我都不見她後，她又會如何？」

「自然是緊緊抓著管家的權力，越發不敢讓人小瞧了。」沈琦如今也明白了。

瑞王妃不再說了，沈琦心中吸了口冷氣，她如今懂了三妹的算計，這般下來，三年的時間裡沈梓的嫁妝怕是要補貼個七七八八了，特別是鄭家的姑娘出嫁，嫁妝的操辦上，沈梓還不知道要貼出去多少。當鄭家發現沈梓再也拿不出錢財來的時候，會如何對沈梓？

還是像現在這般，就算沈梓打了鄭家大少爺還哄著嗎？憑著鄭夫人的手段，沈梓怎麼可能是對手。

用不到三年，沈梓就該窮了，到時候鄭夫人就該變臉了。鄭夫人早就肯定了瑞王府不會管沈梓，雖不會明著為難，小手段卻不會少了，沈梓的日子也就不好過，可是忽然瑞王府又給沈梓下了帖子恢復了來往……

沈錦這好像隨口的三年，不僅給沈梓下了圈套，就連鄭家也沒放過，除非沈梓敢和離，可是沈梓敢鬧，瑞王會管她嗎？

瑞王妃開口道：「除此之外，妳父王也是個薄情的人，三年不見，他還會對這個女兒有多深的感情？剛見的時候，可能會有些……但是妳覺得三年後，沈梓見到妳父王會做什麼？」

「訴苦。」沈琦很肯定地說道。「哭鬧。」

那麼僅剩下的情誼也被磨平了。

沈琦點頭。「母妃，我知道了。」

瑞王妃眼睛瞇了一下，接著說：「除此之外，怕是沈蓉嫁人後也得不到安生。」

沈琦皺眉問道：「這和五妹有什麼關係？」

想到沈蓉做的那些事情，瑞王妃心中冷笑，沈蓉自以為聰明，卻不知早被人看透了。

「許側妃留下的那些東西，我是不會要的，自然是全部給五丫頭添妝了，五丫頭現在的模樣，就算是郡主，能找到的門第也是有限的。而二丫頭一向覺得許側妃的東西都該是她的，等二丫頭發現嫁妝不夠用了，又知道那些東西都給了五丫頭，妳說會如何？」

沈琦吸了一口冷氣，說道：「三妹竟然算計了這麼許多。」

瑞王妃卻搖了搖頭說道：「我也不敢說是她故意算計，還是陰差陽錯達到這般情況。」

墨韻院中，沈錦把事情說了一遍，陳側妃皺了皺眉沒說什麼，倒是趙嬤嬤看出了後面的深意，問道：「夫人怎麼想了這般主意？」

「因為她最在乎的就是郡主的身分啊。」沈錦開口道。「二姊能依仗的就是父王、許側妃，許側妃如今的樣子，二姊是依靠不了，那就只有父王了。」

「若是沒了父王這個靠山，想來二姊心中定會難受。」沈梓想讓沈錦難受，所以沈錦就這般報復回去。

「三年有些便宜了她。」安平開口道。

沈錦笑道：「我只是不願意見她罷了，想來夫君不會讓我等三年的，到時候我都走了，她回不回來就和我沒有關係了。」

陳側妃嘆了口氣說道：「說得也是，到時候妳走了，就算她回來了也不知道，若是不加三年這個期限，怕是王爺也覺得妳心狠了。」

趙嬤嬤只覺得沈錦傻人有傻福，根本沒有算計這麼多，反而得到的結果會更好。

鄭府之中沈梓還不知道這些，鄭嘉瞿在經過母親勸解後，不再睡書房了。鄭嘉瞿本還想著怎麼讓沈梓喝醉，沒承想沈梓有心與鄭嘉瞿和好，特地讓人備了酒菜，鄭嘉瞿也就順手推舟，沈梓見此心中高興，又覺得整治了沈錦，也就沒在意鄭嘉瞿一直勸酒之事。沈梓本以為經過這一夜後，兩人又該和好如初，誰承想第二天後，鄭嘉瞿對她越發的冷淡。

沈梓鬧過、折騰過，可是鄭嘉瞿每個月也大半時間留在她房中，卻從不與她多說一句話，甚至連個笑臉也不給，兩個人之間的關係越發的僵硬。

「什麼？」瑞王滿臉不敢相信地問道：「你再說一遍。」

「回王爺的話，永甯伯吃了敗仗，而且失蹤了。」來人也是哭喪著一張臉，如果可能他並不想來報這件事的，一般而言，敗仗失蹤差不多就是人死了。

瑞王怒道：「不可能，前段時日不是還說打了勝仗嗎？」

「王爺還是準備一下吧，皇上請您進宮，怕就是說這件事的。」

瑞王妃本在房中與翠喜說話，見到瑞王急匆匆進來，就問道：「王爺怎麼了？」

「皇上叫我現在進宮一趟。」瑞王說道。

瑞王妃皺了下眉頭，讓人去拿了朝服來給瑞王換上，瑞王低聲說道：「說是女婿打了敗仗現在失蹤了，進宮恐怕說的也是這件事。」

「什麼！」就算是瑞王妃，此時也失了冷靜。

瑞王深吸一口氣說道：「這件事先不要與錦丫頭說。」

瑞王妃咬牙道：「怕是瞞不住。」

瑞王皺眉，瑞王妃深吸了一口氣，說道：「王爺，你……」

「我知道分寸，王妃不用擔心。」瑞王知道瑞王妃未說完的話。

瑞王妃點頭，親手給瑞王整理一下衣服，瑞王拍了拍瑞王妃的手，就帶著人走了。

翠喜這才看向瑞王妃問道：「王妃，奴婢去請三郡主過來？」

瑞王妃緩緩吐出一口氣。「我去墨韻院。」

路上瑞王妃心中卻思量著楚修明失蹤這件事，既然是閩中官員傳出來的消息，怕是還能相信的。至於戰敗？瑞王妃不覺得小小海寇就能讓楚修明戰敗。

瑞王妃不贊成瞞住沈錦，不過是因為按照誠帝的性子，恐怕明日京中就有流言了，到時才讓沈錦知道還不如現在她與沈錦說。

墨韻院中，沈錦正和小不點鬧著玩，小不點耳朵已經豎起來了，比剛到京城時大上不少，趴在地上都是大大的一團，如今天氣轉冷，牠也開始換毛，每天都能梳下不少毛。

瑞王妃進來時，正好看見沈錦抱著小不點的頭，小不點很通人性，兩隻爪子放在沈錦的膝蓋上，讓沈錦不用彎腰就能抱著牠的頭。見到瑞王妃，沈錦就拍了拍大狗頭說道：「小不點自己去玩。」

「嗷嗚～～」小不點這才下來，然後歪著腦袋看了看瑞王妃，又對著沈錦搖了搖尾巴，這才離開。

「母妃，」沈錦站起來笑道。「母妃先進去坐，我換一身衣服。」

沈錦身上一身的狗毛，陳側妃也出來了，說道：「王妃裡面請。」

瑞王妃點了下頭說道：「不用急。」

趙嬤嬤跟著沈錦去伺候她更衣了，可是進屋後，沈錦臉上的笑容就消失了，若不是有事，瑞王妃是不會來墨韻院的，真要說事情，也可以把她叫到正院去，可是卻親自過來，想來那事情讓瑞王妃很為難，或者會讓她……咬了咬唇，沈錦不由自主地摸著肚子。

沈錦換了一身常服，閉了閉眼睛這才說道：「我先出去了，不好讓母妃等太久。」

趙嬤嬤點頭，看了安寧一眼，安寧點頭，小心扶著沈錦往外面走去。

瑞王妃在屋中坐著，陳側妃陪在一旁，兩個人並沒有說話，沈錦臉上雖然沒有像往日那般露出笑容，卻也不像進去更衣時那樣的滿是擔憂。「母妃，母親。」

「坐下吧。」瑞王妃並沒有讓沈錦坐到身邊，反而讓她貼著陳側妃坐下，安平和安寧護在沈錦的身邊。「給妳說件事。」

瑞王妃的聲音輕柔，說道：「永甯伯失蹤了。」

「什麼？」陳側妃再也顧不上許多，猛地抬頭看向瑞王妃。

沈錦只覺得身子一軟，像是全身的力氣都沒了，靠在椅背上，安平和安寧的臉色也變了，倒是還記得沈錦，安寧當即端了溫水放到沈錦的手上道：「夫人，先喝點水緩緩。」

「母妃……夫君失蹤是怎麼回事？」沈錦推開安寧的手，看著瑞王妃問道：「是哪裡來的消息？」

瑞王妃見沈錦這麼快冷靜下來，心中鬆了口氣，說道：「是宮中的消息，妳父王此時已經被皇上召喚進宮。」
陳側妃已經反應過來，對她來說永甯伯不過是一個對女兒不錯的人罷了，她趕緊起身走到沈錦的身邊，伸手把她摟到懷裡說道：「別怕，別怕……」
瑞王妃開口道：「我告訴妳，總比妳在外面聽說了好。」
沈錦有些虛弱地推開了陳側妃，看向瑞王妃說道：「母妃，我知道了。」
瑞王妃點頭，看著沈錦的樣子說道：「若是不舒服了，記得叫大夫。」
沈錦點頭，瑞王妃也沒再多留，開口道：「若是王爺回來了，我會讓翠喜送消息給妳。」
「謝謝母妃。」沈錦本想站起來去送瑞王妃，卻被瑞王妃阻止了。
陳側妃滿心擔憂地看著女兒，沈錦搖了搖頭沒有說什麼。
「我不信的。」雖然這麼說，可是沈錦也是靠安寧扶著才站了起來，說道：「母親也不用太過擔心，夫君不會有事的。」
陳側妃看沈錦的樣子，就知沈錦並非是安慰自己，而是真正這麼覺得，也不好說什麼，點了點頭說道：「妳這般想就好了，千萬要記著妳現在可不是一個人，肚子裡還有孩子，若是……這可是楚修明的孩子。」
「嗯。」沈錦微微垂眸，看著已經突起的肚子，說道：「夫君會回來的。」
陳側妃點頭，不管結果如何，只要女兒這般想就是好的。
沈錦不再說話，陳側妃陪著女兒進了屋，趙嬤嬤正在屋中等著。安平把事情說了一遍，趙嬤嬤臉色變了變，卻很快冷靜下來。「將軍不會有事的。」
「嗯。」沈錦應了一聲。「嬤嬤，讓人去與趙管事說一下。」
「是。」趙嬤嬤開口道。「夫人放寬心，老奴這就去安排。」
沈錦點點頭，也不知道是說給母親聽還是說給自己聽的。「夫君說過，不管傳來任何消息，都不要我相信的。」
陳側妃伸手握著女兒的手，只覺得女兒的手冰涼。
沈錦定了定神，漸漸地整個人也冷靜下來。楚修明失蹤的消息是從宮中傳出來的，那麼夫君的失蹤就有些微妙了，這個失蹤裡面怕是有很多種可能。
沈錦覺得誠帝還真不是夫君的對手。
「一會兒叫孫大夫來給妳瞧瞧好不好？」陳側妃見女兒的神色已經放鬆了，一直提著的心才放下來許多。
沈錦點頭說道：「好啊。」
趙嬤嬤回來後見到沈錦的臉色還好，心中也安穩了許多，說道：「夫人放心，侍衛已經去了。」
沈錦點頭，沒有再說什麼，只等著瑞王回來，聽聽到底是怎麼回事。

第三十六章

瑞王並沒有讓人等太久，在沈錦用過晚飯後，就回來了，沈錦帶著丫鬟去了正院，這次陳側妃顧不得別的，也陪著沈錦一道去了。

進去後，就看見瑞王剛換下了朝服，不僅沈軒和沈熙在，就是沈琦和永樂侯世子也到了，沈錦反而是府中最後一個到的，不過沈錦的院子離正院較遠，倒是沒人覺得有什麼不對。

瑞王面上有些疲憊地說：「先坐下吧。」

「是。」沈錦和陳側妃這才坐了下來。

瑞王開口道：「是閩中那邊官府送來的加急奏摺，修明在出去巡查的時候，被海寇突襲，失蹤了。」

沈琦擔心地看向沈錦，就見沈錦雖然臉色蒼白，可還算冷靜，瑞王看了一眼，才接著說道：「皇上召了茹陽公主和駙馬進京。」

茹陽公主是皇后的長女，嫁的是忠毅侯世子，公主下嫁後沒多久，忠毅侯就讓位給兒子，誠帝更是因為茹陽公主，而讓忠毅侯世子平級襲爵。

如今的忠毅侯正是茹陽公主的駙馬，此時被皇帝召進宮……

瑞王妃開口道：「聽聞忠毅侯文武雙全。」

一個文武雙全，意思已經很明白了，怕是誠帝等不及要做準備，瑞王妃看著沈錦說道：「怕是等公主進京後，沒多久就藉著賞花或什麼事情，來讓大家聚聚。」

茹陽公主和沈錦根本沒有見過面，可是如今的情況已經站到對立面，瑞王妃只是在提醒沈錦。「錦丫頭，需要報病嗎？」

這是讓沈錦有藉口到時候不去，若是等茹陽公主帖子送到了，再說身子不適，怕是就不好了。

沈錦聞言開口道：「謝謝父王、母妃的關心。」

「三妹……」沈琦有心再說幾句。

沈錦搖了搖頭說道：「我夫君不會有事，再說了，我又能避開多久？」

瑞王妃也嘆了口氣，沒再說什麼，瑞王開口道：「妳總歸是我瑞王府的郡主。」

「謝謝父王。」沈錦開口道，她是可以一直在瑞王府中不出門去，但是這樣卻躲不開的，茹陽公主難道不會主動來瑞王府？更何況，楚修明不會有事，越是這個時候，沈錦越不能退。

誰也沒想到被梁大人上報失蹤的楚修明，此時就在梁大人的府裡與梁大人對飲，梁大人說道：「永甯伯高義。」

「既然大人和我合作，總不能讓你吃虧。」楚修明臉上難得帶了點笑意。

梁大人冷笑道：「就是不知我的話和那個探子的話，皇上更信誰了。」

楚修明開口道：「自然是信願意信的那個，梁大人還是儘快查出到底哪些是探子才好。」

梁大人說道：「永甯伯放心，我心中已經有數了。」

楚修明沒有再說話，而是舉了舉酒杯，梁大人也舉了酒杯，一口把裡面的酒飲盡。

梁大人試探地問道：「不過我這邊的人手都是一些熟面孔，不知永甯伯可以借些人手給我嗎？」

楚修明平靜地看著梁大人，梁大人趕緊說：「是我越界了。」

梁大人並不覺得失望，若是楚修明一口答應了，他才會懷疑，畢竟楚修明和他這樣秘密合作也是擔了風險的，兩個人都不信任對方，只是現在利益相通罷了。

楚修明配合梁大人「失蹤」一下，讓梁大人好對誠帝交差，從而取得誠帝的信任找出身邊的探子，在這件事後，楚修明再出現，除掉幾個官員，從而解釋了「失蹤」一事，又可以保住威名和完成誠帝交代的事情。

梁大人不過是在試探楚修明的底線，楚修明開口道：「明日我要離開一下。」

「永甯伯可是有什麼事情要做？」梁大人問道。

楚修明放下酒杯站起來，絲毫沒有寄居他人家中的感覺，反而比梁大人更像是主人，說道：「梁大人，我可有問過你接下來的安排？」

梁大人說道：「永甯伯誤會了，我並不是那個意思。」

楚修明看向梁大人，沈聲說道：「沒有最好，我們不過是暫時合作，以後我回我的西北，你在你的東南。」

梁大人也站起來，說道：「永甯伯說得是，不過在閩中這個地方，怕是永甯伯有時候不大方便，不如讓逸兒跟在永甯伯身邊，就當一個跑腿的。」

「隨意。」楚修明並不在意，梁大人口中的逸兒正是他的大兒子梁逸。

聽見楚修明的回答，梁大人這才徹底鬆了口氣，只要楚修明不是針對他就足夠了。「我一定讓逸兒聽從永甯伯的吩咐。」

回到房中，楚修明見屋中的床上多了一個人也沒覺得奇怪，正是那次在浴室見到的男人，男人問道：「說好了？」

「嗯。」楚修明開口道。

男人正是楚修明的好友席雲景，問道：「提要求了？」

楚修明點頭，席雲景開口道：「帶著他兒子？」

「嗯。」楚修明脫掉外衣，倒了一杯水喝起來。

席雲景說道：「還有什麼是你算不到的？」席雲景和楚修明同樣命苦，他本是先太子太傅的嫡孫，也正因為這個關係，全家活著的就剩他一個人了。

楚修明微微垂眸道：「你來就是說這些廢話的嗎？」

席雲景坐了起來，聳聳肩說道：「好吧，你真的不和弟妹說？她可是懷著孕的。」

「我答應過會回去接她。」楚修明坐在椅子上，開口道：「恐怕誠帝已經召了忠毅侯進京。」

「按照誠帝的性子，能用的人也就那幾個。」

楚修明的手指輕輕敲著椅子的扶手，說道：「按計劃行事。」

席雲景說道：「行了，我知道了。」

兩個人又商量了幾句，席雲景就從窗戶翻了出去離開了。楚修明微微垂眸，伸手拿出一直戴在衣內的玉珮，手指細細撫摸了一番。「快了。」

瑞王府中，因為楚修明的事情，使得很多人都無法入睡，正院書房內，瑞王妃看著兒子說道：「軒兒，你明日就收拾東西，後天出發去閩中。」

瑞王開口道：「王妃，這樣安排不妥吧。」

「王爺，永甯伯到底是您的女婿，若是沒有絲毫應對，反而不妥。」瑞王妃聲音不疾不徐，已經考慮好了。「不過是讓軒兒走一趟，尋到了自然好，若是尋不到，也是盡了一分心意。」

瑞王皺眉思索了一下，說道：「可是皇上那邊……」

「王爺，該來的總歸會來，永甯伯活著對王府來說是件好事，等於多一層保護。」瑞王妃開口道。「自從錦丫頭嫁給了永甯伯，府中已經無法置身事外了。」

瑞王嘆了口氣說道：「也好，去找一趟對錦丫頭也是個交代，可是也不一定要軒兒親自去。」

「軒兒是代父前去的。」瑞王妃自有打算，看著瑞王說道：「王爺不能隨意離京，那麼除了軒兒這個世子外，還有誰更合適？」

瑞王沒有說話，瑞王妃安撫道：「總歸是去一趟，為何還要留一手反而顯得誠意不足呢？而且，王爺覺得永甯伯真的出事了嗎？」

「妳是說……」瑞王看向瑞王妃。

瑞王妃笑了一下。「你瞧錦丫頭有絲毫慌張嗎？還有她身邊伺候的那些人，都是永甯伯安排的，若是真的出事，還會如此淡定嗎？」

瑞王一下子也反應過來，說道：「還是王妃考慮得周全，錦丫頭也是的，怎麼不說一聲。」

「你讓錦丫頭如何說？」瑞王妃挑眉反問道。「怕是她心中也沒有十成的把握。」

「王妃不是說……」瑞王看著瑞王妃。

瑞王妃開口道：「只要有六成把握，就值得試一試，王爺，皇上至今沒有立太子，你覺得是為何？」當初做了那些大逆不道的事情，也怪不得誠帝至今心虛不敢立太子。

瑞王心中一凜。

瑞王妃緩緩說道：「皇上現在還壓得住，再等等呢？」

瑞王看著瑞王妃，瑞王妃伸手握著瑞王說道：「我們自然是相信王爺沒旁的心思，可是……其他人會相信嗎？會不會覺得王爺也是想當那黃雀呢？」

瑞王嘆道：「是我短見了。」

「王爺不過是太重情誼了。」

瑞王握著瑞王妃的手，看向沈軒說道：「軒兒，你把府中的侍衛都帶走，千萬要注意安全，若是真的找到了你妹婿，就多聽他的知道嗎？」

「是，兒子明白。」沈軒不是多聰明的人，但是勝在懂事肯聽人勸。

沈熙聽得糊糊塗塗的，不過也說道：「其實兒子也覺得三姊夫不會出事，海寇再厲害，能比那些蠻夷厲害嗎？」

沈琦的院中，她看著丈夫問道：「你覺得妹夫真的出事了嗎？」

永樂侯世子思索了許久才說：「其實我覺得這件事很蹊蹺。」

「嗯？」沈琦看著丈夫。

世子解釋道：「妳不覺得整件事都有些含糊不清嗎？妹夫失蹤了，可是他身邊的人呢？都失蹤了嗎？妹夫可是永甯伯，這般大事那些官員怎麼可能不事事稟報清楚，反而如此簡單？還有皇上的態度……總覺得太過心急了。」

沈琦開口道：「那茹陽公主為難妹妹，我又該如何？」

世子滿心的猶豫，許久才說道：「到底是和妹妹、妹夫關係好些，卻也不好當作不知不管的，不過……也不好得罪了茹陽公主和忠毅侯，畢竟皇上瞧著是要重用忠毅侯的。」

沈琦點頭說道：「我明白了。」

世子嘆了口氣，沒再說什麼。

墨韻院中，不成眠的反而是陳側妃，沈錦在用完消夜又用溫水泡腳後，就躺在床上很快睡著了。陳側妃也不知道該說女兒什麼好，又怕趙嬤嬤她們瞧了誤會，等永甯伯回來說了反而不好，就低聲說道：「錦丫頭怕是累了。」

趙嬤嬤反而安慰陳側妃道：「側妃無須擔心的，夫人如今最要緊的就是保護好自己，想來過不了多久，就該有永甯伯的消息了。」

安平也說道：「是啊，只要是永甯伯答應的，就從來沒有做不到的。」

安寧給陳側妃倒了杯茶。「側妃娘娘也早些休息吧。」

陳側妃見此，心中才安穩了許多，點頭說道：「也好。」

第二日沒等趙嬤嬤叫，沈錦就已經起來了，安寧伺候著沈錦更衣說道：「奴婢這就去傳水。」

趙嬤嬤和安平她們都已經起來了，廚房更是備好了溫水，趙嬤嬤看見安寧問道：「怎麼了？」

「夫人醒了。」安寧開口道。

趙嬤嬤心中一動，明白雖然沈錦沒有表現出來，怕是仍受了影響，卻也沒說什麼，只是讓安平和安寧提了溫水，讓她們伺候沈錦梳洗，而她留在廚房，親手做了早飯。

見到這般早起的女兒，陳側妃也有些不習慣，心中嘆了口氣，問道：「怎麼不多睡會兒？」

「已經睡好了。」沈錦聞言笑道。

沈錦和往常一般用了早飯，又到院子裡和小不點玩了會兒，就坐在窗邊，說道：「安平，把我沒做完的那件衣服拿來。」

「是。」安平恭聲應了下來。

那衣服是沈錦當初給楚修明做的，不過一直沒有做好，此次想到就讓安平拿了過來，陳側妃也沒阻止，只是說道：「可莫要累著。」

「不會的。」沈錦開口道。「母親放心吧。」

趙嬤嬤出去了一趟回來說道：「夫人，趙管事想要見夫人一面。」

沈錦想了想說道：「那就讓他進來吧。安平，妳去給我母妃打個招呼。」

「是。」安平和趙嬤嬤聽了，都應下來去安排了。

瑞王妃自然不會反對，讓翠喜去給門房交代一句，又說道：「用心伺候著，和錦丫頭說讓她放寬心，明日軒兒就下閩中，若是有書信的話，就讓她給軒兒送去，若是軒兒找到了永甯伯，就會交給永甯伯的。」

安平面上滿是感激地說道：「是，奴婢這就去與夫人說。」

等回到墨韻院，就把瑞王妃的話與沈錦學了一遍，陳側妃心中一鬆，說道：「真是太好了，沒承想王妃竟然讓世子去。」

沈錦開口道：「那我去寫信。」

陳側妃看著女兒的樣子，開口道：「快去吧。」

沈錦點頭，把剛縫了幾針的衣服放到一旁，扶著安寧的手站起來，往小書房走去。她覺得有許多話想與楚修明說，可是又不知道能不能送到楚修明的手中，想了許久才寫下一行字。

安平和安寧見沈錦這麼快就寫完了，眼中閃過詫異。沈錦見整張紙幾乎空著，就又換了枝筆，畫了一隻又胖又圓的狗，正是小不點，一下子就把紙給占滿，這才滿意地晾乾，然後讓安寧將信封封起來，道：「幫我送到母妃那兒吧。」

這次趙管事來的時候，身邊沒有帶著那個徒弟，沈錦見到趙管事就問道：「管事找我有什麼事情？」

「原本是有事的，可是看見夫人的樣子，又覺得沒事了。」趙管事開口道。

沈錦有些疑惑地看著趙管事，覺得他說話有時候讓人聽得迷迷糊糊的，不過見他說沒事，沈錦也就沒有詢問的意思了，只是說道：「正巧我有事與管事說。」

趙管事開口道：「夫人儘管吩咐就是了。」

沈錦也沒有賣關子。「麻煩管事回邊城，與弟弟說句話。」

趙管事看向沈錦，沈錦說道：「就告訴弟弟，不管誰去了，都好好養著就是了，將軍府不差這幾口吃飯的人。」

「在下明白了。」趙管事開口道。

沈錦點頭。「母妃讓世子大哥明日動身去閩中。」

趙管事臉上露出幾許沈思，沈錦沒有再說什麼，就像只是告訴趙管事這件事一般，她覺得瑞王妃和趙管事都是心思很多的人，想來能猜得出對方的意思。

「還請夫人自己多加小心。」趙管事看著沈錦說道。「要不將軍回來，怕是該責怪在下了。」

沈錦聞言說道：「你又不能住在王府，有心也無力啊。」

這是大實話，可是這樣的大實話讓趙管事眼角抽了一下。「夫人說得是，不過茹陽公主那邊，夫人要小心。」

「嗯，沒事的。」沈錦撫了下肚子。

又說了幾句，趙管事就告辭了。

茹陽公主和駙馬回京的時候，誠帝雖然沒有親自去接，卻讓兩個皇子出城去迎的，足以顯示對他們的重視。

此時已經入冬，沈錦本就是個怕冷的人，屋中早早就備了炭盆，就算如此身上也要穿著厚厚的衣服。陳側妃本想把收藏的皮子都拿出來給沈錦佈置屋子，卻被她阻止了。「夫君答應的事情，哪有讓母親破費的道理。」

一句話說得陳側妃紅了眼睛，楚修明已經一個多月沒有消息，沈錦雖然不說，可是她們都能看出，沈錦也沒有表現得那般鬆快。

因為天氣漸冷，不管是沈錦還是沈琦，出門就少了許多，兩人之間的來往卻不少，沒事就讓丫鬟送些東西或者寫了隻言片語來傳遞。今日沈琦倒是直接過來了，沈錦趕緊讓沈琦進來，說道：「大姊怎麼親自來了？」

沈琦脫了披風和手爐，這才說道：「是有些事情，怕丫鬟說不清楚。」

沈錦讓沈琦坐下，安寧端了熱呼呼的紅棗湯來，沈琦喝了一些，才說道：「茹陽公主下帖子了，我正巧在母妃那邊，就給妳帶來了。」

霜巧雙手捧著張燙金小帖，帖子不僅帶著淡淡的花香，打開後在右上角的位置還有一朵梅花。「咦？」沈錦看了新奇，笑道：「好精緻。」

沈琦說道：「我當時也是驚訝，就問了母妃，母妃與我說，這紙怕是茹陽公主特意製成的。」

沈錦點頭也明白了，說道：「公主還真是多才多藝呢。」

沈琦沒有說什麼，沈錦看著帖子的內容，想來是公主親筆寫的，一手漂亮的梅花小篆。茹陽公主的帖子上並沒寫什麼，不過是邀請沈錦去賞花罷了，沈錦問道：「大姊也去嗎？」

「也接了帖子。」沈琦開口道。「到時候我們一道去。」

沈錦笑著應下來。「那我去回帖。」

沈琦點頭。「妳回完了，就交給我，讓下人跑一趟就夠了。」

沈錦應了下來，安平和安寧端了東西過來，在桌子上鋪好，沈錦很快就寫好了回帖，交到霜巧的手上。

沈琦開口道：「等那日，我們都與母妃在一起，不要單獨走開。」

「我知道的。」沈錦明白沈琦的意思，笑著說道：「大姊放心就是了。」

沈琦點頭，並沒什麼吩咐的，就讓霜巧把回帖送到瑞王妃手上。

茹陽公主把賞花的日期定在三日後，這一日不僅邀請了許多人，還接了昭陽和晨陽兩位妹妹過府。

陳側妃和趙嬤嬤是不跟著去的，所以早早就收拾好沈錦的東西，又檢查了幾遍，這才放了心。

沈錦帶著丫鬟到正院的時候，就看見瑞王妃和沈琦，她們兩人也準備好了，瑞王妃見沈錦幾乎裹成了球，臉上露出幾許笑意說道：「到了公主府，妳們都不要單獨走動。」

瑞王妃讓丫鬟給她披上披風，繼續道：「怕是二丫頭這次也要去的，錦丫頭萬不可讓她近身了。」

「女兒知道了。」沈錦應了下來。

瑞王妃也就沒了別的吩咐，在她看來，恐怕沈梓比茹陽公主更應該小心，茹陽公主最是好面子，而沈梓恨沈錦恨得沒了理智，這樣的人才危險。

沈熙牽著馬，見到瑞王妃她們出來就笑道：「母妃，我送妳們去。」

沈琦看見弟弟，也是帶著笑意說道：「怎麼沒把暖耳戴上？」

「有的，我一會兒上馬了再戴。」沈熙開口道。

沈琦這才點頭，因為有孕在身，並沒和瑞王妃同乘一輛馬車。沈錦也對著沈熙笑了一下，才被丫鬟扶著上了永甯伯府的馬車，安平和安寧隨後也上了馬車，沈錦問道：「我怎麼瞧著車夫有些眼熟？卻不是原來的那個呢？」

安寧開口道：「回夫人的話，是岳文，他變了裝束，所以夫人一時沒瞧出來。」

沈錦應了一聲，解了披風遞到安平手上，安寧拿條小毯子蓋在沈錦的腿上，安平開口道：「夫人若是有事就吩咐奴婢去做，萬不可讓安寧離身。」

見周圍人緊張的樣子，沈錦反而笑了。「放心吧，我知道了。」

「夫人覺得將軍什麼時候會回來？」安平開口問道。

沈錦微微垂眸，看著自己的肚子說道：「快了啊。」

第三十七章

茹陽公主雖然多年沒有回京，可是公主府一直有人打理，在他們回京前，誠帝又特地讓工部的人修整過一遍，更顯得富貴精細。瑞王妃她們三人來得算晚的，到的時候，已經有不少人來了。

茹陽公主府建得很大，分了不少院子，下人們把人引到不同的院子裡面，而能被邀請進茹陽公主所在院子的不過是十之一二罷了。

瑞王妃她們去的自然是茹陽公主在的那座，是特地修建的觀景樓，進去後，瑞王妃就帶著兩個女兒與相熟的夫人聊起來。

永樂侯夫人也到了，到底是沈琦的婆婆，所以沈琦主動去打了招呼。因為瑞王妃在，就算永樂侯夫人心中再多的不滿，也不敢表現出來，反而溫言安慰了沈琦幾句。

眾人雖隱隱知道沈琦有孕後留在瑞王府的事情，卻不會冒著得罪瑞王府和永樂侯府的危險說出來，只當不知道，反而讚著永樂侯夫人和沈琦婆媳之間融洽。

坐沒多久，就見一位三十多歲樣貌清秀的宮裝女子走過來，笑著說道：「煩勞各位夫人挪步，三位公主特意在清漪園中備了茶點恭候各位夫人。」

眾人聞言也沒多說什麼，就應了下來，跟著那宮裝女子往清漪園走去，觀景樓和清漪園離得並不遠，沒多時便到了。

見了眾人來，兩名宮裝女子這才開門，撩起簾子，屋中擺放著不少炭盆，絲毫不會讓人覺得寒冷。瑞王妃脫下披風，翠喜接過以後，交到另外一個丫鬟手上，自己跟著瑞王妃往內堂走去。

瑞王妃進入內堂後，腳步一頓。

這三位公主都是跪坐的，屋中並沒有桌椅，只有暖席和矮几。

見到瑞王妃，茹陽公主帶著兩個妹妹起身，雖然她們是公主，可是瑞王妃也算是長輩。茹陽公主笑著說：「許久不見叔母了，今日勞叔母前來看我，是茹陽的不是，一會兒定飲三杯賠罪。」

瑞王妃只是一笑，茹陽公主親自引瑞王妃坐下。「我也許久沒見到堂妹了，堂妹嫁人我都沒趕回來。」

「公主有心了。」瑞王妃跪坐下來，就有丫鬟端東西過來，擺放在矮几上。

沈錦和沈琦進來的時候，都皺了下眉頭，跪坐這樣的禮儀她們兩個都有特地學過，可如今她們兩個有孕在身，這般的坐姿最是折磨人了。

晨陽公主嘴角微微上揚，明顯等著看沈錦的好戲，而昭陽公主眼中也閃過一絲幸災樂禍，倒是茹陽公主看著沈琦她們，面上多了幾分驚訝和為難，開口道：「我一直在外，剛回京中，竟然不知道兩位堂妹有孕在身，也是我的不是了。」說著就緩緩行禮。

沈琦和沈錦自然不敢受，趕緊回了一禮說道：「公主可要折殺我們了。」

茹陽公主開口道：「我剛回京，第一次辦宴，本想著鄭重才這般安排，我在外也習慣了跪坐，這樣吧，我讓人給兩位堂妹設桌椅好了。」

晨陽公主笑著說道：「大姊無須擔心的，只是跪坐而已，對兩位堂姊來說，並不算什麼，自然不會覺得為難的。」

如果換個人，聽到這樣的話，自然會推拒茹陽公主的提議，畢竟滿屋子的人都是跪坐著，就自己那般特殊，多少會不自在，也會抹不開面子，可是沈錦卻不是個為了體諒別人而為難自己的人，開口說道：「其實我挺為難的。」這話是對著晨陽公主說的，沒等晨陽公主反應過來，就對著茹陽公主甜甜一笑。「茹陽公主一片好意，我就不拒絕了。」

若是只有沈琦一個人，她怕是就要妥協，可是如今沈錦開口了，她也不會推拒，已經失去了一個孩子，對現在肚中的孩子，沈琦格外地看重，就算得罪了茹陽公主也認了。

晨陽公主面色一變。「沈錦妳什麼意思？」

「啊？」沈錦滿臉迷茫地看向晨陽公主，說道：「不是茹陽公主體諒我如今有孕在身不方便跪坐，所以要安排桌椅給我嗎？」

晨陽聞言竟不知道怎麼反駁，誰知道沈錦有些小心翼翼地看著茹陽公主，問道：「莫非……茹陽公主是開玩笑的？還是說說而已？」

昭陽公主見此，開口道：「大姊說話自然是算數的，是晨陽姊姊誤會了。」

茹陽公主眼睛瞇了下，仔細打量了一下沈錦的神色，一時竟然無法分辨到底是在裝傻還是真傻，所以說道：「來人，換桌椅。」

沈琦和沈錦道了謝。有一個同樣有孕在身的世子夫人咬了咬唇，偷看了婆婆一眼，就見婆婆微微擺了擺手，她也不敢吭聲，小心翼翼跪坐在位子上，心中十分羨慕沈錦二人。

等眾人都落坐了，沈錦和沈琦更顯得特殊，茹陽公主開口道：「叔母，怎麼對茹陽這般生疏，直接叫茹陽的名字就好，兩位堂妹也是，怎麼連聲堂姊也不願意叫呢？都是一家人。」

沈琦和沈錦並沒有接話，瑞王妃開口道：「茹陽想多了。」

茹陽公主聞言笑了起來，看向沈琦和沈錦，面上絲毫看不出剛剛被沈錦駁了面子的樣子，沈琦叫道：「茹陽堂姊。」

沈錦也叫了一聲後，就繼續坐在椅子上吃著東西，悠然自在得很。沈琦看著一屋子跪坐的人心中有些不安，不過看沈錦的樣子，倒也平靜下來，既然母親沒有開口，想來是贊同她們如此的。

茹陽公主眼睛瞇了一下，與眾位夫人聊了一會兒，才語重心長地說道：「既然琦兒叫我一聲堂姊，我也就說兩句。」

沈琦看向茹陽公主說道：「茹陽堂姊儘管吩咐。」

「倒不是什麼吩咐。」茹陽公主端著茶，姿態優雅地抿了口，才說道：「不過我怎麼聽說堂妹妳如今住在瑞王府呢？既然有孕在身，怎麼不回永樂侯府？可是永樂侯府中有人怠慢了妳？」

「堂姊說笑了。」沈琦笑著說道。

茹陽公主聞言面色一肅，說道：「那我就要說妳兩句了，既然沒有人怠慢妳，妳已出嫁，平日裡住上一、二日也算是給父母盡孝了，如今有孕卻一直留在瑞王府又是個什麼道理？」

沈琦面色變了一下，心裡卻知道茹陽公主明著說自己，暗指的卻是沈錦，若是她服軟了，下一步就該直指沈錦了。

晨陽公主眼神掃了下泰然自若的沈錦，開口道：「莫不是堂姊覺得永樂侯府太小了，住不下個郡主？」

沈錦嚥下嘴裡的東西，又端著茶，看了一眼，就對著身後的宮裝女子說道：「給我換杯溫水。」

晨陽公主掃了一眼沈錦，開口道：「堂姊莫不是覺得大姊的茶不好，才不願意沾口？」

「妳想多了。」沈錦開口道。「我有孕，不能喝茶而已。」也就只有沈錦敢這般直接說晨陽公主想多了。晨陽公主性子嬌蠻，不少人都是知道的，一言不合動手的時候也是有的。

茹陽公主微微點頭，宮裝女子就端了茶杯下去，給沈錦更換溫水了，沈錦看向沈琦問道：「大姊要換嗎？」

「也好。」沈琦聞言一笑。「麻煩了。」

另一名宮裝女子就收拾了沈琦面前的茶杯，也去更換了。

晨陽公主看著沈琦說道：「堂姊還沒回答我的問題呢。」

換了溫水後，沈錦這才端著抿了口，並不再多說，有瑞王妃在，也無須她說得太多。

果然瑞王妃開口道：「茹陽今日倒是問錯人了，留孩子們在府上，不過是王爺的主意，孩子們孝順。妳皇叔這個人，妳也是知道的，為人晚輩的哪能違背父母的意願？」然後看向永樂侯夫人。「等王爺身子好些了，讓王爺親自上您府上致歉。」

「都是親家，王妃太過客套了。」永樂侯夫人趕緊說道。

瑞王妃看向茹陽公主說道：「您也知道，府上都是王爺當家，就算是我也不能反駁的，不如茹陽去和妳皇叔說道說道？」

茹陽公主握著帕子的手一緊，瑞王妃這般就差沒直接說，我家的事情，王爺與我作主就是了，妳一個外人有什麼資格插手。

沈錦放下杯子，拿了一個蜜橘在手裡捏了捏說道：「堂姊不是剛回來嗎？」茹陽公主面色一變，就見沈錦滿臉疑惑不解。「怎知大姊有孕後就一直住在瑞王府？」剛剛茹陽公主還說，因為一直在外，不知沈琦和沈錦有孕的事情。

在場不少夫人或用帕子擦了擦嘴角，或端著茶水喝了口，掩去嘴角的笑容，茹陽公主還真是搬起石頭砸自己的腳。不過看著永甯伯夫人的樣子，想來永甯伯並沒有出事。

想到茹陽公主從一開始就針對永甯伯夫人的情形，眾人心中更是確定了誠帝召茹陽公主和其駙馬回來，就是為了奪楚修明手中兵權的，不過是因為永甯伯至今沒消息，那些親近楚修明的大臣們才一直隱忍不發。現在從沈錦這般底氣十足的架勢看來，楚修明是沒什麼大礙的，她們回去就能和家裡人打個招呼，有些事情不必等楚修明回來再辦，雪中送炭才顯珍貴。

昭陽公主也聽出不好，開口道：「對了，不知道堂姊夫到底是因何戰敗的？小小海寇竟破了永甯伯不敗的神話。」

「堂妹都說是神話了。」沈錦理所當然地說道：「自然是不可信的。」

昭陽公主咬了下唇，滿臉委屈說道：「堂姊妳知道我不是這個意思，不過是擔心堂姊夫和閩中的百姓。」

沈錦詫異地看著昭陽公主，杏眼變得格外圓潤，裡面還水水的。「我都不擔心夫君，堂妹妳擔心什麼啊？」

這話一出，昭陽公主臉色大變，用帕子捂著臉，低聲哭泣了起來，晨陽公主怒道：「堂姊好生無禮，妹妹不過是問一句，妳竟然如此誣衊妹妹。」

「可是……我說什麼了？」沈錦更加迷茫了，看了眼四周，咬了下唇，滿臉無辜和疑惑。

是啊，沈錦說什麼了？不過是昭陽公主說擔心永甯伯，而沈錦反問了一句「我這個當妻子的都不擔心，堂妹妳擔心什麼」，說到底是昭陽公主說錯話而已，如今哭鬧就顯得沒規矩了。

「大堂姊，」沈錦也眼中含淚，說道。「我真不知道怎麼惹了兩位堂妹。」

沒等茹陽公主說話，沈錦就吸了吸鼻子，強忍著淚水扶著桌子起身，一手撐著後腰一手撫著肚子，顯得越發可憐，對著昭陽公主和晨陽公主行禮道：「是我說錯了話，在此給兩位公主賠禮了。」

這話一出，茹陽公主厲聲說道：「昭陽、晨陽，還不給妳們堂姊賠禮。」

昭陽公主和晨陽公主咬了下唇，都站起來給沈錦行禮道：「是我們的不是，堂姊莫要見怪才是。」

沈錦嘆了口氣，扶著安寧的手說道：「算了，都是自家人，我也是做姊姊的。」說完才回了座位。

昭陽公主和晨陽公主滿心的屈辱，坐下後只覺得無顏見人，低著頭不再說話，茹陽公主則說道：「堂妹莫要放在心上。」

「沒事的。」沈錦靠在椅子上，聞言只是笑道：「兩位堂妹還小。」

這話一出，更是狠狠打了兩位公主的臉，昭陽和晨陽不過比沈錦小不到一歲而已。

茹陽公主想起今日的目的，硬生生嚥下這口氣，還瞪了一眼想要開口的晨陽，這才說道：「對了，堂妹還沒說永甯伯戰敗的事情是怎麼回事呢，那些海寇真的這麼厲害嗎？」

「啊？」沈錦皺眉想了一下說道：「可是宮中新得了消息？」

茹陽公主看向沈錦，只覺得她在裝傻，便說道：「不是京中已經傳遍了嗎？」

「喔，流言啊，那不可信的。」沈錦這才說道。「當初他們還說我夫君面如鍾馗呢。」

知道當初永甯伯流言的人，沒忍住笑了起來。

沈錦一臉嚴肅地看著茹陽公主說道：「堂姊，這種事情外面的人可以亂說，堂姊身為公主卻是不能的，我們既然是皇室中人，在享受著榮華富貴的同時，一言一行也該是天下人的表率，若是堂姊今日的話流傳出去，被人信以為真了要怎麼辦？不說別的，就是萬一有人說堂姊謊報戰情了怎麼辦？」

茹陽公主說道：「堂妹說得太過嚴重了，我不過就是問了一句而已。」

沈錦聞言，有些羞澀地笑了笑。「也是我想多了，有孕後就愛胡思亂想的，不過堂姊也要多加注意才是。」

茹陽公主只覺得氣悶，喝了幾口水才緩下去，看著瑞王妃說道：「堂妹還真是能言善道，怕是皇叔的幾個子女中，就我這個三堂妹最機靈了。」

這明顯就是挑撥，瑞王妃聞言笑了下說道：「平日裡錦丫頭倒是不怎麼說話，也是今日與茹陽妳們投了眼緣，才說了這許多。」

「是啊，我一瞧見大堂姊就覺得親切。」沈錦笑盈盈地說道。

茹陽公主眼睛瞇了一下，說道：「我也覺得堂妹親切，不過可惜這幾日我與駙馬就要離京了。」

昭陽公主也是第一次知道，問道：「大姊是要去哪裡？才回來沒多久呢。」

「是父皇的吩咐。」茹陽公主開口道。「我正想問問堂妹，不知道邊城那邊環境如何？需要準備什麼嗎？」

「環境不錯啊。」沈錦彷彿一無所知似的，笑著說道：「反正我覺得很好的。」

「大姊去邊城幹什麼？」晨陽公主追問道。

茹陽公主嘆了口氣，帶著幾許無奈和惋惜的味道，卻是看著沈錦說道：「永甯伯失蹤這麼久，生死不知的，邊城那邊又有蠻族虎視眈眈，邊城那邊一直沒有主事的人，怕是不好。父皇覺得駙馬還堪造化，就讓駙馬去試試，所以我今日特來找堂妹取經的。」

「喔。」沈錦開口道：「其實邊城那邊不缺什麼的，堂姊要去的話，多帶點藥材比較好。」沈錦思索了一下，想來藥材這種東西楚修遠會喜歡的。「戰馬一類的，也是缺的，還有糧草輜重這類，其餘的我就不大知道了，我不常出門的。」說到最後一句話，沈錦竟然臉不紅心不跳的，就像是說真的一樣。

沈琦都微微看了沈錦一眼，也不知道前幾日是誰在府中炫耀每日都可以去茶館聽說書的事情。

「我聽說永甯伯的那個弟弟還在邊城，不知堂妹有什麼消息送與他嗎？我就順路幫堂妹傳到就是了。」

「那就麻煩堂姊了，我回去收拾些東西，到時候堂姊幫我送去就好。」沈錦開口道。「不過那邊民風慓悍，堂姊多帶點侍衛比較好。」

茹陽公主忽然覺得，沈錦就是個傻子，她怎麼會覺得沈錦心思深沈呢？想到誠帝說的話，對沈錦態度又親切了許多。「對了，我聽說那邊的軍隊都是只認楚家，不認朝廷的。」

「堂姊怎麼盡聽一些人胡說啊。」沈錦皺著眉說道。「和妳說這些話的人，都該拖出去打板子呢，普天之下，莫非王土；率土之濱，莫非王臣。大堂姊擔心得太過多餘了。」

這話說了和沒說一樣，不過茹陽公主因為覺得剛剛沈錦說得誠懇，所以心中僅有些不悅罷了。

沈錦卻笑道：「這樣，我身邊的那個丫鬟是自小長在邊城的，讓她進來與堂姊多說說邊城的事情，堂姊心裡也有數，收拾東西的時候也好安排。若是我的話，我覺得堂姊多備著食材才好，那邊到底有些荒涼了。」

茹陽公主聞言心中總覺得怪異，好像沈錦太過熱情了一些，難不成她不明白，自己和駙馬過去是奪永甯伯的軍權的，還是說她另有依仗？不過想想又覺得不可能，茹陽公主仔細看了看沈錦的神色，就見她滿是真誠，好像期待著茹陽公主早早過去一般。

果然沈錦又笑道：「到時候夫君回來了，我與夫君回邊城後，也有個說話的人了。」

茹陽公主試探地說道：「說不得永甯伯歸來，父皇就讓永甯伯留京了。」

「太好了。」沈錦就差沒歡呼起來，滿臉喜色說道：「我就不用與大姊分開了，不過大堂姊就可憐了，那邊連個說話的人都沒有呢。」

不說茹陽公主，就是在座的各位夫人心中都覺得詭異，不僅偷偷去看瑞王妃的臉色，就見瑞王妃滿臉笑意，像是對沈錦說的話格外滿意一般。

「安寧，妳也與眾位說說邊城的事情。」

「是。」安寧行禮後，才開口道：「冬日比京城冷一些，風大一些，夏日更熱一些，其餘的倒是沒別的了。」

沈錦看向茹陽公主。「她就是這麼不會說話的。」

「那堂妹怎麼還留這麼個人在身邊？」茹陽公主問道。

晨陽公主笑道：「這樣，堂姊，我用身邊兩個宮女換妳這個丫鬟怎麼樣？」

「不好啊。」沈錦直接拒絕道。「安寧很重要的。」

「嗯？」昭陽公主笑道：「堂姊不是嫌她不會說話嗎？」

沈錦一臉茫然反問道：「我什麼時候嫌她不會說話了？」

茹陽公主問道：「那她如何重要了？」

別說茹陽她們，就是別人都被勾起了好奇心，看著普普通通的安寧，怎麼樣都看不出哪裡不同來。

沈錦撫摸了一下肚子說道：「喔，我才不要告訴妳們。」

「……」茹陽公主端著茶水喝了幾口，才壓下去心中的火氣。

晨陽公主更是覺得被什麼東西噎在嗓子裡面，吐也吐不出來，嚥也嚥不下去。

昭陽公主狠狠撕扯了一下手中的帕子，怎麼有人能這麼無恥，能把這樣的話說得一臉理所當然。

倒是有些夫人用帕子掩嘴露出笑容，也有關係好的交換了眼神，卻不想沈錦坐得高，這些人的神色和小動作都看在了她眼中，竟不再說了。

沈錦姿態自然舒服，可是跪坐在暖席上的茹陽公主卻不舒服了，好像是低了沈錦一等，雖然沈琦也是坐在高椅上，可是難免有些拘謹，根本不似沈錦這般。

茹陽公主看了晨陽公主一眼，晨陽公主像是才發現什麼一樣，問道：「咦，二堂姊呢？怎麼不在？」

昭陽公主也說道：「是啊，怎麼少了一位堂姊？」

茹陽公主皺眉看著身後的丫鬟說道：「怎麼辦事的？」

丫鬟開口道：「奴婢有請二郡主來，不過二郡主拒絕了，說是要陪著鄭夫人。」

「鄭夫人一併來就是了。」晨陽公主開口道。「我這個二堂姊就是太重規矩了，不過我怎麼聽說二堂姊和三堂姊之間有矛盾？莫不是……」那眼神掃到了沈錦的身上。

沈錦用帕子擋著，微微打了個哈欠，屋子裡暖烘烘的，弄得她都有些睏了。

晨陽公主繼續道：「三堂姊，我聽說妳與二堂姊之間有些誤會，莫不是二堂姊怕三堂姊？不過說來也是，雖都是郡主，可到底二堂姊只嫁到了鄭家，而三堂姊可是嫁給了戰功赫赫的永甯伯。」

「嗯，我的夫君是永甯伯。」沈錦因為困頓，反應也有些遲鈍了，只注意到晨陽公主最後一句話。

「三堂姊莫不是在炫耀？」若不是顧忌著形象，晨陽公主差點直接掀翻了面前的矮几。

「啊？」沈錦有些呆滯地看著晨陽公主。「沒啊，這不是事實嗎？」

眼見晨陽公主就要發火，昭陽公主趕緊說道：「三堂姊，不如請了二堂姊過來坐？大家一起說說話？」

「我也是客人啊。」沈錦更加迷茫了，簡直弄不懂這兩位堂妹了。「今日的主人家不是大堂姊嗎？」

茹陽公主端著茶喝了幾口，這才把心中那種無力和憋屈吞了下去，說道：「姊妹哪裡有隔夜仇，一會兒三堂妹與二堂妹說開就好，也不要再鬧了。」

沈錦沒有接話，看了安寧一眼，安寧從袖子裡掏出一個油紙包，沈錦就接過來，打開後從裡面捏了一塊果乾放在嘴裡吃起來。

「此時梅花開得正好，不如各位與我一道去院中賞梅吧。」茹陽公主換了個話題道。

晨陽公主笑道：「我可聽說父皇知道大姊最喜梅的高潔，特地讓人栽了座梅園。」

茹陽公主笑得溫和，眉眼間卻難掩得意，說道：「就妳多嘴，直接邀請鄭夫人和二堂妹去梅園吧。」

昭陽公主也是笑道：「父皇最疼的就是大姊了。」

「好了。」茹陽公主笑著說了一句，就看向瑞王妃說道：「叔母請。」

茹陽公主也站起來，昭陽公主和晨陽公主這才起身，沈琦也扶著丫鬟的手起來，眼神掃到了那個同樣有孕的世子夫人，那個世子夫人跪坐了這麼久，臉色已經白了，聽到要去賞梅也沒有露出絲毫喜色，還真是受罪。

沈錦覺得出去走走也好，總不能真在公主府就睡著了。

第三十八章

沈錦扶著安寧的手跟在瑞王妃的後面，安平等丫鬟都待在外面，見到了沈錦，安寧就先從安平手上拿了一件大衣給沈錦穿上，然後安平抖開披風給她繫好，又拿了手爐給沈錦，把沈錦包得暖呼呼的，這才跟在沈錦的身後。

晨陽公主今日穿著一件大紅的披風，見到沈錦的樣子說道：「三堂姊如今還真是嬌貴。」

「嗯。」沈錦理所當然地點頭，沒有絲毫覺得不好意思。

瑞王妃檢查了一下兩個女兒，還伸手給沈錦整了整披風，說道：「一會兒走路可不許說話，吃了冷風會肚子疼的。」

「知道了。」沈琦和沈錦笑著應下來。

沈錦的披風帶著兜帽，上面還有一圈厚厚的兔毛，戴上以後臉都遮住了小半，安平和安寧護在她兩邊慢慢往前走去，一時間瑞王妃母女三人倒是落在後面。沈錦看見了那個臉色有些蒼白的世子夫人，想了想把手抽出來，從袖子裡摳出一個只有銅錢大小的油紙包，打開自己吃了一顆裡面的糖，然後把剩下的放到那位世子夫人的手裡，小聲說道：「紅糖和薑熬出來的。」

「謝謝。」世子夫人當即就把剩下的那顆拿出來含在嘴裡。

沈錦搖搖頭說道：「妳回去泡泡腳。」

世子夫人點頭，看了眼婆婆，就見婆婆正與瑞王妃說話，回頭伸手握著她的手拍了拍。

「去小坐一會兒，我就與公主告罪，我們先回去。」

「嗯。」世子夫人紅著眼睛說道：「是兒媳不爭氣。」

瑞王妃開口道：「女人有孕在身，本就不適，剛剛妳已經挺了許久，妳這般反而讓妳婆婆內疚。」

世子夫人開口道：「謝瑞王妃教導。」

梅園中，梅花開得正盛，周圍還用深深淺淺的綠色綢緞妝點著，瞧著倒是和春天一般，這般景象再想到誠帝所言的國庫緊張，顯得越發諷刺。

沈錦她們到的時候，就被引到梅園中間的一座亭子裡，昭陽和晨陽並不在裡面，倒是沈梓正坐在茹陽公主身邊，不知道說什麼，惹得茹陽公主笑個不停，不過並沒見到鄭夫人。

見到瑞王妃，沈梓就起身行禮道：「母妃。」

瑞王妃點了下頭，就坐到特地給她留的位子上，沈琦看了一眼，說道：「堂姊這座園子真是精巧，我與妹妹也去賞賞梅花，添幾分雅致。」

茹陽公主說道：「只要把三堂妹留下與我說話就行，大堂妹不如去找昭陽她們玩耍？」

沈琦有些猶豫，瑞王妃開口道：「琦兒去吧，錦丫頭過來坐到我身邊。」

「大姊若是累了，回來就是。」沈錦也笑著說道。

沈琦這才點頭，扶著丫鬟的手離開亭子，沈錦走到瑞王妃身邊坐下，沈梓開口道：「許久未見三妹，三妹倒是越發漂亮了。」

沈錦笑了一下並沒有接話，反而看著外面的梅樹，她覺得若是沒有那些綢緞，這些梅樹瞧著會更美一些，而且茹陽公主府中養花的人看來是一把好手。

沈梓開口道：「三妹是不是對姊姊有什麼誤會？怎麼都不與姊姊說話呢？」

茹陽公主也說：「若是真有什麼，說開就是了。」

「哦？」沈錦撫摸了一下肚子說道：「就是有些睏了。」

茹陽公主笑道：「不如三堂妹去客房休息一會兒？」

「不了。」沈錦笑著拒絕。「我認床的。」

茹陽公主看了沈梓一眼，沈梓比前段時日更加消瘦，卻絲毫不減美豔，給人一種盛氣凌人的感覺。沈梓親手倒了杯茶，說道：「不管以前發生了什麼，姊姊今日都借了堂姊府上的茶水給三妹賠罪了，只希望……只希望三妹飲了這杯茶後，能允了我回瑞王府，那也是生我養我的地方。」說著就端著茶杯往沈錦身邊走來。

沈錦皺眉道：「二姊何須如此？瑞王府當家作主的是父王和母妃，妳與我說有什麼用處呢？」

沈梓雙眼含淚看向了瑞王妃。「母妃，我母親已成了那般模樣，您就許我回府吧，我也想對母親盡盡孝心。」

「若是妳想接許側妃，我與王爺說下就是了。」瑞王妃開口道。「妳什麼時候收拾好屋子，我就派人把妳母親送去。」

沈梓面色變了變，手裡端著茶，放下也不是，繼續端給沈錦也不是。想到茹陽公主說的事情，又想到永甯伯失蹤的事情，沈梓的神色越發的委屈，說道：「母妃，您也知道我在鄭府的日子艱難，哪裡能讓母親與我一同去受委屈。」

沈錦皺眉問道：「二姊妳可是郡主，郡馬敢對妳不好？」

「一言難盡。」沈梓看著沈錦，眼中難掩恨意，語氣越發柔和地說道：「嫁人以後，哪比得上家中的日子，不僅要看公婆臉色，就連……」說著就低下頭落了淚。「今日我也別無所求，只希望三妹能喝了這杯茶，妳我恩怨兩消，以後姊妹之間互相扶持才是。」

沈錦開口道：「也無須如此。母妃，二姊這般艱難，就算她做錯了許多事，也是府中出來的，今日都說與母妃聽了，不如就幫著二姊出口氣？」

「也好。」瑞王妃開口道。「翠喜，去請了鄭夫人來。」

沈梓猛地抬頭看向瑞王妃，說道：「母妃要做什麼？」

瑞王妃說道：「放心吧，既然妳今日都特地說了，若是不出面，怕是鄭府覺得瑞王府怕了她。」

茹陽公主心中暗罵沈梓蠢貨，這種情況下，瑞王妃就算不想管她也不行。「也無須叔母身邊的丫鬟，來人，去把鄭夫人請過來。」

「是。」當即就有丫鬟去尋鄭夫人了。

沈梓開口道：「妳們要做什麼？」一時情緒竟有些激動，身後忽然有人碰了她一下，手中的杯子晃動，趕緊拿穩。可是當沈梓看見沈錦那張臉的時候，頓了一下，竟然像是真的沒拿穩一般，驚呼一聲，杯子朝沈錦的位置砸去。

遇到這般情況，一般人只有兩種反應——眼睜睜看著茶杯砸到自己身上，或者驚叫著躲開，沈錦如今身子重，若是為了避開茶杯反而容易碰著肚子。一直站在沈錦身側的安寧立刻向前一步，伸手抓住茶杯，有些茶水灑到她的手上，然後把茶杯放到石桌上。

沈錦微微垂眸，開口道：「二姊小心點。」

沈梓說道：「剛剛明明是有人推我。」

在沈梓身後的正是茹陽公主，她的聲音一沈，質問道：「二堂妹是說本宮推妳的？」

沈梓扭頭看向茹陽公主，咬了下唇，明明是公主剛剛吩咐，說只要她想辦法讓沈錦去客房，就會幫她在皇后面前說話，讓皇后每隔幾日召見她一次，如此就算是瑞王府再不管她，鄭家也不敢怠慢她了。

而此時的茹陽公主哪裡還有剛剛的溫和可親，沈梓咬緊牙，低頭說道：「是我剛剛沒拿穩。」

沈錦皺眉看了看茹陽公主和沈梓，微微垂眸沒有說話，沈梓深吸了一口氣說道：「剛剛驚了三妹，不如我陪三妹去客房休息一下？」

「是啊。」茹陽公主開口道。「妳這丫鬟也是忠心，可別燙到了才好，也去瞧瞧吧。」

「妳們很想我去客房？為什麼呢？」沈錦語不驚人死不休，困惑地看著茹陽公主和沈梓。

沈梓臉色一變說道：「我不過是關心三妹。」

茹陽公主也說道：「反正是三堂妹的丫鬟，妳不心疼也無所謂。」
沈錦打量了兩人許久，才說道：「喔。」
有時候打再多的玄機和暗中安排，遇到這般不按常理的人，就格外無力。
瑞王妃像是什麼都沒聽見、看見一般，坐在旁邊並不說話，正巧丫鬟帶了鄭夫人過來，沈梓身子晃了晃，看向鄭夫人，又扭頭看向瑞王妃說道：「母妃……」
沒承想說話的竟然不是瑞王妃，而是茹陽公主，她冷聲說道：「鄭氏妳可知錯？」
鄭夫人詫異地看了看沈梓，見沈梓的樣子，心中隱隱有不好的預感。
瑞王妃緩緩說道：「雖然二丫頭有諸多不是，她到底是郡主之身，你們府上怠慢她，既然說到我面前了，我總不好當作不知道。茹陽，還需借妳府上兩個婆子。」
「叔母儘管吩咐就是了。」茹陽公主說道。
「掌嘴二十下以示警告。」瑞王妃開口道。
茹陽公主點頭，就有丫鬟去叫了婆子來，沈梓趕緊開口道：「母妃、堂姊……不是這樣的。」
「可是剛剛二姊還哭著與母妃訴苦。」沈錦有些疑惑地說道，又看了看滿臉慘白的鄭夫人。「二姊妳莫怕，妳到底是郡主之身，雖然父王生妳的氣，可是該給的體面還是要給的。」
鄭夫人看向沈梓的眼神恨不得撕了她，沈梓使勁搖頭說道：「我沒……」
「難道二姊的意思，母妃和堂姊都誤會了？」沈錦皺眉說道：「鄭夫人，妳以後對二姊好些，看把她嚇得。」

婆子已經過來了，一個人按著鄭夫人的肩膀讓她跪在地上，另外一個人行禮後就開始搧起耳光。比起臉上的疼痛，周圍人的眼神才更讓鄭夫人難以接受，今日茹陽公主可請了京中所有貴婦，想來還沒出公主府，她就已經變成眾人的談資。鄭夫人要面子一輩子，今日不僅所有面子都丟了，還被人狠狠踩下去。

沈梓……鄭夫人滿心恨意，她怎麼就給兒子娶了這樣一個毒婦，若不是……若不是……鄭夫人的手狠狠握在一起，今日的恥辱，她定要千百倍還回去，沈梓……鄭夫人這輩子最後悔的莫過於讓兒子娶了沈梓。

二十巴掌打完了，沈梓已經虛軟在椅子上，甚至不敢去看鄭夫人的臉色。

沈錦開口道：「還是給鄭夫人召太醫吧，這般出去怕是要被說閒話的。」

鄭夫人被丫鬟扶著站起來，低頭不敢開口。

「還是妳考慮周全。」瑞王妃笑著拍了拍沈錦的手，看向沈梓說道：「既然都替妳教訓了鄭夫人，回鄭府後，想來他們不敢再欺辱妳，不過妳也需孝順公婆，知道嗎？」

沈梓的表情都扭曲了。「母妃，您就這般恨我嗎？妳們是嫉妒我過得好嗎？」

沈錦往瑞王妃的身邊躲了躲，安寧也戒備起來。

沈梓冷笑道：「妳們是故意的！沈錦妳死了丈夫，是不是巴不得別人都過得不好？我就知道妳一直嫉妒我……」

一直看著無害的沈錦整個人都憤怒了，沈錦沈聲說道：「給我抓著。」就算到現在，沈錦還記得要先保護好自己才能懲罰別人。

安寧在沈梓的尖叫聲中把沈梓的雙手給抓住，沈錦扶著安平的手站起來，直接走過去，狠狠甩了沈梓兩巴掌，說道：「再讓我聽見妳說我夫君一句……」想想沒解氣又是兩巴掌，這才緩緩吐出一口氣。「我夫君會回來的！」最後一句說得擲地有聲。

「啊啊啊，沈錦妳竟然敢打我?!」沈梓尖叫著，可是根本掙不脫安寧的控制。安平護在沈錦的身邊，扶著她重新坐回椅子上。

沈錦看著沈梓反問道：「我為什麼不敢？我不是已經打了嗎？」

「沈錦妳……」沈梓快要氣瘋了。「妳不過是仗著嫁給永甯伯，當初在瑞王府，妳不過是跟在我身後的一條狗。」

瑞王妃皺眉說道：「沈梓，是不是要我請個嬤嬤到鄭府去教育教育妳？」

沈梓身子一僵。

沈錦倒是沒有絲毫動怒，開口道：「嗯，我是仗著嫁給了永甯伯，那又如何？而且二姊妳是不是魔怔了？妳我同是父王的庶女，母親是側妃，又哪裡有高低之分？」

「錦丫頭說得是。」瑞王妃開口道。「若真要分個高低，錦丫頭可是養在我身邊的。」

瑞王妃積威已久，沈梓敢對沈錦那般說話，卻不敢對瑞王妃。

沈錦坐在瑞王妃的身邊，溫言道：「母妃莫要生氣，二姊當初在府中也是個好的，怎麼才嫁到鄭家這麼短時間，就變成如此模樣？」說到最後，沈錦已經滿臉疑惑了。「而且當初二姊的規矩是宮中嬤嬤教的，那嬤嬤可是母妃特地去求皇祖母賜下來的，怎麼……」

瑞王妃開口道：「橘生淮南則為橘，生於淮北則為枳，如此而已。」

兩個人一問一答，竟把瑞王府的責任剝了出去，有皇太后這個旗幟在，任誰也不敢說瑞王府姑娘的規矩差，沈梓如今的情況，不過是在鄭家被影響了而已。鄭夫人嘴裡含著血水，她現在根本不敢張口說話，免得更加狼狽，聽著瑞王妃和沈錦的話，竟再也忍不住連著血水和兩顆牙齒吐了出來。鄭家書香門第清貴之家，最讓他們驕傲的就是府上的規矩和作派，如今連僅剩的這些尊榮都被人扯了下來。

瑞王妃開口道：「雖然二丫頭已經出嫁，畢竟是從府上出來的，我倒是不好不管，掌手二十下。」說完看向茹陽公主。「還是要借用下茹陽妳府上的戒尺。」

茹陽公主心中暗恨沈梓成事不足敗事有餘，自然不會管她，說道：「叔母吩咐就是了。來人，拿戒尺來。」

沈梓使勁搖頭。「母妃，您不能這麼對我。」如果她今日在茹陽公主府被打了戒尺，怕是以後再也沒有人會邀請她作客，而且鄭家……想到鄭夫人的樣子，沈梓只覺得心中發寒。「妳們不能這麼對我，我要找父王，父王不會允許妳們這麼對我的。」

蠢貨，茹陽公主看著沈梓的樣子，不說瑞王此時根本不在這裡，就算是瑞王在，為了臉面也不會管沈梓的。

很快就有丫鬟把戒尺送來了，瑞王妃說道：「翠喜，妳去。」

「是。」翠喜雙手接過戒尺，走到沈梓面前說道：「二郡主，奴婢得罪了。」

「不……妳敢，我要殺了妳……」沈梓的聲音更加尖銳和恐懼了。

安寧把沈梓的右手抽了出來，沈梓緊緊握著手，可是不知道安寧捏了哪個地方，沈梓只覺得痠軟，再也握不住拳頭，翠喜手執戒尺抽在沈梓的手心。「啊……」沈梓的尖叫聲很刺耳，本就因為剛剛的事情，梅園賞花的人都湊了過來，此時沈梓的尖叫更是把眾人的目光都集中在她身上，怕是連院子外面的人也聽見了，看著眼前的一幕，眾人都沒有說話。

瑞王妃看向鄭夫人。「我已罰了沈梓，不過……我好好的女兒怎麼到鄭家變成如此模樣？」

鄭家空有名聲，卻沒有實權，就算有人覺得鄭家無辜，此時也不會多嘴，只會覺得娶了沈梓這麼個兒媳婦，也只能怪鄭夫人倒楣了。

瑞王妃說道：「再掌嘴二十，只希望下次再見到，她能和以往一般規矩。」

鄭夫人衣裙上都是她吐出來的血水，地上還有兩顆牙齒，雙頰紅腫就連髮都散亂了，此時瞧著格外的狼狽可憐，可是婆子卻沒有什麼同情心，得了瑞王妃的吩咐，又有茹陽公主剛剛讓她們聽瑞王妃話的命令在，狠狠搧打著鄭夫人的臉。

打完了鄭夫人和沈梓後，瑞王妃就起身說道：「今日擾了茹陽的興致，也是我的不是，改日請茹陽來我府上，到時候設宴招待茹陽。」

茹陽公主開口道：「是茹陽招待不周。」

瑞王妃笑了一下，眼神在鄭夫人和沈梓身上掃了一圈，說道：「茹陽有心了，我先與兩個女兒離開，就不耽誤大家玩樂了。」

沈琦和沈錦都跟在瑞王妃的身邊，茹陽公主心中恨得要命，面上偏偏還得掛著笑，帶著兩個妹妹親自送瑞王妃離開。

陳側妃和趙嬤嬤都在院子中等著沈錦，因為沒料到回來得這麼早，瞧著沈錦沒事這才鬆了口氣，趙嬤嬤開口道：「老奴去廚房瞧瞧，夫人喜歡的糖蒸酥酪好了沒有，若是好了，夫人就先墊墊，中午有什麼想用的嗎？」

「想吃麵。」沈錦開口道。「要牛肉的。」

「好。」趙嬤嬤一口應下來。

沈錦看向安平和安寧說道：「妳們兩個今日也累了，就下去休息會兒吧。」

安平和安寧恭聲應下來，就下去換衣服梳洗了。陳側妃給沈錦倒碗紅棗湯，才問道：「可是出什麼事情了？」

「沒出什麼事情吧。」沈錦想了一下說道，雙手捧著熱呼呼的紅棗湯抿了兩口。「不過是母妃讓人掌了鄭夫人的嘴，然後用戒尺打了沈梓。」

在沈錦口中，不管什麼樣的事情都不算事情一般，就像大家都在為永甯伯失蹤心焦的時候，只有沈錦一直覺得永甯伯會平安回來，因為他答應過的。

陳側妃皺眉說道：「怎麼回事？」

「說起來有點麻煩。」沈錦小口抿著紅棗湯。「就是沈梓哭訴在鄭府過得不好，母妃叫人傳了鄭夫人來，掌嘴二十下以儆效尤，然後沈梓說了一些不好的話，母妃說她嫁到鄭府後變得沒規矩，就讓人打了手，又掌了鄭夫人的嘴二十下。母親若是好奇，等會兒安平來了，讓她說與母親聽就好了。」

「嗯。」陳側妃開口道。「可餓了？要不要再用些糕點？」

沈錦想了想，點頭說道：「有些睏，也有些餓了。」

「等用完午飯再睡。」陳側妃伸手摸了摸沈錦的手，見已經暖和了才說道。

第三十九章

閩中府內，席雲景開口道：「如今你媳婦懷著孕，法場那樣的地方陰氣重，你就不要過去了。」

楚修明身穿官服，正在整理衣袖，聞言說道：「好像我不去，命令就不是我下的似的，再說又不是讓我娘子去那種地方。」

席雲景伸手拿過聖旨，遞給了楚修明說道：「說得也是，再說殺了那些人，也是積德。」

楚修明握著聖旨，眼睛瞇了一下說道：「你到船上等我。」

席雲景伸了個懶腰，說道：「行，終於快結束了。」

楚修明點頭，走出屋門，他花了許久的時間來與這些人虛與委蛇，暗中聯絡楚家舊部，派人去軍營，搜集各種罪證……一步步地安排下來，為的就是今日。

此時的法場已經站滿了人，很多圍觀的百姓都被士兵擋在一旁，他們面上不僅有激動還像是不敢相信一般，見到楚修明的那一刻，本來還在交頭接耳的人都停下來，不約而同地看向楚修明。

楚修明走上臨時搭建的木臺，開口道：「帶犯人。」

此次行刑的都是士兵，楚修明的話落下後，就見一隊士兵押著五人，讓他們面對著百姓跪在地上。最中間的正是梁大人，梁大人雙目充血，看見楚修明的神色，像是想要撲上去狠狠咬掉他的肉一般。

楚修明面色嚴肅，聲音低沈，手一抖把聖旨展開，說道：「皇上派我前來，為的就是除掉你們這些人。」這五人的身分和罪名一條條被朗誦出來，說到最後一句時，楚修明握著聖旨的手一緊。「你們乃一方大員，自當造福一方百姓，可是你們辜負百姓的信任，竟做下屠殺百姓，冒領軍功之事，殺。」

最後一個字落下，就見劊子手狠狠揮下手中的大刀，在前幾日還耀武揚威的人此時已頭顱落地，血噴濺而出。

「蒼天啊……」

「孩子爹，終於有人為你報仇了……」

第一聲歡呼從人群中傳出後，緊接著傳來痛哭聲，就連那些士兵面上都有些動容。

楚修明讓人把屍體拖下去堆放在一旁，又有十個人被帶上來，都是犯事官員的家屬，其中就有那個梁逸，梁逸大喊道：「楚修明你忘恩負義……」

「梁逸，永齊十九年為奪王姓人家傳家寶，構陷冤殺王家三十七口人，永齊二十年……

「殺。」楚修明的話落下的同時，劊子手的刀也落下了。

等把這些人砍完，劊子手也下去了，換另一批新的劊子手上來。所有百姓像是不知疲倦似的，除了在喊出這些人身分的時候會安靜一下，剩下的時間都在歡呼，甚至高呼著永甯伯的名字。

這一批被帶上來的明顯是軍中的將領，也正是他們與梁大人等人狼狽為奸，一起欺上瞞下做出滔天罪行，這些人大喊著冤枉，楚修明聞言，眉眼間的清冷更甚，開口道：「我楚家以軍功起家，可是我楚修明敢對天起誓，所殺之人皆是當殺之人，刀劍所指之地，皆是當屠之地，所領軍功受之無愧，絕無沾染我天啟朝無辜百姓的鮮血，你們敢嗎？」

楚修明眼睛瞇了一下，掩去心中的失望。「我也希望是我冤枉了你們，你們此時喊冤，那些無辜被殺的百姓呢？他們豈不是更冤？殺。」

一具具屍體被摞在一起，到最後，這些百姓發現再被押上來的竟然變成了認識的人，一時間都有些面面相覷了，倒是有些知道真相的人，心中格外解氣，喊道：「殺！殺死他們這些白眼狼啊！」

「怎麼回事？」有人低聲問道。

那個哭喊的人臉上都是淚，滿臉的皺紋，像是經歷了所有磨難和滄桑。「這些畜生啊，就是他們勾結了海寇！就是他們啊，他們給那些畜生引路，生生把我藏進山中的外孫女找出來禍害了啊……就因為我外孫女不願意嫁給那個畜生，他就引著人殺了我外孫女那一村的人啊……畜生啊……」

「怪不得……怪不得被那些海寇禍害的村子都是和這些人有仇的……」

不少人哭喊起來，其中多少真多少假卻不得而知，許多事情都被安在這些人身上，不過這些人也不冤枉，那樣的事情他們都做過。

「我是被逼的啊，我不帶路也會有別人帶路……可是他們會殺了我啊……」

其中數十個主動與海寇勾結的人如前人一般被斬首示眾，剩餘的人被押上來，楚修明卻沒有再殺，只是說道：「你們死罪可免，活罪難逃，我即刻啟程去剿寇，若是願意的，就與我一起去，殺寇十人可免罪罰；若是不願意去的，還按照原刑罰流放千里。」說完楚修明不再看這些人，只說道：「你去給他們登記，願意的就分發兵器護甲，不願意去的先關進大牢。」說完就直接帶著人離開了。

楚修明這般雷厲風行，自然是讓眾多百姓狠狠出了惡氣，可是難免有些人心不穩，所以他才會殺完人後，藉著這股血性帶人去剿寇，只要打了勝仗，剩下的事情就好安排了。

船和士兵都已經備好，楚修明換下官服，一身銀色護甲站在船頭。

同樣身穿護甲的席雲景站在楚修明的身邊，說道：「這場仗必須勝。」

「嗯。」楚修明應了一聲。「到時候閩中就交給你了。」

席雲景緩緩吐出一口氣，忽然笑道：「若是祖父見到我如今的模樣，定是認不出來的。」

「你該成家了。」楚修明開口道。

「是啊，總不能讓席家到我這裡就斷了，不過如今還有多少人記得席家？」

楚修明心中一酸，說道：「我們記著，很多人記著。」

沈軒本以為要找楚修明得花費很大工夫，沒想到剛進閩中這邊，就被人尋了過來，正是楚修明派人特地在城門口等著他的，不過沈軒來得不巧，與楚修明前後腳錯過了。

這樣一下子就得知楚修明的消息，沈軒還覺得有些不真實，等聽完侍衛的稟報，沈軒只覺得目瞪口呆，他知道自己這個妹夫很厲害，卻沒想到竟厲害到這個地步。「萬一消息傳到京中怎麼辦？」

「將軍說無礙的。」侍衛是邊城那邊過來的，說道：「都是證據確鑿，到時候拿了那些海寇的頭弄了京觀（注），此次船上還帶了不少石灰和粗鹽。」

就算沈軒再不知事，也覺得誠帝收到這份禮物一定不會高興的，除非這個京觀最上面放著楚修明的頭。至於石灰和粗鹽？沈軒愣了一下才反應過來是做什麼用的。

這話沈軒可不敢說，只是問道：「我這裡還帶著你們將軍夫人的書信。」

「將軍說了，多則十日少則五日就會歸來，讓世子安心在這裡等著就好。」侍衛開口道。「若是世子無事的話，就幫著規整一下抄家所得，統計一下如今閩中各有多少戶人家，每戶人家幾口人、家產大概幾許。」

看著沈軒的臉色，侍衛說道：「這也是將軍說的。」

沈軒咬牙說道：「妹夫還真看得起我。」

侍衛笑道：「將軍說歸家心切，讓世子多多幫忙了。」

沈軒雖然面上神色糾結，可是心中卻因楚修明的信任高興，滿心的感動，就算是瑞王妃這個母親，也從來沒有這麼看重過他，想來還是他的能力得到楚修明的認可。「行了，你去把我帶來的人安排下。」

注：京觀，古代戰爭勝利者為顯示戰功，收集敵人的屍首，封土而成的高塚。

「是。」侍衛應了下來。

戰船上，席雲景看著海圖問道：「那些事情交給瑞王世子真的沒問題嗎？」

「嗯。」楚修明眼睛瞇了一下，點了幾個地方，看著屋中的將領說道：「到時候按照這個方位來……」

等楚修明說完，那些將領都領命出去了，席雲景再次問道：「你確定沒問題？」

「那些自然有人做。」楚修明這才說道。「不過是借瑞王世子的身分而已。」

席雲景想了下點頭。「有道理。」

不知道正在感動的瑞王世子沈軒知道了這點，還會不會覺得楚修明是個好人了。

楚修明並沒有封鎖消息的意思，甚至還親手上了奏摺給誠帝，不過卻沒有走加急，等誠帝收到這封奏摺的時候，閩中的事情已成了定局，就是京觀也已經建起來，就在離碼頭不遠的地方。

此時沈軒已經回來了，整個人黑瘦不少，氣色倒是不錯，出乎所有人意料，沈軒對這些俗物很有天分，短短幾日就把事情都弄得井井有條，倒是省了楚修明不少工夫。

「妹夫，你真的要把這幅畫送給皇上？」沈軒看著畫師畫出來的京觀圖，神色有些為難地問道。

楚修明挑眉看著沈軒說道：「自然，這般盛事若是不讓皇上知道，怕是不好。」

沈軒想了想沒再說什麼，反正楚修明做事有把握。「對了，三妹信上到底寫了什麼？」

怎麼看完了信，楚修明就開始帶著人更加忙碌起來，硬生生把五日的事情用三日就解決了。

提到沈錦，楚修明的眼神柔和了一些，卻沒有回答，只是吩咐道：「按照這個把抄家所得的財產分發下去，還有如果能拿出證據的，就把該歸還給百姓的歸還。」

「這事情不與皇上打聲招呼嗎？」沈軒問道。

楚修明開口道：「皇上有令，讓我便宜行事。」

「也是。」沈軒感嘆道：「不過這些人貪墨得真多，就算是分發下去這些後，還能剩下不少，皇上想來也會滿意。」

楚修明卻沒有開口，沈軒拿著楚修明定下來的東西就離開了，席雲景這才從後面走出來說道：「世子還是太天真了，到手的東西怎麼可能再給出去？」

「還是要給些的。」楚修明說道。「海寇那邊所得的，除去分給士兵將領的那三成，剩下兩成留給你，五成運到邊城。」

席雲景點頭，閩中的事情楚修明說交給他，並不是讓他明面上來管，畢竟席雲景身上沒有官職。「抄家得到的這些，除了分給百姓的，把那些打眼的分出來，送往京城，剩下的運到……」

楚修明低聲吩咐著，席雲景都記下來。「放心吧。」

兩個人又商量一會兒，確定沒有遺漏，席雲景這才問道：「對了，弟妹到底寫了什麼給你？」

楚修明看著席雲景沒有說話，席雲景對視了一會兒，聳聳肩說道：「好吧，我也不是那麼想知道，稀罕啊，我也快有妻子了，到時候也有人給我家書。」

「嗯。」楚修明指了指門，席雲景眼角抽了抽，才出去。

等沒人的時候，楚修明才靠在椅子上，面上露出幾許疲憊，伸手揉了揉眉心。其實沈錦的信中就寫了一句話，還畫了一朵像是棉花一般的東西，楚修明認了許久，才確定那是小不點，怕是因為他不在身邊，小不點長得太胖了。

楚修明想到沈錦寫的，眼神柔和許多，沈錦信上只寫了八個字——

你怎麼還不回來啊？

想到自家小娘子寫下這些字時的神色，楚修明右手按了一下胸口的位置，那裡正有一枚暖玉雕刻的平安扣。「快了，我馬上就要回去了。」

閨中的消息，這次就算誠帝想要隱瞞也瞞不住，因為是從下面遞上來的，不少官員都已經看過，瑞王府自然也知道了。沈錦如今已有六個多月的身孕，每天最期待的事情變成了感覺肚中胎動的時刻。此時沈錦正躺在貴妃椅上，手裡拿著一本兵書慢慢讀著。

陳側妃每次見女兒一本正經給孩子讀兵書就覺得好笑，特別是讀一會兒沈錦就會有些昏昏欲睡的樣子，怕是自己都不明白讀的是什麼意思。「要不要給妳換一本？」

「不要啊。」沈錦打了個哈欠，放下兵書，端著紅糖水喝了口，說道：「夫君是將軍，那麼厲害，我們的孩子以後一定會比夫君還厲害。」

「為什麼？」陳側妃故意逗著女兒說話。

沈錦笑得有些小得意，因為一直被養著，面色紅潤也胖了一些，笑起來時酒窩越發明顯。「當然是因為孩子的母親那麼聰明了。」

陳側妃想到還沒消息的楚修明，心中微微嘆氣，面上卻絲毫不顯，只說道：「等永甯伯回來，可不許再這麼淘氣了。」

沈錦鼓了鼓腮幫子。「夫君才不會這麼覺得呢。」又動了動唇，嘟囔道：「夫君再不回來，我就不理他了。」

「到時候咱們都不理將軍。」趙嬤嬤開口道。

沈錦抱著肚子笑起來。「才不會呢，趙嬤嬤一定說夫君瘦了，要做好吃的給夫君呢。」說完又指著趴在地上啃牛骨頭的小不點道：「等夫君回來，小不點就要倒楣了。」

聽見自己的名字，小不點抬頭看向沈錦。「嗷嗚？」

陳側妃有些擔憂地說道：「我聽說茹陽公主和駙馬已經去邊城了，真的沒事嗎？」

「沒事。」沈錦毫不在意地說道。「弟弟在呢。」

趙嬤嬤也笑道：「側妃放心，這幾年京中沒少往邊城安排人，也沒起什麼亂子。」

沈錦點頭。「養著就是了。」

陳側妃瞋了女兒一眼，說道：「哪裡有妳說的那麼容易。」

沈錦眨眨眼笑了起來，沒有解釋的意思，倒是趙嬤嬤知道，沈錦說的還真是實話，不過就是沒人信罷了。

忽然安寧從外面匆匆進來了，趙嬤嬤問道：「怎麼了？」

「有將軍的消息了。」安寧笑著說道：「翠喜姊姊來了，正在外面等著。」

「快請。」沈錦開口說道。

翠喜給沈錦和陳側妃行禮後，就說道：「王爺剛剛回來與王妃說了永甯伯的消息，王妃就讓奴婢來與三郡主說，也讓三郡主高興高興。」

沈軒是個實誠人，因為不知道楚修明的安排，又怕送信回京被誠帝知道，壞了楚修明的計劃，到了閩中後竟然一封家書都沒有送回來，所以瑞王也是在朝堂上才知道消息。

翠喜把瑞王說的話學了一遍，陳側妃一直提著的心總算鬆下來，她不關心永甯伯都做了什麼，只要永甯伯還平安活著就足夠了。

「賞。」沈錦等翠喜說完，就笑著說。

「王妃還說，想來永甯伯再過段時日就該歸來了，到時候讓王爺好好教訓永甯伯一番，他雖然為國有功，到底讓郡主受了委屈。」翠喜開口道。

「好！」沈錦笑著點頭。

沈錦捧著肚子坐在貴妃榻上，陳側妃說道：「謝天謝地，沒事就好。」

趙嬤嬤也笑道：「夫人這下可安心了。」

沈錦沒有說什麼，像在思考什麼一般，忽然問道：「若是我肚中的孩子是個女孩，我讀兵書給她聽是不是不好？」

「……」正準備去拜佛的陳側妃頓住了，轉身看向女兒。

趙嬤嬤臉上的喜悅也僵住了，安平和安寧對視一眼，不知道說什麼好了。

沈錦抿了抿唇，越發的嚴肅，想了想說道：「算了，等夫君回來，讓他想想辦法吧。」

楚修明可不知道還沒回去，自家小娘子已經準備了難題。等他把閩中的事情全部處理完，就直接帶著人輕裝簡從上路，剩下的東西都交給席雲景安排送進京城。

到京城的那日，天上下著大雪，到瑞王府門口，楚修明翻身下馬，侍衛敲響了瑞王府的大門……

沈錦正坐在屋中，腳邊放著個炭盆，上面是特地讓人弄的架子，她最近迷上了烤紅薯，不過趙嬤嬤不讓她多吃，每日也就只能吃一小個。

楚修明和人說了一聲，甚至沒先去見瑞王和瑞王妃，就快步朝著墨韻院走來，倒是比傳消息的人還快一些。

正在雪地裡自己玩的小不點猛地站起來，然後動了動耳朵就朝著院門口跑去，路過安寧的時候都沒有停頓，從她腿邊擦過，嚇了安寧一跳，她叫道：「小不點。」

小不點沒理安寧，安寧趕緊放下東西去追，就看見小不點朝著一個穿著深色披風的人撲過去。「嗷嗚……」

來人正是楚修明，他一把接過小不點，單手把小不點抱了起來，說道：「該訓練了。」

「嗷嗚……」小不點伸著舌頭，使勁去舔楚修明。

楚修明卻把小不點鬆開放到地上，看了安寧一眼。

房中正在等著烤紅薯的沈錦聽見小不點的聲音愣了一下，猛地抬頭看向門口，一手扶著肚子一手握著扶手站起來，朝外面走去，安平愣了一下，叫道：「夫人。」趕緊抓過披風趕上去，就見沈錦並沒有出門，而是站在大門口，看著院中的人。

楚修明自然也看見了沈錦，直接解開披風，那身上的積雪隨著披風全部落在地上，這才朝沈錦走去，說道：「進屋，外面冷。」

沈錦動了動唇，等楚修明走近了才一把抓住他的手，只覺得冰冷得很，趕緊拉著人進屋子，紅了眼睛看著楚修明。楚修明一進屋就聞到烤紅薯的香味，看了一眼，伸手靠近炭盆暖了暖手，確定自己的手不大涼了，身上也不再有寒意時，這才摸了摸沈錦的臉，說道：「我回來了。」

沈錦終是沒忍住，抓著楚修明的手貼在自己的臉上，嬌聲說道：「你怎麼才回來啊。」簡單的一句話，帶著撒嬌的意味，卻又有著說不清道不盡的心酸和難過。

「我的肚子都大了。」沈錦哭了起來，她一直是個嬌氣的人，不過是在瑞王府的時候不能嬌氣，嫁給楚修明後那些小嬌氣也被養成了大嬌氣。「晚上腿還疼……」邊說邊哭，弄得楚修明格外的心疼。

「我都嚇壞了……」沈錦被楚修明這麼一抱，流淚變成了大哭。「害怕死了……他們見你不在都欺負我……

「我都不知道肚中寶寶是男孩還是女孩……嗚嗚嗚……不知道該讀兵書好還是詩集……你怎麼都不回來……兵書好無聊，看得好睏……都是因為你沒回來……」沈錦不停地哭訴著，就連某天吃飯的時候，吃到了不喜歡的東西，都怪在楚修明沒有回來身上。「嗚嗚嗚，紅薯好像糊了……都怪你怎麼才回來啊！」

等沈錦哭夠了，楚修明就讓人去端水來伺候她梳洗，而他自己也吩咐人去準備水，他也需要梳洗一番。沈錦洗了臉，又搽了脂膏後，就鼓著腮幫子抓著楚修明的手往內室走去，進去後才鬆開楚修明。打開衣櫃，從裡面拿出一個包袱放到桌上，打開後就見裡面是一整套衣服，嘟囔道：「你再回來晚些就穿不上了。」

這一身冬衣是沈錦親手做的，並沒有繡多少花紋，可是針腳密實，一看就知道花了心思的，就連鞋襪都有。楚修明的手摸了一下衣服，看向沈錦，忽然露出笑容說道：「萬幸趕上了。」

沈錦惡聲惡氣地說道：「快點換。」可惜眼睛紅紅的，還吸了吸鼻子，一點氣勢都沒有。

楚修明並沒有馬上換上，只說道：「我去沐浴。」

沈錦應了一聲，又挨了過去，把自己的手伸進楚修明的手裡。「我的烤紅薯都糊了呢。」

「讓安平再給妳烤個好的。」楚修明一手握著沈錦，一手輕輕環著她的肚子。

沈錦應了一聲，兩個人一時間沒有再說話，等熱水備好，沈錦就像是小尾巴一樣，又跟著楚修明去沐浴了，竟連一會兒都不想分開。

楚修明看著自家小娘子的樣子，越發地心疼，眼神也柔和了許多。他沐浴的時候是不讓丫鬟伺候的，而是交給小廝。沈錦等人加好熱水後，就把小廝給打發出去，挽起袖子親手給楚修明洗頭擦背，確定楚修明身上沒有任何多出來的傷疤，這才徹底放下心，小聲說道：「他們都說你失蹤了。」

「嗯。」楚修明的聲音柔和，徹底散去了身上的寒氣和殺意，此時的楚修明根本不像是那個戰無不勝的將軍，反而更像一個溫潤的貴公子。「我答應過妳會平安回來的。」沈錦從來沒伺候過人梳洗，難免有些笨手笨腳的，可是楚修明只覺得渾身舒暢。

沈錦臉上露出笑容，把手伸到楚修明的面前，說道：「瘦了。」

楚修明好笑地給她揉了揉，沈錦這才滿意地繼續給楚修明擦後背。「茹陽公主和駙馬去邊城了，我讓趙管事給弟弟送信，讓他把人給養起來。」

「娘子真聰明。」楚修明閉著眼睛開口道。

沈錦聞言笑道：「小不點又胖了。」

楚修明整個人都漸漸平靜下來，眉眼間越發地柔和起來，聽著沈錦嘀嘀咕咕說個不停，絲毫不覺得厭煩。沈錦畢竟有孕在身，給楚修明擦了背後，就坐回椅子上不動了。楚修明自己洗完後就換了衣服，安平和安寧這才進來伺候，趙嬤嬤扶著沈錦的手說道：「夫人，小心滑。」

「嗯。」沈錦應下來，看著楚修明。等楚修明頭髮擦到半乾，就走過去伸手牽著沈錦的手，兩個人回了沈錦的房間。

趙嬤嬤已經備好飯菜，倒是沒弄那些複雜的，只下了牛肉湯麵，還有沈錦的烤紅薯。沈錦先從楚修明碗裡挑了幾塊牛肉吃完，這才坐在他身邊吃起烤紅薯，還時不時餵楚修明一口，趙嬤嬤拿了乾布繼續給楚修明擦頭。

翠喜過來的時候，沈錦正抱著楚修明的碗喝著裡面的湯，喝了兩口後就還給楚修明，問道：「可是母妃有事？本想等夫君稍稍用些東西，就去與父王和母妃問安的。」

「回郡主的話，王妃就是讓奴婢來與永甯伯和郡主說下，讓你們今日不用過去了，說是永甯伯剛回來，還是好好休息為好。」翠喜笑著說道。

沈錦笑得眼睛瞇了起來，說道：「還是母妃心疼我。」

楚修明聞言點頭說道：「那我就不客套了，與岳母說明日我帶著夫人去給岳父岳母請安。」

知道不用去正院後，沈錦就打了個哈欠，說道：「有些睏了。」大哭了一場難免有些疲憊，又有楚修明在身邊，整個人都變得懶懶的。

楚修明也用完了飯，頭髮用髮帶綁了起來，說道：「那就去睡。」

沈錦卻不說話，看向楚修明，楚修明開口道：「一起。」

「嗯。」沈錦這才應下來。

楚修明又對趙嬤嬤道：「把東西規整下。」

「是。」趙嬤嬤明白楚修明的意思，他既然已經回來了，再住在墨韻院就有些不合適了。把東西規整了，等明日與瑞王妃打了招呼，就搬回原來的那個院子裡。按理說楚修明倒是該搬回永甯伯府，可是馬上要過年，永甯伯府太過清冷了一些，楚修明也想讓自家娘子快活些。

見楚修明沒有別的吩咐，趙嬤嬤就退下了，還仔細把房門給關好。沈錦正坐在床上看著楚修明，楚修明走過去揉了揉她的頭，這才脫了衣服上床。沈錦舒服地鑽進被窩，靠在楚修明的懷裡，小聲說道：「孩子都會動了。」

楚修明的手輕輕放在沈錦的肚子上，說道：「累嗎？」

「不累的。」沈錦閉上了眼睛，又打了個哈欠說道：「孩子很乖，你說會是女兒還是兒子呢？」

「不管是哪個，我都喜歡。」楚修明說的是真話。

「可是我一直在給孩子唸兵書，如果是女兒的話，會不會不大好？」沈錦小聲問道。

楚修明低頭親了親沈錦的髮，說道：「不會的。」

沈錦安心了，伸手抓著楚修明的手，與他十指相扣，開口道：「夫君，你回來了真好。」

「嗯。」楚修明的聲音有些低啞。「安心地睡吧。」

沈錦這才應了一聲，閉眼休息了。楚修明雖然覺得疲憊，可是卻有些不想睡，他懷裡是他的妻和子，是他的家人。

「睡吧，我在。」他的聲音低沈悅耳，睡得迷迷糊糊的沈錦在楚修明的懷裡蹭了蹭。

第四十章

這一覺沈錦睡得格外舒服，卻不知道外面已經翻了天。誰承想一直瞧著沒事的沈錦，竟然在楚修明回來後病倒了，還是半夜時楚修明發現的。雖然沈錦因為有孕，身上的溫度比平日高些，呼出的氣都是燙人的，楚修明趕緊起身叫了趙嬤嬤她們來，又傳了大夫。

慶幸的是沈錦並不是受寒，而是虛火，想來是前段時日楚修明傳來失蹤的消息，就算沈錦一直相信他會回來，可是難免還會擔驚受怕，卻又不能表現出來。因為能護著她的人不在身邊，外面還有許多不懷好意的人，沈錦雖沒有表現出來，卻一直是安心不下來的。

瑞王妃和沈琦都親自過來了，看著哭紅了眼的陳側妃，瑞王妃嘆了口氣說道：「平日瞧著這孩子跟個沒事人似的，誰想到竟然都埋在心裡。」

陳側妃開口道：「大郡主，妳如今也有孕在身，可別過了病氣。」

「無礙的。」沈琦也知道沈錦並非風寒。「三妹一直沒醒嗎？」

「大夫說讓她睡著。」陳側妃低聲解釋道。

因為沈錦一直抓著楚修明的手，楚修明只能坐在床邊，見到瑞王妃她們進來也沒能起身，瑞王妃倒是不在意，說道：「坐著吧，別擾了錦丫頭。」

楚修明點了下頭，沒有說話，拿過丫鬟手中的帕子，輕輕給沈錦擦了擦額頭。沈錦睡得小臉紅撲撲的，額間還冒了汗，若不是那過熱的體溫，任誰都不會覺得她是病了。瑞王妃不過是來探望一下，說道：「好好照顧錦丫頭，我讓王爺在朝上給你請了假。」

「謝謝岳母。」楚修明開口道。

屋中陳側妃見楚修明的樣子，也不好勸什麼，她也插不上手，索性就去了院中的小佛堂，只求女兒能一生平安喜樂。

趙嬤嬤開口道：「將軍，稍微用些飯吧？」

楚修明把帕子交給丫鬟，然後給沈錦整理了一下髮，說道：「端來吧。」

趙嬤嬤應了下來，安寧趕緊去搬了小桌，擺放在楚修明的面前，趙嬤嬤端了飯菜來。因為沈錦一直握著楚修明的手，楚修明只能單手用飯，趙嬤嬤盛了湯擺在楚修明的手邊。

聞到飯菜的香味，躺在床上的沈錦鼻子動了動，楚修明正在挾菜的手頓了下，放下筷子，扭頭看向床上，就見沈錦閉著眼睛打了個哈欠，然後動了動唇，這才睜開眼睛。她明明覺得這一覺睡得很舒服，可是偏偏身上又瘦又累的，一時間還有些迷糊，呆呆傻傻地看著楚修明，然後又打了個秀氣的小哈欠，喃喃道：「我也餓了……」

趙嬤嬤心中一喜，趕緊去倒杯溫水來，楚修明一手抱著沈錦讓她坐起來，一手拿著杯子抵在她的唇邊，沈錦就低頭小口小口喝起來，身子軟軟地靠在楚修明的身上，自己懶得一點力氣都不想出。

沈錦看了看離自己不遠的那些飯菜，雙手摟著楚修明的脖子，撒嬌道：「好累啊，可是肚子裡的寶寶說好餓，怎麼辦？」

楚修明低頭親了親沈錦的額頭，還是很燙，沈錦有些害羞地把臉往楚修明的懷裡躲了躲。「嬤嬤還在呢。」

「老奴可什麼都沒看見。」趙嬤嬤見沈錦醒了，心中高興，說道：「老奴這就讓人備水，夫人梳洗一下就可以用飯了。」

「好。」沈錦覺得自己渾身無力，小聲說道：「怎麼不叫我起來啊。」

楚修明讓安平和安寧先把飯菜都給撤了，坐在床上隔著被子把沈錦抱在懷裡說道：「睡醒了嗎？」

「嗯。」沈錦動了動，換了個更舒服的姿勢，抓著楚修明的手說道：「還想睡呢，可是聞到飯菜香就醒了。」

楚修明想到自己和趙嬤嬤怎麼也叫不醒沈錦，若不是大夫說讓沈錦多睡會兒無礙的，他們怕是早就用涼水來把沈錦弄醒了，可是誰承想竟然只是飯菜香就勾著沈錦自己醒了。不過……醒了就好，就算是被敵軍圍困，蠻夷兵臨城下的時候，他都沒有像昨晚那般無措和焦急。

楚修明見沈錦到現在還沒意識到，用下頷蹭了蹭沈錦的髮，開口道：「妳生病了。」

「啊？」沈錦反應有些遲鈍，愣了愣才說道：「怪不得，我覺得好累啊，還以為睡得太多了呢。」

楚修明沒忍住，嘆了口氣說道：「傻丫頭。」

「我可聰明了！」沈錦怒道：「別以為我生病就可以欺負我。」

楚修明被逗笑了。「傻丫頭快點好起來吧。」

沈錦抓著楚修明的手，張嘴咬了兩口才說道：「我可聰明呢！」

楚修明應了一聲，說道：「給我生個女兒吧。」生一個和自家娘子一般乖乖傻傻的女兒。

「下次吧。」沈錦想了一會兒，才說道：「我都唸了這麼久的兵書了。」

「好。」楚修明本就長得好，如畫中的人一樣，此時滿眼寵溺和愛意的樣子，更是讓人心醉。

在沈錦醒來後，安平就去告訴陳側妃，陳側妃急匆匆地趕了過來，就見女兒正坐在床上，而楚修明一手握著沈錦的腳，一手拿著鞋子給她穿上，沈錦看見母親便笑道：「母親。」

陳側妃知道永甯伯一直很寵女兒，可是不知道竟寵到了這般地步，而自己那個傻女兒竟然還很理所當然地把另一隻腳放到楚修明的手上。

「岳母。」楚修明也看見了陳側妃，喚一聲。

陳側妃深吸了一口氣，見趙嬤嬤和安平她們神色如常，也沒多說什麼，畢竟人家兩個願意就好。「難受嗎？」

「不難受的。」沈錦等楚修明給她穿好鞋子，這才一手按著楚修明的肩膀，一手扶著後腰站了起來。

趙嬤嬤扶著沈錦，楚修明這才到一旁淨手。沈錦走兩步就覺得有些虛軟，皺了皺眉頭，陳側妃說道：「快坐下。」

「嗯。」沈錦應了一聲，趙嬤嬤扶著沈錦坐在椅子上，安寧拿了軟墊放在後面，讓沈錦靠著。「母親，您吃飯了嗎？一起吃吧？」

「好。」陳側妃因為沈錦生病，也一直沒有胃口吃飯，此時見沈錦醒了，雖然還病著，可是瞧著倒是精神，也就放心不少。

等陳側妃應下來，趙嬤嬤就到外面去讓人擺飯了。

等外面的飯菜擺好，安平就進來說道：「側妃、將軍、夫人，可以用飯了。」

陳側妃點頭，本想讓丫鬟去扶著女兒，就看見沈錦坐在椅子上，對著楚修明伸出了手。楚修明直接彎腰把她抱起來，沈錦雙手摟著楚修明的脖子，看向了陳側妃說道：「母親走吧。」

想說的話已經說不出口了，陳側妃開口道：「派人與王爺和王妃說了嗎？」

「已經說了。」沈錦開口道。

陳側妃這才點頭，先出了門。楚修明抱著沈錦跟在陳側妃的身後去了外面的小廳，等陳側妃坐下後，楚修明就把沈錦放到椅子上，然後自己坐在旁邊。安平給陳側妃和楚修明都盛了一碗羊肉蘿蔔湯，給沈錦盛的是冰糖銀耳湯。

沈錦畢竟在發熱，胃口並不算好，稍微用了兩口後，就很自然地把剩下的放到楚修明的碗中。楚修明也不嫌棄，還時不時挾點菜放到沈錦碗中，都是大夫說讓沈錦多吃的。

用完飯，陳側妃忽然說道：「你們回邊城吧。」

「母親？」沈錦疑惑地看著陳側妃。

陳側妃卻是一笑說道：「回去吧。」

楚修明看出了陳側妃的意思，說道：「等夫人坐完月子，我就帶她回去。」

陳側妃點頭說道：「以後……不管誰給你們寫信，不要回來了。」

沈錦咬著唇，看向陳側妃叫道：「母親……」

陳側妃只是笑了笑。「好了，我也去休息了，讓女婿照顧妳吧。」

沈錦點頭，楚修明說道：「岳母，我送您出去。」

陳側妃搖了搖頭。「就兩步路。」說完就帶著丫鬟離開了。

沈錦皺眉，撓了撓楚修明的手心說道：「母親是怎麼了？」

「岳母不過是希望妳快樂。」楚修明這次沒再抱著沈錦，而是摟著她腰，陪著她慢慢在屋中走動。

沈錦想了想，問道：「我們什麼時候回永甯伯府？」

楚修明低頭看向沈錦說道：「怎麼不想留在瑞王府？」

沈錦開口道：「雖然有母親在，可我還是想回永甯伯府。」

楚修明本身留在瑞王府就是為了讓沈錦開心，如今聽了沈錦的話，也沒什麼不同意的，更何況在永甯伯府對楚修明來說更加方便一些。

「好。」楚修明開口道。「等妳病好了。」

沈錦點頭，說到底還是在自己的地方更加自在一些，瑞王府當家作主的是瑞王妃，沈錦習慣了倒是無所謂，可是沈錦捨不得楚修明委屈。楚修明怎會不明白，不過是見沈錦沒有絲毫的不捨和勉強，這才同意下來了。
楚修明等沈錦坐下後，才伸手摸了摸她的額頭，問道：「再睡會兒吧？」
沈錦想了一下說道：「該給孩子讀兵書了。」說著的時候眼神是盯著楚修明的。
楚修明聞言開口道：「妳躺著，我來讀。」
沈錦這才滿意，讓安平幫著她脫了衣服，等沈錦躺好以後，楚修明就讓人都下去，自己脫鞋上了床，也不用拿兵書，想了一下就開始講了起來。和沈錦看著書讀不一樣，楚修明講的是帶著解釋，就像是說著小故事，使得沈錦的注意力都被吸引住了。
沈錦的病其實不算嚴重，又有楚修明陪著，慢慢地也就好了。沈錦要回永甯伯府的事情，陳側妃知道後，是贊同的，就算沈錦不主動提出，過兩日陳側妃也會趕他們走，並非不想讓女兒陪自己，而是永甯伯回來後，再住在瑞王府就不合適了。
這段日子陳側妃看著楚修明怎麼對女兒的，也徹底放下心，只望女兒、女婿一家永遠平安喜樂，等待著以後可能團聚的日子。
正院中，瑞王妃聽了沈錦的話，點頭說道：「也該如此，否則女婿待客也不方便，那邊人手夠嗎？」
「就是來求母妃的。」沈錦面色紅潤，說道：「想讓母妃安排些人，幫著把永甯伯府收拾一下。」
瑞王妃點頭，當即叫翠喜來，讓她去選些人到永甯伯府，當著沈錦的面說得很清楚。「讓他們去是幹活的，莫讓我知道他們擺架子耍賴，等幹完了活就回來。」

翠喜恭聲應下，見沒有別的吩咐，這才下去選人，心中卻已經有了思量，定要選些老實的，免得到時候這些人不長眼，反而壞了王妃的一番好意。

沈錦笑道：「謝謝母妃了。」

瑞王妃笑嗔了一句說道：「這點事情派個丫鬟來就好，妳病才剛好，萬一再著涼了怎麼辦？」

沈錦抱著肚子說道：「我裹得可嚴實了，也沒走多少路呢。」

沈錦好些以後，楚修明就銷假上朝了，把閩中的事情稟報一番，甚至當朝獻上海寇的京觀圖，當時戶部尚書就問了抄家所得的那些財產。

楚修明恭聲說道：「因為皇上讓微臣便宜行事，微臣……」楚修明直接省去他私下扣留的，把那些分發歸還給百姓的都仔細說了一遍，每一筆都有跡可循。「閩中百姓感念皇上恩德，特設了皇上的長生牌。」

誠帝放在桌下的手都氣得發抖了，長生牌？那些百姓感恩戴德的人根本不會是自己，誠帝可不相信楚修明有這麼好的心思。若真是個忠臣，就該把所有抄家所得上繳國庫，然後誠帝再以自己的名義分發下去。

看了一眼御案上的京觀圖，誠帝只覺得滿心的恐懼，沈聲開口道：「永甯伯，朕派你去閩中之前，曾提醒過愛卿，莫要造過多的殺孽……」

「是。」楚修明態度恭敬。

誠帝手指點著海寇京觀圖問道：「那這是什麼？你殺了人不夠，還弄這樣的東西出來，我天啟朝的國威何在？」

「皇上，」楚修明開口道。「這些海寇屠殺我朝百姓，以百姓為牲畜取樂，罪大惡極，海寇伏誅後，閩中百姓無不額手稱慶。」

誠帝的神色有一瞬間扭曲，強忍著怒氣說道：「不過永甯伯，這馬上要過年，還是讓人去把京觀毀了，挖個坑把人葬了，以免有傷天和。」

這話一出，在場的臣子也明白了誠帝的意思，那京觀是楚修明親自讓人建起來的，如今又親自讓人毀去，定會傷了他在閩中百姓心中的地位，誠帝是在報復，而且就算是證據確鑿，誠帝也不願意相信自己派下去的臣子竟然做出那麼多大逆不道的事情。「而且永甯伯所殺都是朝廷大員，也沒經刑部審問，難免有些不能服眾，不過看在永甯伯殺敵心切上，朕就不予追究了。

「不過下不為例，國有國法家有家規，若是旁人都如永甯伯這般肆意妄為，還要朕這個皇帝幹什麼？」誠帝說到最後聲音已經冷硬了。

站在一旁的瑞王不知為何忽然想起了一句話。「信而見疑，忠而被謗，能無怨乎？」能無怨乎……

不僅是瑞王，就連在場的不少臣子心中都有些說不出的感覺，在他們看來，永甯伯雖然衝動了一些，可是易地而處，他們發現了那般的罪行，又有誠帝便宜行事的聖旨，恐怕也會作出相同的選擇。而且當時只讓永甯伯帶了那麼點人馬，那些官員在閩中扎根許久，誰知道還有沒有什麼手段，就算關進牢中或者當即押解進京，恐怕都不是萬全之策。換成他們是永甯伯，會怎麼選擇？留著這一群居心不良的人在身後，然後自己去打仗？

楚修明直接跪下來說道：「臣罪無可逭，願削除爵位，自請離京。」

這話一出，朝堂上全部安靜下來，不少人都愣住了，顧不得御前失儀，扭頭看了看就算是跪著也背脊挺直的楚修明，又看向坐在御座上的誠帝。

誠帝面色也是一僵，心中暗恨，咬牙說道：「永甯伯是威脅朕？」

「臣不敢。」楚修明開口道。「臣所做之事無愧天地，臣所殺之人皆是負天啟百姓之人，海寇頭顱築京觀此舉，為的不過是平復百姓心中怨恨。永齊二十年，海寇數十人上岸，殺……永齊二十四年，海寇數百人上岸……僅四年時間，海寇殺我天啟百姓五千二百一十三人，擄走女子一千七百二十七人，此次救回三百一十七人，其餘皆已慘死，屍骨無存。」

楚修明的聲音不大，也沒有絲毫的憤怒在裡面，就像在說一個個簡單的數字。「這些僅僅是能查出來的。」

「不可能。」誠帝的反駁脫口而出，卻有些底氣不足。

楚修明繼續說道：「罪人梁成出任閩中後，共報戰功一十三次，最少一次斬首海寇二百四十餘人，最多一次斬首海寇八百六十五人，共計七千四百餘人。」

誠帝臉色大變，怒道：「胡言亂語，若真如此，怎會無人上報？」

楚修明看著誠帝，沈聲說道：「這就要問皇上了，罪人梁成出任期間，為剷除異己手段殘忍，加害官員……」

隨著楚修明一條條說出來，不僅誠帝就是在場的人，都想起了不少當初被梁成參下來那些被抄家滅門的官員，除了這些明面上的，竟然還有……

朝堂上的人並非都是清官好官，可是就算如此，如今聽了閩中的事情也覺得毛骨悚然，換作是他們過去，也收拾不了這個爛攤子，而造成這般情況的人……也就是坐在御座上的那個人。

看見誠帝的神色，楚修明卻沒有就此罷手，而是問道：「敢問皇上，這些人當殺嗎？該殺嗎？」

誠帝強撐著說道：「朕並非說這些人不當殺，不過也該按照律法經過刑部審問後。」

楚修明開口道：「臣請削爵離京。」說完這句後，竟再也不說別的，甚至提都沒提當初是誠帝下旨，讓他便宜行事，允了他殺勾結海寇官員的權力。

「愛卿請起。」誠帝勉強露出笑容說道。「愛卿乃國之棟梁，莫要再說什麼削爵之類的話了。」

楚修明卻說道：「僅憑梁成等人，如何能做下此等欺上瞞下之事，還請皇上嚴查。」

誠帝此時騎虎難下，心知若是不應下來，楚修明還真的會做出辭爵走人的事情。想及剛到邊城的女兒女婿，萬不可讓楚修明現在離京回去，說道：「自當如此，那這件事就交給永甯伯來督查，永甯伯為主，以刑部、大理寺為輔。」

楚修明這才恭聲應下。「臣，遵旨。」

誠帝根本不知道，楚修明威脅的根本不是要回邊城這件事，要的不過就是讓誠帝把這件事交到他手裡。雖然殺了梁成那些人，可是在楚修明看來根本不夠，不夠償還閩中百姓的那些血淚。

等退朝回到皇后宮中，誠帝再也忍不住地砸了一堆東西，怒道：「他怎麼敢！他怎麼敢威脅朕！」

皇后最近的日子也很難熬，此時看著誠帝的樣子，也恨透了楚修明，並沒有說話。誠帝把能砸的都砸了，這才氣喘吁吁地坐在榻上，皇后叫人進來把東西收拾了，重新端茶杯倒水。

看著皇后憔悴的樣子，誠帝難得感嘆道：「若是丞相在，朕也不會這般不順。」

一句話讓皇后再也忍不住哭出來。「皇上，臣妾的母親昨日進宮，說父親自覺對不起皇上，心中抑鬱，如今已經病得起不了床。」

誠帝愣了一下，竟不知說什麼好了。

皇后的父親陳丞相當初被參後，誠帝頂不住朝臣的壓力，就讓他閉門思過，管束族人，最後還除了丞相之職，又發落了一批陳丞相的門生，最終風光一時的陳丞相只剩下承恩公這個爵位。

陳氏一族本就不是什麼良善之人，當初陳皇后嫁給還是皇子的誠帝，他們更沒有想到會有今日的風光，驟然巨富後，這些人心思輕浮，做事無所顧忌，得罪了許多人，不過是因為有陳氏這個皇后和陳丞相在，那些人無可奈何罷了。

可是如今，陳丞相被罷免在家，所有門生都被牽連，貶官的貶官流放的流放，不少人看出了，陳丞相起復無望。

甚至連誠帝的人都不喜歡陳丞相再次起復，那些人自然有仇報仇，有怨報怨了，不過因為陳氏一族還有個皇后，所以做得並不過分，可就是如此，也生生把陳丞相氣病了。

陳丞相氣那些落井下石的人，更氣誠帝，他自覺為誠帝做那麼多事，若是沒有他，誠帝甚至坐不上這個位置，可是誠帝竟然這般對他，無數次感嘆：「飛鳥盡，良弓藏；狡兔死，走狗烹。」就連陳皇后的母親進宮後，難免都帶出來一些埋怨。不過陳皇后卻不會這般說，甚至還勸住母親，讓她回去好生勸告父親，絕對不能再說這般話。

陳皇后今日會說這些，不過是想試試誠帝的態度，可見誠帝只嘆了口氣說道：「叫人派太醫去承恩公府，好好醫治承恩公。」

「謝皇上。」陳皇后只覺得心寒，卻不敢多說，她現在想要坐穩皇后的位置，能依靠的只有誠帝。誠帝至今都不願意冊封太子，若不是太后表現出支持自己的態度，怕是後宮會更加不穩。

楚修明是知道今日自家小娘子要去正院的，下朝後就與瑞王一併歸瑞王府，路上倒是與瑞王說了要搬回永甯伯府之事，瑞王有些不捨地道：「怎麼這麼趕？」

「不管是小婿還是夫人都不捨離開。」楚修明生得極好，穿著一身伯爵的官服，外面是黑色的皮裘，更顯得面如冠玉。看著楚修明的樣子，再想想永樂侯世子，瑞王心中難免有些感嘆，若是琦兒能嫁給永甯伯，說不定就更好。

雖然沈錦也是瑞王的女兒，可是在瑞王心中到底還是王妃所出的子女重要，而且琦兒和軒兒是親姊弟，感情自然好，以後也可以多幫幫軒兒。倒不是說瑞王覺得沈錦會不管瑞王府的事情，而是人難免有些偏心罷了。

楚修明可不知道瑞王心中的想法，繼續說道：「只是馬上要過年，有些與楚家有交情的人，難免要上門交際，岳父如今也不容易，女婿過完年又要回邊城，太多人上岳父家的門，難免會引起……忌諱。」

這裡面全然是為瑞王考慮的，瑞王也聽明白了。「還是女婿考慮得周全。」

到了正院，就見不僅瑞王妃和沈錦在，沈琦也在，母女三人正在說話，也不知聊到了什麼，都笑個不停，弄得瑞王妃不停讓她們小心點。

見到瑞王和楚修明，幾個人就要站起來，瑞王說道：「都是自家人，妳們身子重，坐著吧。」

沈琦和沈錦也沒再堅持行禮，沈錦笑看著楚修明，瑞王妃打趣道：「女婿這是來接錦丫頭的？」

「是。」楚修明毫不在意地說道。

瑞王妃揮了揮手，說道：「快點接走吧，就這麼一會兒看著她們兩個，我可是一直提心弔膽的。」

楚修明這才行禮道：「那女婿先告辭了。」

瑞王也笑著擺擺手，沈錦扶著安寧的手站起來，又說了兩句，就跟著楚修明離開了。在屋門口，安平拿著長襖和披風來，楚修明接過來，親手給沈錦穿上後，才扶著沈錦的腰往外走去。

沈琦看著楚修明和沈錦兩個人之間，眼神暗了暗，伸手摸著肚子，心中難免有些羨慕。不過想到楚修明失蹤後沈錦的樣子，和等楚修明安然回來後，沈錦反而病倒的事情，覺得換成了自己怕是撐不住的，沈錦這個妹妹，比自己要堅強得多。

瑞王注意到女兒的神色，問道：「赭玉鴻呢？」

沈琦聞言開口道：「玉鴻最近有些忙，快過年了，上峰交代不少事情給他。」

瑞王皺了皺眉說道：「他能有什麼事情。」

「王爺，」瑞王妃打斷瑞王的話說道。「玉鴻難道就不需要回永樂侯府了嗎？他到底是永樂侯世子。」

瑞王見瑞王妃說話了，這才不再開口，瑞王妃柔聲問道：「對了，軒兒的信送來了，怕是不能回來過年，我準備派人送些東西給他，王爺有什麼要與軒兒說的嗎？」

「他要在閩中留到年後？」瑞王不滿地說道。

瑞王妃倒是覺得讓兒子留在閩中不錯，到時候讓熙兒跟著永甯伯一起回邊城，就算出事了，也能保全他們，不過這話不能對瑞王說，瑞王妃看向沈琦，說道：「琦兒，妳也回去休息吧。」

沈琦應了下來。「母妃，我晚些時候讓丫鬟把給大弟準備的東西收拾了送過來。」

瑞王妃點頭，沈琦這才扶著丫鬟的手起身往外走去。

等沈琦離開了，瑞王不禁感嘆道：「若早知永甯伯是這般樣貌人品，把琦兒……」

「王爺，」瑞王妃打斷了瑞王的話。「就算王爺捨得，我卻不捨得，想想當初蠻族圍城的時候……」

楚修明扶著沈錦出了正院的門，問道：「要坐轎子嗎？」

「走走吧。」沈錦猶豫了一下說道。「整日坐著也覺得有些累了呢。」

「好。」楚修明展開披風，把本就包裹得嚴嚴實實的沈錦給摟到懷裡，讓沈錦走得可以不那麼費力，畢竟七個多月的肚子已經不小了。

沈錦笑著道：「我與母妃說了回永甯伯府的事情，母妃讓人幫著收拾去了。」

「嗯。」楚修明開口道：「讓趙嬤嬤也先回去。」

沈錦開口道：「母妃今日與我說，產婆奶娘這類的也該備下了。」

「我有安排。」楚修明早就寫信到邊城，想來再過幾日那些人就該被送來了，不僅是產婆和奶娘，還有侍衛……畢竟沈錦坐完月子回邊城的時候，他們還要帶著個孩子。「暫時不能帶妳去南邊了。」

「沒關係的。」沈錦倒是不在意。

楚修明應了一聲。「閩中的東西，大部分都直接讓人送到邊城，還留了一些送來京城，到時候妳看看怎麼送人。」

「好的。」沈錦脆生生應下來。「夫君放心吧，我會和趙嬤嬤好好處理的。」

楚修明笑道：「是交給趙嬤嬤吧？」

沈錦皺了皺鼻子，顧左右而言他。「寶寶動了。」

楚修明伸手小心翼翼把沈錦抱到懷裡，像以往那般讓她坐在胳膊上，另一隻手環著沈錦。冬天的衣服本就厚實，沈錦還有孕在身，可是楚修明抱著沈錦的樣子，彷彿沈錦沒什麼重量。沈錦舒服地動了動腳，忽然感嘆道：「肚子太大了，我都看不到自己的鞋子了。」

安平和安寧幫著整理了一下披風，讓沈錦能更加暖和。

直到進了墨韻院，楚修明才放沈錦下來。

第四十一章

楚修明和沈錦趕在年前搬回永甯伯府，邊城又來了一些人，所以永甯伯府因此熱鬧了一些，他們不僅帶來楚修遠準備的東西，還有楚修遠的消息。

趙管事是跟著眾人一起回來的，開口道：「在下把夫人的話告知了二將軍，二將軍當即就召人過來安排。那個忠毅侯兵書讀了不少，可惜都是紙上功夫，二將軍又是以有心算無心，並沒費一兵一卒就把人全部拿下了。」

「怎麼拿下的？」沈錦一臉好奇地問道。

趙管事笑道：「不過是一些民間的把戲。忠毅侯和茹陽公主倒是警覺，並不到將軍府赴宴，而是住進了驛站，卻不想整個邊城都是我們的人手，蒙汗藥有些不夠用，就加了一些巴豆。」

沈錦眨了眨眼，忽然問道：「那吃了蒙汗藥又用了巴豆的人呢？」

趙管事笑不出來了，還真有這樣倒楣的，不過為什麼夫人會往這邊想，難道不是該問問茹陽公主和駙馬的事情嗎？

楚修明伸手捏了捏自家滿臉好奇的小娘子，說道：「只能自認倒楣了。」

沈錦想了想這兩樣東西的藥效，有些想笑又覺得有些同情，最終摸了摸肚子說道：「夫君說得是。」

楚修明看向趙管事，趙管事說道：「按照夫人的吩咐，茹陽公主和駙馬連帶茹陽公主貼身的丫鬟，都被送到大院中好好養著。」那個大院正是邊城特地建出來讓誠帝派去的人榮養的地方，就是不知道進去後，裡面的房間還夠不夠分了。不過按照茹陽公主和駙馬的身分，應該可以分到比較大的吧。

「嗯。」楚修明點頭。「今年那些蠻族沒來打饑荒？」

趙管事搖頭說道：「想來是去年的時候，將軍把他們殺得狠了，至今還沒發現，不過二將軍一直派人在外巡查。」

趙管事又說了一些邊城的事情，楚修明靜靜聽著，偶爾問上兩句，兩個人討論起來。沈錦用帕子捂嘴小小地打了個哈欠，楚修明就比了一下手勢，趙管事停下來，楚修明看向沈錦問道：「要進去休息會兒嗎？」

沈錦點點頭。「睏了呢。」

楚修明起身，然後扶著沈錦起身，沈錦對著趙管事點了點頭，就靠在楚修明的身上，然後雙手抱著肚子，慢悠悠往內室挪去，趙嬤嬤也跟著進去了。

趙管事本以為會多等一會兒，沒承想不到一盞茶的工夫，楚修明就出來了，看著趙管事露出來的詫異，楚修明只當作什麼都沒看到，總不能說裡面有趙嬤嬤陪著，所以被沈錦和趙嬤嬤聯手趕出來吧。

看著楚修明的樣子，趙管事眼中閃過幾分欣慰，說道：「將軍，不如我們繼續討論？」

「嗯。」楚修明應道。「大院中現在有多少人？」

趙管事說了個數字。「還有幾個已經明白表現出想要投靠將軍的。」

「留下幾個聽話的。」楚修明開口道。每個月給誠帝的奏摺是不能斷的，還有些暗摺，誠帝收到的不過是楚修明他們想讓他知道的，甚至楚修遠的事情都從最開始瞞到現在。誠帝這邊知道的，楚修遠不過是一個病弱的少年，所以誠帝才在楚修明失蹤後，急不可耐地召回茹陽公主和駙馬，還把他們派了過去。

趙管事應了下來，說道：「蜀中……怕是有些不好。」

蜀中正是當初地動的源頭，誠帝特地派親信帶著大批的糧草過去，楚修明因為去了閩中，對那邊的消息倒是有些落後。

趙管事說道：「十兩銀子帶到那邊只剩下十個銅板。」

楚修明皺眉，有些不知道說什麼好，就算他是準備……可是從沒想讓天下百姓受苦受難，所以在地動的時候，根本沒有爭，畢竟晚一天那邊的人就受苦一天，誰承想誠帝的親信，起碼派出去掌實權的親信，竟然沒有一個拿得出手的。

「民心不穩。」趙管事沈聲說道。「如此下去……就算是為了活下去，恐怕……」

官逼民反……楚修明一時間不知道說什麼好了。

趙管事說道：「到時候，是帶著夫人回去的最好時機。」

楚家一直是天啟朝的守護神，長年鎮守邊疆，戰死沙場，為的並非那些兵權，不過是想護著天啟百姓免受戰亂之苦。

而如今，讓百姓受苦受難的並非那些外族，反而是……楚修明微微垂眸說道：「我知道了。」

兩個人又談了一會兒，趙管事就先離開，他還有別的事情需要安排，而楚修明端著冷茶一口飲盡後，就起身回了內室。說睏了要休息的沈錦，此時正靠坐在床上，手裡端著一碗棗泥山藥羹吃得正開心。

見到楚修明，沈錦就露出笑容說道：「夫君。」

楚修明覺得只要能看見自家小娘子的笑容，好像整個人都會變得舒心，走到床邊坐下後，沈錦就舀了一勺子餵進楚修明的嘴裡，然後期待地看著他。

「好吃。」楚修明笑著說道。

趙嬤嬤看著沈錦道：「夫人少用一些，等晚上的時候，還有別的好吃的。」

沈錦把最後一口嚥下去，開口道：「想吃鍋子。」

趙嬤嬤笑道：「夫人怎麼知道二將軍特地讓人送了幾隻活羊來？」

沈錦聞言眼睛都亮了，趙嬤嬤開口道：「不過夫人不能用。」

「啊？」沈錦眨了眨眼，有些呆愣地看了看趙嬤嬤，又看向楚修明。「不是給我吃的嗎？不是弟弟知道我懷孕了，所以送來給我補身子的嗎？」

趙嬤嬤看著被補得臉色紅潤漂亮的沈錦，楚修明摸了下自家小娘子的臉，怎麼也看不出哪裡需要補身子。

「二將軍是這個意思。」趙嬤嬤開口道。

沈錦在楚修明的手上蹭了蹭。「所以為什麼不給我吃呢？不是送給我的嗎？」

「因為羊肉太燥，夫人不能用。」趙嬤嬤笑得越發和善。

沈錦瞪圓了眼睛，簡直不敢相信，趙嬤嬤收了沈錦手上的空碗，沈錦哭訴道：「那為什麼要告訴我！」

「難道夫人不知道？」趙嬤嬤問道。「不是要吃鍋子嗎？」

沈錦動了動唇說道：「我就是想吃鍋子，可是我不知道弟弟送了活羊來等著我吃。」

楚修明看著趙嬤嬤故意逗著自己小娘子，沈錦猶豫掙扎了許久問道：「那我還能吃鍋子嗎？」

「倒是可以用些清湯，老奴備些牛肉一類的。」趙嬤嬤開口道。

沈錦鬆了一口氣說道：「那就好。」

趙嬤嬤開口道：「總共送來十隻，不過到京城後也就剩下四隻還活著了。」

楚修明說道：「府上留兩隻，殺了後你們分吃了吧，剩下兩隻送到瑞王府。」

趙嬤嬤應下來，見沒有別的事情，就先下去了。

楚修明索性脫了鞋和外衣坐到床上，沈錦舒服地靠在楚修明的懷裡，玩著楚修明的手指，楚修明雙手輕輕撫著沈錦的肚子說道：「頭扭過來。」

「啊？」沈錦傻乎乎地扭頭看向楚修明，楚修明低頭吻上沈錦的唇。

沈錦嘴裡還有著甜甜的味道，楚修明覺得比剛剛吃的棗泥山藥羹還要甜一些，又輕輕吻了幾下。

楚修明手上掌握的證據足夠了，雖然想把那些人一網打盡，可也知道不可能。梁成一脈都是誠帝的親信，他上面的人同樣是誠帝的心腹，楚修明必須把握一個讓誠帝覺得心疼卻又在能忍受的範圍內。

所以楚修明很忙，他還要把事情儘量早上弄完，下午好回去陪自家娘子。和楚修明比，沈錦整日就無所事事了，每天睡醒了就吃飯，吃完了和小不點玩一會兒，然後等著夫君回來一起吃午飯，吃完了夫君陪著去散步，然後回去聽著夫君講兵法睡午覺。等沈錦睡著了，楚修明就去和屬下商量事情辦公，然後算好時間，去把自家小娘子叫醒陪著她散步，在小娘子累的時候，把人抱回來。

「回夫人的話，瑞王府來報喜，夫人又有了個弟弟。」安平說道。

沈錦想了想，點頭說道：「嗯，那禮備好了嗎？」說著就看向趙嬤嬤。

趙嬤嬤說道：「已經備好了。」

「喔。」沈錦總覺得哪裡有些不對，一時卻想不出什麼。「那到時候我問完話，讓送禮的人與這個人一併回去。」

趙嬤嬤應下來，說道：「那老奴再去檢查一遍。」

安平開口道：「奴婢去把人帶上來。」

沈錦再次點頭，皺眉道：「還是覺得有些不對。」

安寧問道：「夫人覺得哪裡不對？」

「想不起來了。」沈錦摸了摸肚子，坐起來。「算了，應該不重要。」

安寧見沈錦自己想通了，也就不再多說，只是把蓋在她腿上的毯子整理一下，又幫沈錦把鞋子穿上，就站到一旁。安平很快就將人帶上來，來的竟然是李嬤嬤。

見到李嬤嬤，沈錦露出笑容，直接蹬掉了鞋子說道：「要是安平早與我說是李嬤嬤來了，我就不用穿鞋了。」

李嬤嬤聞言笑道：「瞧著郡主氣色這般好，側妃也就放心了。」

沈錦點頭說道：「母親怎麼樣？」

「側妃這幾日倒是忙了些，其餘都好。」李嬤嬤開口道。

李嬤嬤說了一些孩子的情況後，又說道：「側妃這段時間抽空做了一些小衣服，本說這幾日抽空給郡主送來，正巧今日得了喜訊，老奴就請了差事過來了。」

沈錦催促道：「快拿來我看看。」

李嬤嬤笑著應下來，安平讓等在外面的小丫鬟進來，她雙手捧著一個包袱。安平接過來放到沈錦旁邊，沈錦拿了小鞋子在手上比劃一下後，又拿著帽子看了看，最後拎著衣服，笑了起來。「好小啊。」

「因為李氏的事情，這些東西還沒來得及過水。」李嬤嬤看著沈錦的樣子，滿心的安慰。

沈錦點頭說道：「安平妳收起來，回來與趙嬤嬤說。」

「是。」安平仔細把東西包好。

沈錦看向那個捧著包袱來的小丫鬟，說道：「安平帶人下去喝點熱湯暖暖，再給李嬤嬤端碗熱湯來。」

等李嬤嬤坐下後，沈錦問道：「李嬤嬤，妳說弟弟小時候漂亮還是我小時候漂亮些？」

李嬤嬤聞言笑道：「自然是郡主漂亮了，郡主剛生下來沒多久就長得白白嫩嫩的。」

沈錦滿足了，安寧捧著一個錦盒出來，沈錦開口道：「這是夫君與我給弟弟準備的金鎖。」

李嬤嬤雙手接過，說道：「老奴定親手交到側妃的手裡。」

沈錦點點頭，猛地想了起來，問道：「等等，我怎麼覺得還不到李氏生產的日子？對了，李氏還好嗎？」李嬤嬤根本沒提李氏的事情，沈錦聽了半天才反應過來，也想起來她剛剛為什麼一直覺得不對。

李嬤嬤開口道：「出了點小意外，所以李氏發動的日子提前了。」

沈錦滿臉驚訝，看向李嬤嬤，李嬤嬤說道：「三少爺不知怎的找到了永甯伯送給王爺的那對杯子，正巧王爺回來，三少爺失手把杯子給打碎了。」

「他倒楣了。」沈錦肯定地說，反正杯子送出去了，沈錦絲毫不覺得心疼，抱著肚子換了個姿勢問道：「父王當時的臉色怎麼樣？」

「可惜老奴不知道。」李嬤嬤開口道。「不過聽說連瑞王妃都驚動了。」

「可是怎麼又和李氏有關了？」沈錦被弄得更加疑惑。

李嬤嬤嘆了口氣說道：「也不知道三少爺怎麼想的，還是有人在他身邊說了什麼，覺得他被罰是因為李氏肚中有了孩子的原因，他不是府上最小的，王爺就不喜歡他了，所以在見到李氏後，就推了她一把……」

沈錦愣了一下才開口驚呼道：「啊……」李氏還真是無妄之災。

李嬤嬤點頭，又說了幾句就告辭了，是安平去送的。等李嬤嬤一走，沈錦臉上的笑容就消失了，整個人側身躺在貴妃榻上，單手摸著肚子，安寧拿來小被給沈錦蓋好，問道：「夫人可是不舒服？要不奴婢叫大夫來？」

「不用的，我休息一會兒。」沈錦小聲說道。

安寧也不再開口，心中有些擔憂，等安平進來後，就與安平說了一聲，出去找在廚房的趙嬤嬤，低聲說了幾句，趙嬤嬤皺了皺眉頭，說道：「我知道了，妳與岳文追上去問問，那個李氏是不是出事了。」

趙嬤嬤並沒有馬上進去，反而等著翠玉豆糕出鍋了，這才把點心放到食盒裡面拎著往屋中走去。進去後就見沈錦微微蜷著腿，躺在貴妃榻上，看著不遠處瓷瓶裡面插著的梅枝，眼神有些迷茫也不知道在想什麼。趙嬤嬤把翠玉豆糕端了出來，溫言道：「夫人，剛出鍋的糕點，要不要嚐一嚐？」

沈錦抿了抿唇說道：「不大想吃。」

趙嬤嬤讓安平端了糕點過來放在沈錦的面前，就見沈錦鼻子動了動，看了一眼後說道：「還是吃一點吧。」

看來問題不是很嚴重，趙嬤嬤心中鬆了口氣，扶著沈錦坐起來，又把被子給她蓋好，這才將糕點放到一旁，然後去擰了布巾來給沈錦淨手，沈錦問道：「嬤嬤，妳說生孩子會不會很疼呢？」

「會有些疼的。」趙嬤嬤開口道。「不過夫人不用擔心，將軍把所有事情都準備周全了，還特地把大夫請到府裡。」

李嬤嬤她們並沒有走遠，又帶著東西，所以岳文和安寧很快趕上了。李嬤嬤嘆了口氣，把事情都與安寧說了。那李氏因為難產，在生下孩子沒多久就流血不止沒了，這事情本想瞞著沈錦，畢竟沈錦也快生產了，免得她心中害怕，反而對她不好。「王妃和側妃都不想讓郡主知道這事，怕有不好的影響。」

安寧說道：「李嬤嬤放心，只是瞧著夫人的神色不對，就怕她猜到了什麼，這才來問問。」

李嬤嬤點頭。「郡主……心思一向細膩，也是老奴露了馬腳。」剛剛沈錦問李氏的事情，李嬤嬤一直避而不談，岔開話題反而太過刻意，被沈錦猜到了。

兩個人回來的時候心情都有些沈重，岳文等在外面，安寧進去時，又恢復了平時的樣子。趙嬤嬤看見安寧，眼神閃了閃，問道：「夫人中午可有什麼想用的？」

沈錦說道：「弄些酸湯麵葉吧。」

「好。」趙嬤嬤笑著應下來。「那老奴去準備。」

趙嬤嬤到門口就看見了岳文，對著岳文點點頭，岳文就跟著趙嬤嬤到一旁，把李嬤嬤說的都與趙嬤嬤說了一遍，趙嬤嬤嘆了口氣。「這事……你去門口守著，將軍回來了，把事情與將軍說下，夫人像是猜到了什麼，心情有些不好。」

「是。」岳文應下來，當即就走了。

楚修明每日回來的時辰都差不多固定的，所以沒等多久岳文就見到了楚修明，低聲把事情說了一遍，楚修明皺了皺眉，沒再說什麼。

等楚修明進來的時候，就看見沈錦已經半靠在軟墊上，手裡拿著塊布正在縫製著什麼，見到楚修明的那一刻，沈錦也沒忍著，直接紅了眼睛看著他，看得楚修明不禁心中一軟，走過去伸手摸了摸沈錦的頭。「我去換衣服。」

沈錦放下手中的東西，拽著楚修明的手，輕輕搖了搖，楚修明說道：「陪我去更衣好嗎？」

「好。」沈錦這才開心一些，牽著楚修明的手與他說今日家中的事情。「夫君，今日李嬤嬤來了。」

「怕是岳母想念妳了。」李嬤嬤是陳側妃身邊的人，會過來也是得了陳側妃的命令。楚修明在外面不苟言笑，可是在沈錦面前卻不會如此，下屬和娘子，外人和內人，楚修明分得很清楚，而且任何關於小娘子的事情他都記得很清楚。

沈錦應了一聲，楚修明把自家小娘子摟到懷裡，抱到一旁的軟榻上，沈錦抓著楚修明的手說道：「我也覺得母親是想我了，要不也不會讓李嬤嬤走這一趟。」

楚修明應了一聲。「等天氣好些了，我陪妳回去探望下岳母。」

沈錦想了想，搖頭說道：「母親現在要照顧弟弟。」

楚修明後面靠著軟墊，讓沈錦坐在他懷裡。「在岳母心中，妳才是最重要的。」

「我也這麼覺得。」沈錦聞言笑道。「不過想到弟弟就比我們的孩子大幾個月……」

楚修明發現沈錦忽然不說了，他明白沈錦心中擔心什麼，此時耐心等著自家小娘子把心中的那些擔憂說出來，只有這樣才能更好地安慰她。

沈錦抓著楚修明的手，捏了捏他的手指，聲音有些顫抖，說道：「夫君，李氏是不是……是不是沒了？」

「嗯。」楚修明沒有想隱瞞。

「夫君，我好害怕……」沈錦咬了下唇，側身趴在楚修明的懷裡，臉靠在他胸口。「我想給夫君生孩子，生很多很多孩子，像夫君的、像我的，像我們兩個的……我想和夫君一起看著孩子們長大，看著他們娶妻嫁人生子……我想和夫君一起變老白頭。」沈錦小聲哭了起來。「夫君，你說我會不會……」

「不會。」沒等沈錦說話，楚修明就打斷了她的話。「我不會讓妳出事的。」

沈錦把頭埋在楚修明的懷裡，整個身子都在顫抖著。「可是，如果有萬一呢？」

有孕者，易多思，這也是趙嬤嬤她們不願意讓沈錦知道李氏出事的原因，畢竟李氏和沈錦的日子太近了。

楚修明低頭吻著自家娘子，換個姿勢讓她坐得更舒服，手輕輕撫摸著她的後背說道：「不會有萬一的，妳不相信我嗎？」

「可是……」沈錦抬起頭，黑潤潤的眼睛看著楚修明。「可是又不是你生孩子。」

楚修明低頭吻去沈錦眼角的淚，說道：「我會陪著妳，所以別怕。」

沈錦的唇微微顫抖著，吸了吸鼻子。「不行啊。」

「嗯？」楚修明有些疑惑地看著沈錦。

沈錦用手摳了摳楚修明的手心說道：「母親說了，生孩子的時候你不能進來，會不吉利……」說到這裡更加控訴了。「明明孩子是我們兩個的，為什麼我就要在裡面，你卻不能進來。」

楚修明被逗笑了，抓住沈錦搗亂的手說道：「我會進去陪妳的。」

沈錦眼中露出喜悅，手指動了動，見抽不出來也就不鬧了。「那母親說了怎麼辦？」

楚修明低頭吻了一下沈錦的鼻子說道：「我與岳母說。」

沈錦臉上明明滿是喜悅，卻一本正經地說道：「可不能讓母親說我。」

「岳母怎麼捨得。」楚修明的聲音格外溫柔，雖然陳側妃經常說沈錦調皮，讓她懂事一些，更多的是說給自己聽的。

沈錦忽然說道：「可是母親說坐月子的時候不能洗澡……」沈錦滿是猶豫。「你會嫌棄我嗎？」

楚修明見沈錦自己想開了，也不再提那些不開心的事情，說道：「妳覺得呢？」

「會吧，我自己都覺得好嫌棄啊……」

楚修明親了沈錦耳垂一下，說道：「我陪妳。」

「陪著我不洗澡？」沈錦一臉嫌棄地看著楚修明，有些猶豫地問道：「不要吧？」不知為何沈錦想到第一次見到楚修明的時候那滿臉的鬍子，抱著肚子又開始笑起來。

「不過聽說坐月子的時候很多東西不能吃。」沈錦想到這裡，倒是把那些害怕給忘記了。

楚修明親了親沈錦的手指，說道：「我陪著妳，妳吃什麼我吃什麼。」

沈錦這才滿意，不過到底心疼夫君，說道：「不過你可以偷偷背著我吃。」

「不會。」楚修明保證道。

「其實想想，能看見孩子，這麼多辛苦也是值得的。你說我們的孩子以後叫什麼？」

「夫人覺得呢？」楚修明問道。

沈錦想了想說道：「我取小名，你取大名好不好？」

「好。」楚修明哪裡不同意，為了這個孩子，自家娘子受了這麼多苦，名字這樣的小事情只要娘子高興就好。

沈錦雙手抱著自己的肚子。「我餓了。」

「那出去用飯。」楚修明起身，看著還在軟榻上的沈錦。沈錦期待地看著楚修明，楚修明嘴角上揚，彎腰直接把沈錦抱起來，沈錦舒服得晃動了一下腳。

吃完飯，楚修明陪沈錦散了一會兒步，就回屋休息了。不過今日楚修明沒有等沈錦睡著就離開，而是一直陪著她。這次倒是沒有講兵法，而是與沈錦說起當初楚家經歷過的戰事，不管是小的衝突還是數萬人的戰事，回來後都會從士兵哪裡收集各種資料，然後記錄下來，還有一些注解和當時將領的心得，楚家的子弟都是用這些來識字的。

此事經楚修明講來，又多了一些他自己的看法，見沈錦聽得津津有味，忽然問道：「妳覺得須原這一戰，天啟為什麼在占有優勢的情況下還是敗了？換成是妳會如何呢？」

須原之戰是天啟與前朝之間的戰爭，那時候楚家先輩雖然參與了這場戰事，可是名聲不夠，所以只是將軍之一罷了，主事的並非楚家長輩。

沈錦愣了一下，以往楚修明從沒有問過她這些的，想了想說道：「我？退吧，然後收攏一下。」

「為什麼？」楚修明問道。

沈錦說道：「糧草跟不上了啊。」說著就抓著楚修明的手畫了起來。「你看，戰線……拉得這麼長，士兵都吃不飽，很累啊。」

楚修明聽了忽然問道：「妳覺得打仗，想要打勝仗最重要的是什麼？」

「士兵吃飽飯，然後保住更多士兵的命，對方人少的話，就打；人多的話……」沈錦猶豫了一下。

「嗯？」楚修明問道。

沈錦小聲說道：「對方人多的話，就避開一些比較好吧，或者偷襲一下？」

楚修明不僅沒有生氣，反而說道：「還是我家小娘子聰明。」

「當然了。」沈錦忘記了剛剛的羞愧，說道：「我可聰明了。」

晚上的時候，沈錦還是如往常一樣窩在楚修明的懷裡，就在楚修明覺得她睡著的時候，才小聲說道：「夫君，如果……如果我真的……」沈錦說得含糊，但是她知道楚修明能聽得懂。「你就趁著孩子還不記事的時候，再娶一個善良溫柔會對孩子好的新婦吧。」

沈錦的聲音帶著顫抖，但是說得很清楚，像是考慮了很久似的。「到時候不要告訴孩子這些事情，你要好好對我們的孩子，連著我的……一起疼孩子，不要有了別的孩子，就對他不好。」

「說什麼傻話。」楚修明聽完只覺得心疼得很，伸手輕輕拍著沈錦的後背說道：「傻丫頭，妳真捨得？怎麼盡想著這些有的沒的？」

沈錦這次倒是沒有哭。「我就是提前說說，就像是李氏也沒想到會……我就怕有什麼萬一，來不及和你說。不過你要答應我，到時候我們兩個要合葬在一起，不許有別人好不好？」

「不管生前死後，就我們兩個人。」楚修明的聲音格外的溫柔，帶著幾許沙啞。「妳說得對，人生有許多意外，就像是我本以為自己能陪著妳在京城，然後一起回邊城過年的，卻不想偏偏在妳有孕的時候離開，讓妳自己在這個地方。」

沈錦聽著楚修明的聲音，只覺得心裡癢癢的，可是卻不知道說什麼好，就用腳趾頭在楚修明的腿上蹭了蹭。楚修明用腿夾著沈錦的腿，不讓她鬧騰，這才繼續說道：「很辛苦吧。」

「就是想你。」沈錦老老實實地說道。「很想很想。」

楚修明輕笑一聲，聲音有些沙啞低沈。「我也想妳。」

沈錦的聲音多了幾分理所當然。「肯定的啊，我這麼好。」

楚修明輕輕吻了吻沈錦的髮，說道：「是啊，妳這麼好，怎麼捨得讓我以後湊合那些不夠好的？」

沈錦笑了起來，楚修明的聲音緩緩傳到耳邊。「人生總是有意外。」若是真到了那個時候，楚修明的選擇不可能是孩子。「孩子是我們的延續，可是妳卻是我的唯一，所以傻丫頭，妳該知道我的選擇是什麼的。」

不知道為何，聽著這話沈錦的心徹徹底底安定下來。「我可聰明了，不過我和孩子都會沒事的，因為你會陪著我、護著我對嗎？」

「嗯。」楚修明輕輕拍了拍她的頭，說道：「睡吧。」

「好。」剛說完沒多久，沈錦就閉眼睡下了，真正讓沈錦安心的並非楚修明說的會保她，而是那個唯一，這樣就足夠了。

——未完，待續，請看文創風348《吃貨嬌娘》3

2015年9月出版

閨女好辛苦

文創風 333～334

晏家有女初長成……疏洪救災、上陣殺敵——
別人家閨女學的是刺繡女紅、女訓女誡；
她學的卻是禮樂官制、射御書數，
今生不想再當嬌嬌女，她要自立自強！

願如樑上燕，歲歲常相見／畫淺眉

晏雉自幼爹不疼、娘不愛，被長嫂虐待卻無人聞問，
為了家族，她被迫嫁給豪門浪蕩子為妻，飽受欺凌。
如今生命即將走到盡頭，她不恨不怨，
只是格外想念家中後院的秋千，想念幼時的燦爛春光……
當她發現自己竟回到記憶中的春日時，滿心失而復得的快樂。
機緣巧合下，她與兄長同時拜入名士門下，
每日學習的不是婦德婦功，而是兵法騎射、治國策論。
不甘心受困閨閣之中，膽大心細的她隨兄長赴任，
搶救災民、懲治貪官，打響了晏家四娘的名頭。
她知道，在外人眼中她離經叛道，
收留逃奴須彌，更與他過從甚密，全然不在意女子名節。
那些耳語她一律拋在腦後，
這一生，她決心只為自己而活！

2015年9月出版

一品指婚

文創風 328～332

一場看似皇室恩寵的際遇，卻惹來驚濤駭浪般的劫難！
她本是世家千金，為了保護家人和自己，
不得不放逐邊關，但這樣就能逃過殺身之禍嗎？

最大器的宅鬥格局 最細膩的兒女情長／狐天八月

鄔八月受太后召見，卻撞見了驚天的宮闈祕辛──
那祕密如濤天巨浪擊毀了八月平靜的生活，但無論怎麼小心、忍讓，
她還是落入有心人設下的陷阱，只能含冤吞下勾引皇子的罪名，
甚至一向備受敬重的太醫父親也受連累，落得要流放邊關；
為求自保並護著心愛的家人，她選擇和父親一起離開是非之地……

2015年8月出版

嬌寵小妻

文創風 322～327

一個被情傷透、哀莫大於心死的女人，
再次遇上這個男人，
他一步步溫暖她冷透了的心，義無反顧地全心愛上……

醇愛如酒．深情雋永／千江月

為了能多看心愛的男人一眼，顧錦朝嫁入陳家，成為心上人的繼母。
然而在陳家的日子讓她心灰意冷，遭人誣陷卻百口莫辯。
就連娘家新抬的姨娘都說，若她是個知道羞恥的，
就該一根白綾吊死在屋樑上，還死乞白賴著活下去幹什麼！
就這麼的，未到四十她便百病纏身，死的時候兒子正在娶親。
她覺得這一生再無眷戀，誰知昏沈醒來正當年少，風華正茂，
許是上天念她一生困苦，賞她再活一遍。
當年她癡心不改，如今她冷硬如刀，情啊愛啊早已拋得遠遠。
前世所有她不管不顧所失去的，她都要一一找回來、好好守著，
就連她的心，也得守得緊緊，再不許為誰丟失……

2015年8月出版

閒婦好逑

文創風 319～321

貴為國公府的嫡長孫女，
雙親卻是公認的「重量級」廢柴組合，怎不悲劇？
即使眾人都看衰他們大房，但她相信天助自助者，
來自現代的她還是有信心能幫襯爹娘，讓爹娘帶她上道……

寧負京華，許卿天涯／花月薰

親爹高富帥、親娘白富美……這都跟她穿越投胎沾不上邊，
想她蔣夢瑤一出世，雙親就是「重量級的廢柴雙絕」，
親爹雖是大房子孫，卻在國公府中受盡苦待，還遭逐出府。
好在這看似不靠譜的雙親很是給力，
親爹繼承國公爺的衣缽從戎去，親娘經商賺得盆滿缽滿。
好不容易他們一家人熬出頭，
不料，她的婚事卻被老太君和嬸娘們給惦記上，
她剛機智地化解一場烏龍逼婚、相看親事的戲碼，
受盡榮寵的祁王高博後腳就登門來求娶，
猶記兩人初見是不打不相識，之後竟還越看越順眼……
怎知才提親不久，高博就被聖上褫奪祁王封號、流放關外？!
也罷，既嫁之則隨之，脫離這繁華拘束的安京，
只要夫妻同心，哪怕是粗茶淡飯也是幸福的……

國家圖書館出版品預行編目資料

吃貨嬌娘 / 夕南著. --
初版. -- 臺北市 : 狗屋, 2015.11
冊 ; 公分. --（文創風）
ISBN 978-986-328-516-8（第2冊：平裝）. --

857.7 104018846

著作者 夕南
編輯 王佳薇
校對 黃薇霓 周貝桂
發行所 狗屋出版社有限公司
地址 台北市104中山區龍江路71巷15號1樓
電話 02-2776-5889～0
發行字號 局版台業字845號
法律顧問 蕭雄淋律師
總經銷 知遠文化事業有限公司
電話 02-2664-8800
初版 2015年11月
國際書碼 ISBN-13 978-986-328-516-8
原著書名 《将军家的小娘子》，由北京晉江原創網絡科技有限公司授權出版

定價250元
狗屋劃撥帳號：19001626
網址：love.doghouse.com.tw E-mail：love@doghouse.com.tw